キスは大事にさりげなく

「んっ、う……」

　体勢が違うと、さらに深くまでを舌が探れることを知った。ベッドに縫いつけられた状態では、逃げ場がないからかもしれない。きゅうっと舌を吸われて瞼が熱くなり、びくびくと震えた腰は大きな手のひらが抱いていてくれた。

キスは大事にさりげなく

崎谷はるひ

13855

角川ルビー文庫

目次

口絵・本文イラスト／高永ひなこ

風の匂《にお》いが変わった気がして、一之宮藍《いちのみやあい》はふと顔をあげた。

日も暮れかかる時刻、山は静かに揺《ゆ》れながら、夕映《ゆうば》えに赤く燃えあがる。見慣れた光景を前に、藍はなにともつかない違和感《いわかん》を覚えて首を傾《かし》げた。

（なんだろう……？）

藍が生まれてこのかた、毎日のように通っているこの山は、藍の祖父である日本画家、一之宮清嵐《せいらん》の私有地だ。一之宮家は代々このあたりの地主で、四代ほど前の先祖には歌人がいたらしく、風雪にさらされ苔《こけ》むした歌碑《かひ》が、その山頂にひっそりと建っている。

みっしりと生えた苔や歳月《さいげつ》に削《けず》られた石はもとの形をとどめてはおらず、いまとなってはそこに刻まれた歌をそらんじるものどころか、藍以外には見るものさえない、無名の碑。

小さなころの藍にとっては、そこにある歌も、先祖の思いも関係なく、馴染《なじ》んだ遊び場だ。

歌碑の周囲をぐるりと囲むように、昼寝《ひるね》をするにはちょうどよい空間が広がっていて、石碑によじ登ったりたまに来る鳥と遊んだりするためだけの大事な秘密の場所だった。

ごうん、と遠くのお山で鐘《かね》が鳴って、五時になったのだなと気づく。その響《ひび》きになにか、やはりふだんとは違《ちが》うものを感じとって、藍はざわざわとした胸を押さえた。

「……おじいさん？」

呟《つぶや》いた声は、どこかあどけないほどに細い。

ただ清く健《すこ》やかであれ、と清嵐が育てた心に同じく、藍の少年のようなほっそりした身体《からだ》はいっこうに男臭《くさ》い変化をみせることはなかった。

けぶるような睫毛《まつげ》を伏《ふ》せれば、瞼《まぶた》の裏まで火の色に染まるほどの残照。ふだんよりもまがまがしく映るそれに身震《みぶる》いしたのは、急激に温度を下げる山の気温のせいだけではない。

風が吹《ふ》き、鳥が一斉《いっせい》に飛び立った。大ぶりな杉《すぎ》の枝を震《ふる》わせたその羽音に、藍は弾《はじ》かれたように顔をあげた。夕焼けの空に映るその鳥の群れが、まるで真っ黒な闇《やみ》を連れてきたようで、ぞっと震えた藍はなにかに突《つ》き飛ばされるかのように走り出した。

山道を駆《か》け下りて、中腹にある清嵐の作業場に辿《たど》りつくまでの間、藍の胸の痛みは少しもおさまることはなかった。

燃える山が、群青色《ぐんじょういろ》に染まる夜に抱《いだ》かれて、しんと冷えていく。

同じほどに冷たい祖父の身体に、息を切らせた藍が触《ふ》れるまで、鳥の羽ばたく音は耳から離《はな》れることはなかった。

＊　＊　＊

人間がひとり生きていくうえで必要なものは、水と、空気と、腹が満ちる少し手前の量の食物。そして雨露《あめつゆ》をしのぐ家さえあればいい、というのが清嵐の教えだった。

だがどうやらその清嵐の教えというのが、おそろしく偏《かたよ》っているものだったようだと、藍はいままさに思い知っている。

「——では、たとえば今後についてを相談していた弁護士などはまったく、ご存じがないと?」

「はい」

藍は喪服《もふく》の膝《ひざ》を握《にぎ》りしめたまま、こくりとうなずく。形よい頭に添《そ》う、清潔でしなやかな黒髪《くろかみ》。少し長めの前髪がさらりと揺れ、睫毛の長い目元に翳《かげ》りを落とす。

少年めいた面差《おもざ》しは色もなく、ただ噛《か》みしめる唇《くちびる》だけが赤い。来年には成人するとはとても思えない、なめらかな頰《ほお》は青ざめ、喪服に身を包んだ姿は現実味がないほどにうつくしい。

ひどく夕焼けが赤かったあの日、家に帰り着いた藍が見たのは、既《すで》に息絶えた清嵐の亡骸《なきがら》だった。パニックを起こしそうになりつつ救急車を呼んでみれば、突然《とつぜん》の心臓発作《ほっさ》に亡《な》くなったのだと聞かされた。

倒《たお》れた清嵐は半裸《はんら》で、どうやら日課の体操をしたのちに汗《あせ》を拭《ふ》こうとしていたらしい。じきに夏が来る季節とはいえ、山間《やまあい》のこのあたりは夕刻になるとたんに冷える。そのため、急な温度差にやられたのだろうという医者の見立ても、藍にはなんの意味もなかった。

あまりにもあっけない逝去《せいきょ》に、正直いってまだ、藍は事態を認識《にんしき》さえできていないのだ。

突然の事態で放心する藍をよそに、祖父の葬儀《そうぎ》についてはなんとか執《と》り行うことができた。懇意《こんい》にしていた知人らが、未成年の藍には荷が重いだろうと手を尽《つ》くしてくれたからだ。

だが、問題はそのあとだった。

神奈川《かながわ》の山深く、鄙《ひな》びた古民家に居をかまえ、世俗《せぞく》にまみれることをよしとしなかった祖父は、孫の藍から見ても相当に偏屈《へんくつ》な人物だったと思う。

その庇護《ひご》のもと、十代の半ばからほぼ他人との接触《せっしょく》を知らぬまま育てられた藍は、おのれが世間一般《いっぱん》の十九歳よりも、かなり世知に疎《うと》いであろう自覚はあった。

だが世間ずれした大人であっても、それを対処するにはとても面倒《めんどう》でややこしい『法律』というものが、世の中にはたしかに存在していたのだ。

初七日をすぎ、納骨を済ませたばかりという、いまだ清嵐の死を現実と思えない状況《じょうきょう》の中、その確固たる存在が、いままでの生活のすべてをひっくり返そうとしている。

「えー、それでは一之宮さん——あなたのおじいさんですね——が、残したものの中から、遺《ゆい》言状《ごんじょう》らしきものは見つからなかったわけですね」

ひたすら困惑《こんわく》するしかない藍の目の前に対峙《たいじ》し、鹿爪《しかつめ》らしい顔をしているのは税理士の村山《むらやま》という男だ。

「そうです。通帳とか、大事なものは全部この中にあったんですけど……とくに、そういうものはありませんでした」

階段簞笥《たんす》の中にあった手文庫を引き寄せ、藍は不安げに眉《まゆ》を寄せる。その答えに、村山は小さく嘆息《たんそく》したのち難しい顔を見せた。

「ふむ……芸術家でいらっしゃいますしねえ。あまり気にしておられなかったのでしょうか」

八〇を越《こ》えていた清嵐は頑健《がんけん》なたちで、山をひとつ歩いて越えても平気な顔をしていたほどだ。俗世間のことに興味がなかったのもあるけれども、なにより本人、こんなにあっけなくみまかることなど考えていなかったのだろうとは、葬儀を手伝ってくれた画廊《がろう》の主人が口にしたことだった。

この日はじめて顔を合わせた村山は、あくまで依頼《いらい》を受けたわけではない。知人の中でも清嵐と懇意だった、大崎《おおさき》という人物の頼《たの》みで相談を受けてくれているだけだ。

しかし、概要《がいよう》を知っただけでも相当の難物だと、彼は難しい顔で呻《うめ》いた。

「再度ご確認しますが、あなたのご親族については誰《だれ》も、いらっしゃらないんですね？」

「はい。両親は、ぼくが小さなころに亡くなりました。親戚《しんせき》も、血のつながったひとは祖母をはじめ、皆《みな》……戦争のころに、他界したそうです」

「そうでしたか。となれば、代行して今回のお話を聞いてくださる方も……」

「……おりません」

藍の父は、一之宮衛《えい》という洋画家だ。生前には衛の作品はさっぱり売れず、生活苦がたたって早くに死去したそうだ。藍の母もまた、藍を産むと同時に亡くなっており、そのため祖父に引き取られたのだと聞いている。そしてそれについては清嵐の話ばかりでなく、既に戸籍《こせき》などの書類上でも確認していた。

要するにいま現在の藍は、完全な天涯孤独《てんがいこどく》状態だ。あらためて自分の置かれた状況を噛みしめれば、むろん寂《さび》しくもあるけれど、いまはそんな感傷を覚えている場合ではない。

「なるほど。こうなると、藍さんご自身と今後についてお話をしなければならないわけですが」

ただ、深々と息をついた村山の、ひとのよさそうな顔に浮《う》かんだ困惑だけは見てとれた。

「あのう、ぼくでは、なにかまずいんでしょうか？」

「まずいといいますか」

困りましたね、と権利書を前にして村山は唸《うな》った。そんなこと言われても困ってしまうと、藍も同じように眉を寄せて唸る。

「ともあれ……概要をお話ししますと、本来遺言状というものは、民法上の手続きを経ていなければ無効になるわけです。だがそもそもそれが存在しない、ほかに親族もないとなると、藍さんがこれらの遺産をすべて受け継《つ》ぐことになるわけです」

遺産相続の法的システムについて、村山は簡単に説明をしてくれた。だが、被《ひ》相続人だの法定相続人の権利だのという言葉はよくわからず、まだ祖父を失った実感さえ持てない藍の脳を横滑《よこすべ》りしていくばかりだった。

「ただその、ちょっとこれは……半端《はんぱ》ではない額なんですよね」

「そうなんですか？」

藍は少し驚《おどろ》く。祖父の身の回りの世話をしつつの、ふたりきりの生活は静かで、質素というよりむしろ、つましい生活だった。

だが藍が認識していなかっただけで、清嵐は、日本画の画壇《がだん》では「孤高《ここう》の天才」と呼ばれる有名人だった。そして、この一帯の土地を代々受け継いできた、地主でもあったらしい。

「まず、一之宮さん名義の不動産、それから……一応事前にお話をうかがって調べたんですが、現存する作品の時価評価額を合わせただけでも、ざっとこれくらいには」

「……あの、これは」

あくまで仮の計算ですよと、作成してきた書面の数字を見た瞬間《しゅんかん》、藍は言葉を失った。

ゼロの数が、十桁《けた》を超している。そしてそれに対してかかる、相続税の暫定《ざんてい》計算額も莫大《ばくだい》で、つまるところ遺産の相続税は億単位になったのだと村山は汗をかきつつ告げた。

「これも不動産と作品のみに関してでして……このおうちにある、すべてのものについて評価をくわえるとなれば、もっと増えることになると思います」

「え、こ……ここにあるって、机とか、食器とかも、ですか？」

「ええ。ふつうの量販品《りょうはんひん》の家具や食器だったら、べつに問題はないんでしょうけど……さきほど、これは弔問《ちょうもん》されていた美術商の方からうかがったんですが、どれもこれも相当なもののようで」

見渡《みわた》した平屋の古民家は、手入れの行き届いたものだ。天井《てんじょう》の梁《はり》も四段組のどっしりとしたかまえで、すべて古材ながら埋《う》め木も施《ほどこ》されていない建材は総檜《ひのき》。囲炉裏《いろり》のある居間は、もともと千葉の豪農《ごうのう》が手放し、解体された古民家から買い上げてきてしつらえたのだと聞いている。

そうしたもろもろが、趣味人《しゅみじん》であった祖父らしいこだわりの品で、つまりは階段簞笥や車簞笥などの家財道具一式も、相当な値打ちものばかりになっているというのだ。

いま目の前にある欅《けやき》の座卓《ざたく》にしても、一枚ものの天然木を形成することもなく、切り出した形や木目をそのまま生かした立派なものだ。これが安いものであるはずはけっしてないと、村山はため息をついて言う。

「このお茶を出してくださった湯飲みも、けっこうな品だ。焼き物には詳《くわ》しくありませんが、素人《しろうと》でもわかります」

「そうなんですか？　これが……？」

村山に出した茶托《ちゃたく》の上、灰釉《かいゆう》を施した、ぽってりした形の絵唐津《えからつ》を眺《なが》めて目を瞠《みは》る。気取ったところのないそれは素朴《そぼく》な草花の図柄《ずがら》で、丈夫《じょうぶ》で使い勝手がよく、藍の気に入りだった。

美意識の高かった清嵐は、たしかに身の回りのものにもひどくこだわりがあった。だがそのすべては日々必要として使うため、という前提で買い集めたものでしかなかったはずだ。

「まあとにかく……見る者からすれば、宝の山のようなおうちだそうです。たとえばこのテーブルクロス。古裂《こぎれ》という、値打ちものだそうですしね。ものによるけれども、オークションなどでは高額取引をされていると聞きました。そしてこのおうちにあるものはすべて、相当な価値があるものばかりだろうと」

「そんな……」

食器類も有田《ありた》をはじめ、古九谷《こくたに》、古伊万里《こいまり》などどれも銘《めい》のあるものばかりらしく、中には人間国宝の作品もあるようだと聞かされては、青ざめるしかない。

だが、かつて絵を売却《ばいきゃく》した折りの金がどこに消えたのか、これで少し納得《なっとく》がいった。なにも気づかずふだん遣《づか》いにしていた品々でしかなかったものが、一気に財として細い肩《かた》にのしかかってくる気がして息を呑《の》んだ藍に、村山は気の毒そうな視線を向ける。

「こういう場合、たいていは税理士なりつけて、それなりの税金対策をしてあるもんなんですが……どうも、一之宮さんはなんら、そうした手段を講じてらっしゃらなかったようですね」

「祖父は、あの……その、あんまり、ひとづきあいが得手では、なかったので」

偏屈《へんくつ》で作品制作以外には興味のなかった祖父は、みずからの美意識において不必要なものをいっさい排除《はいじょ》していた。それはおそらく、藍の両親についてもその、排除対象であったのだろうことは、彼らのことを訊《たず》ねるたびに黙《だま》りこむ祖父の、厳しい横顔で知った。

清嵐ほど著名ではない父は、創作に関しての見解の相違《そうい》から祖父とは袂《たもと》を分かっていた。そのためか知らないが、世間的には一之宮清嵐と一之宮衛が父子であることはあまりおおっぴらにされていないらしい。

既《すで》に鬼籍《きせき》の彼らに対してその厳しさだ、生身の人間であれば言うまでもなく、ふつうのつきあいさえ難しい人柄だった。

「それに、俗世間のことは好きではないと常々、申しておりましたので……」

藍の答えに、村山は額の汗《あせ》を拭《ふ》いて、同情しきった顔をする。「せめて生前からご相談いただいていれば」と困ったような表情で呟《つぶや》いたが、いまさらの繰《く》り言《ごと》かと彼はかぶりを振《ふ》った。

「ええと、そうですねえ……未成年控除《こうじょ》というシステムもあるにはあるんですが」

黙りこんでしまった藍に、ため息をつきつき手元の書類をめくった村山は、なにか少しはこの華奢《きゃしゃ》な青年に希望を与《あた》えられないかと考えてくれているようだった。

「どれくらい、その、控除していただけるんですか？」

唸った村山は、『未成年者が成年に達するまでの年数計算で年六万は控除対象になる』と教えてくれた。現在の藍は十九歳で、つまり対象額は六万円ぽっきり。

数億に対しての六万円。焼け石に水どころの話ではない。

はかなく消えた希望に、藍はもうため息さえも出なかった。

「藍さんはいま、学校には通ってらっしゃらないんですよね。なにかお仕事でも?」

「いえ、祖父の身の回りの世話を……」

要するに、ひとことで言ってしまえば無職だ。そして藍の名義で清嵐が遺《のこ》していた金は多少あったものの、とても今回の相続税を払《はら》いきれる額ではない。

村山はさらにため息をつき、藍は目の前の書類にじっと目を落として、唇《くちびる》を嚙《か》む。

「あとは物納するという手もありますが、この家と土地だけでは追いつかないでしょうし、その場合はおそらく……作品のほとんどを納める形になりますね」

「作品を、……ですか」

土地神話の崩《くず》れたこのご時世では、広大な敷地《しきち》もさほどの資産価値がない。

結果、相続を放棄《ほうき》しようが物納しようが、藍の手元になにも残らないことには変わりないのだという村山の言葉に、藍は絶望感を覚えた。

「一応熟慮《じゆくりよ》期間は三ヶ月ありますが……どうなさいますか?」

どうもこうもないものだ。相続放棄と書かれた項目《こうもく》を睨《にら》みつけていると、藍の目には祖父が死んで以来、まだ一度も流れることのないままだった、涙《なみだ》が滲《にじ》んだ。

なにもできない無力な自分に対しての悔《くや》しさと、哀《かな》しみの涙だった。

だが、泣いている場合ではないと必死に藍は唇を噛む。泣くどころか祖父の死を悼《いた》んでいる時間さえもない。結論は早晩出さねばなるまいし、悩《なや》んだところで金を工面する当てもない。

(こんなことになるなんて)

どれほど悔しくても、藍はそのすべてを手放すしか道はなかった。思い出の深い家も、うつくしい祖父の作品のすべても国に取りあげられる。

(甘かったんだ……きっと。なにも、わかってやしなかった)

藍自身のささやかな夢でしかなかったが、いずれその作品のすべてを集め、ひとに紹介《しょうかい》できるような、そんな場を作りたいと思っていた。祖父自身は諸々《もろもろ》のしがらみに倦《う》み、すっかり他人に作品を見せることを拒《こば》んでいた。それを常々もったいないと藍は感じていたのだ。

――絵というのはひとに、これでどうじゃといやらしく見せびらかすようなもんじゃない。まして金のために描《か》く絵なんぞ、やっても意味はない。ただ、好きにやるだけさ。

そうして黙々《もくもく》と、誰《だれ》に見せるでない絵ばかり描き続ける清嵐に、自分だけのギャラリーでも作ってはどうかと藍が話したときには、清嵐は笑うばかりだった。

――じゃあ、じゃあぼくが、おじいさんの絵の展覧会開いてもいい?

――はは。儂《わし》が死んだらな。そのときは、藍の好きにしていいさ。

少しも本気にしていない清嵐にムキになって、いつか藍が、すべての絵を引き取ってきちんと世間に知らしめるからと、言ってみたことはある。

だがそれは、もっとずっとさきの話だと、なんの根拠《こんきょ》もなく考えていた。

そしてまた、実現するにはどんなに難しいことなのかも知らない子どもの戯言《たわごと》とわかっていたから、清嵐は笑うばかりだったのだろう。

そしてなにより、これから自分が、ひとりでどうやって生きていけばいいのか、藍にはまるで、わからないのだ。

(なにがなんだか、わからないのに……誰も、頼《たよ》れない)

既に葬儀《そうぎ》に訪《おとず》れた客も、手伝ってくれた知り合いも葬儀屋もこの家にはいない。

藍はただひとり、しんと静まりかえった座敷《ざしき》で、あまりにも重たい事実を告げに来た村山と向かい合っている。それがことさら、味方する誰もないと教えるようで、薄《うす》い肩は頼りなく下がったままだ。

葬儀を手伝ってくれた知人らは、清嵐の偏狭《へんきょう》なひとづきあいの中で、かろうじて接触《せっしょく》を許された画商や画廊《がろう》のオーナーたちであった。

おそらく、彼らに相談をすれば、少しは今回の件についてなんらかの知恵《ちえ》をくれる可能性もあるかもしれない。しかし、それはひどくためらわれた。画商である彼らこそが、清嵐の作品についての価格をよく、理解しているからだ。

――力になってやれなくて、すまないね。

画商である大崎は、焼香《しょうこう》のあとに藍へぽつりとそう漏《も》らしていた。

老齢《ろうれい》に達した彼の画商としての仕事も、ここ数年はあまり芳《かんば》しくないものだと祖父が漏らしていたのを知っている。

清嵐の作品は、過去の実績から換算《かんさん》され、ものによっては数千万にのぼる価値があるのだという。そんな高額なものを、一点か二点ならともかく、一度に引き取ってくれる相手など、おいそれと見つかるはずがないことくらい、いくら世間知らずの藍でも想像はつく。

また、清嵐作品をすぐに売りに出せない理由のひとつには、彼自身の性格上の問題があった。画壇《がだん》はどうあっても派閥《はばつ》性で、名のある芸術団体の会員になり、それなりの地位に就《つ》かなければ、画家として認められることがないらしい。

そのために必要になってくるのは、金、そして人脈だ。委員長だの会長という『役職』にある老人らに頭を下げ、付け届けをしなければ、絵を売ることもままならない。おまけに清嵐は過去、その団体の内部の腐《くさ》りきった体質に嫌気《いやけ》がさして、周囲と大もめのあげく脱会《だっかい》している。

そうして、ひっそりと山奥にこもるようになったのだが、芸術団体会員当時——つまりバブル期に売却された作品価格の実績があるため、相場を考えればおいそれと値段も下げられない。つまりは芸術的評価は高いのだが、画壇とつきあいのあるディーラーでは扱《あつか》いづらいという難物、それが清嵐作品だった。

ややこしい事実を教えてくれた大崎に、だったら安く買ってくれないかと子どもの浅知恵《あさぢえ》で訴《うった》えれば、それはできないと言われた。

——そんなことをしては、脱税扱いされてしまうんだよ……。

本来の価値を無理に下げて売ることは、悪質な脱税のやり口だと見なされる。逆に追徴課税《ついちょうかぜい》を食《く》らうか、もしくはもっと重い罰則《ばっそく》がつくかもしれないと言われて、藍は言葉を失った。

だったら家土地を手放してはどうかと思ったが、バブルが弾《はじ》けて久しいいま、不動産の買い取り手などつくわけもない。八方ふさがりの状況《じょうきょう》で、もう息をするのも苦しいくらいだ。

――せめて、このひとに相談するといい。村山さんは、信用のおけるひとだから。

できるだけ藍によくしてやってくださいと目の前で頭を下げてくれた大崎も、できることは税理士の紹介程度だと力なく白髪《はくはつ》の頭をうなだれていた。それがなおのこと、事態の重さを藍に知らしめ、とにかく頭をあげてくれと言うほかになにもできなかったのだ。

ただ、弔問《ちょうもん》に訪れた客の中には、本当に困ったなら連絡《れんらく》をよこしなさいと、声をかけてくれるものもいないわけではなかった。

無冠《むかん》の巨匠《きょしょう》と呼ばれた清嵐の葬儀に誰もがうなだれ、気の毒そうに藍を見やる中、ことさらにパフォーマンスが派手だった男だ。

――藍くんがどうしようもなくなったなら、私に声をかけてください。

顔を見るなり藍の手を握《にぎ》りしめて、熱心にかき口説いた彼は、美術商の福田《ふくだ》と名乗った。

だが顔なじみの大崎とは違《ちが》い、奇妙《きみょう》なほどに親身な初老の男性に、藍はまったく見覚えはなく、それだけに面食らった。

――あの、ご丁寧《ていねい》に、ありがとうございます。でも……。

――遠慮《えんりょ》はいらない。いいね？　きっと、きっときみに悪いようにはしないよ。

あまりの熱意に腰《こし》が引けた状態の、困惑《こんわく》しきった藍の手を、福田は何度も撫《な》でさすり、握りしめた。

——わたしは清嵐先生を尊敬していた。こんなことになって、とても残念だ。もっと早く、いろんなお話をさせて頂きたかったのに。

うっすらと目尻《めじり》に涙を浮《う》かべた顔は、年齢《ねんれい》による皺《しわ》や肥満の兆《きざ》しを見せてなお、目鼻立ちもはっきりとして、おそらく若いころにはハンサムな男であったのだろう名残《なごり》があった。声も朗々とした低いもので、涙声も嘘《うそ》とは思えない。

しかしあまりにも大げさな悲嘆《ひたん》だけに、藍にはどこか芝居《しばい》がかって感じられたのも事実だ。

(顔見たこともなかったのに、熱心なひとだな。まあ、でも……同情されたのか)

おそらく葬儀の空気に酔《よ》い、常よりもヒューマニズムを刺激《しげき》されたのだろう。そう判断しながら、藍は申し出には言葉を濁《にご》し、差し出された名刺《めいし》を丁重に受けとるのみにした。

一時の情をかけられて、勘違《かんちが》いしてはいけない。図々《ずうずう》しく他人に甘え、手を借りること、それはなにより、清嵐の生きざまに反すると思えた。

高潔で、ひとに頭を下げるのをよしとしなかった祖父の性格を考えると、彼らに手助けを求めることは許されることではないだろうと藍は感じたのだ。

(でも、これから、どうすれば……)

混乱と絶望に濃《こ》い睫毛《まつげ》を瞬《またた》かせると、濡《ぬ》れたような黒い瞳《ひとみ》が揺《ゆ》らぐ。その睫毛のさきに重く膨《ふく》らんだ、雫《しずく》が落ちるより早く、はたはたという水音が聞こえた。

「……雨ですかねえ」

滲《にじ》む涙《なみだ》から目を逸《そ》らすように村山は呟《つぶや》き、藍が洟《はな》をすすったそのとき、雨音に混じって車が近づいてくるような気配があった。

「どなたか、いらっしゃいましたかね？」

気づいたのは村山も同じようだ。この一帯はすべて一之宮の私有地であるため、道に迷いでもしない限り自動車がここまで入りこんでくることはない。藍も免許《めんきょ》を持たないし、清嵐は車が好きではなかった。

ほどなく、飛沫《しぶき》をあげて止まったタイヤの音に続き、冠木門《かぶきもん》をほとりと叩《たた》く音が続く。滅多《めった》に訪ねるものもないため、インターホンさえこの家にはない。

「ごめんください」

ついで、よくとおる男性の声が聞こえる。間違いなく来客であると知った藍は村山に会釈《えしゃく》すると、湿《しめ》った目元を拭《ぬぐ》って立ちあがった。

「……すみません、見てまいります」

葬儀に間に合わなかった弔問客が、挨拶《あいさつ》にでも訪れたのだろうか。玄関《げんかん》に向かった藍は、まったく葬儀は忙《せわ》しないなとぼんやりとした意識で思う。

感傷にひたる暇《いとま》もなく、ひっきりなしに客は訪れ、慣れない挨拶に世間話、今後の相談。むろん葬儀自体も手順が多いし、四十九日をすぎるまではなにかと忙《いそが》しい。

（でも、なにも考えないでいいのかもしれない）

それが哀《かな》しみに負けそうな、遺された人間のための忙しなさなのだと、なにかの本で読んだ気がする。まさかそれをこんなに早く実感するとは思わなかったと皮肉に笑いながら、藍は冠木門の引き戸を開けた。

「どちらさまでしょう、か……?」

なんら身がまえることをしていなかった藍は、誰何《すいか》の声を発したあと、そこにいた人物を見て息を呑《の》む。

(うわあ)

門を開いてそこにいた男性は、真っ黒なスーツ姿で、藍にはまったく見覚えのない人物だった。だが、葬儀ともなれば初対面の人間など逆にめずらしくもない。

ことに清嵐と藍には親族が誰《だれ》もおらず、弔問にきた人間も画壇や画廊の面子《メンツ》がほとんどで、藍自身はほぼ九割方が見知らぬ顔ばかりだったからだ。

だから藍が目を瞠《みは》って息を呑んだのは、彼自身に対してだ。

年齢は三十を少し超えたくらいだろうか。一七〇センチそこそこの藍が見あげるほどに背が高く、均斉《きんせい》の取れた身体《からだ》にひとめで上等とわかるスーツを纏《まと》っている。

祖父がいたならば、おそらく手放しで賞賛を与《あた》えるだろうと藍は思った。それほどに、男の顔立ちはすばらしく端整《たんせい》だった。

(すごい……きれいなひとだなあ)

目力がある、というのだろうか。切れ長の瞳がやけに印象深く、リムレスの眼鏡《めがね》をかけているせいか、理知的な雰囲気《ふんいき》がある。すっきりとした眉《まゆ》と引き結ばれた薄《うす》い唇《くちびる》は彼の意志の強さを表すような力強いラインを描《えが》き、日本人離《ばな》れした鼻梁《びりょう》の高さはいっそ見事というしかない。

清潔に整えた髪《かみ》にも雨粒《あまつぶ》がはらはらと散り、かすかに崩《くず》れた前髪が秀《ひい》でた額に落ちかかっている。品のよい立ち姿からは、名前は知らないけれどもひんやりとした辛味《からみ》のあるフレグランスがほのかに漂《ただよ》い、それがまた彼の涼《すず》やかさを際《きわ》だたせるようだった。

車から降りるなり濡れてしまったのだろう、広い肩《かた》に雨の雫を纏わせて、それが薄暗い初夏の午後にもひどくうつくしくきらめいた。

「――一之宮藍さんでいらっしゃいますか？」

「あ……はい。あの、なにか」

ぼんやりと見惚《みと》れていたことに気づいたのは、数秒の沈黙《ちんもく》を訝《いぶか》ったらしい相手に、声をかけられたからだ。はっとして、不躾《ぶしつけ》な自分を羞《は》じるように藍は軽く瞬《まばた》きをした。

「このたびはご愁傷様《しゅうしょうさま》です。突然《とつぜん》で申し訳ない、ご焼香《しょうこう》だけでもさせていただきたいのですが」

顔立ちに似合う深みのある声で挨拶を述べたあと、彼は静かに頭を下げた。ふっと目を伏《ふ》せた瞬間《しゅんかん》よぎったのは、理由のわからない違和《いわ》感《かん》。

たしかにひどくうつくしい男だ。だが、ただ姿形が整っているというだけでない、彼のこの強烈《きょうれつ》な印象はなんなのだ、と藍は軽く首を傾《かし》げる。

（なんだろう。このひと……すごくインパクト強い。きれいっていうだけじゃない）

秀麗《しゅうれい》といってさし支えない容姿であるのに、体格のせいだろうか、全体の印象としてはむしろ野性的なタイプに見えた。物腰《ものごし》は静かなのに、圧倒《あっとう》されるような迫力《はくりょく》がある。こんな強烈な印象の男性なら、一度でも見かければ忘れられないだろうと藍は首を傾げた。

「ご丁寧にありがとうございます。ところで、あの……失礼ですが、どちらさまでしょう」

なにより、祖父の知り合いにしては若すぎる。怪訝《けげん》な顔を隠《かく》しきれなかった藍に、彼はその印象的な切れ長の目を瞠り、あらためて挨拶を述べた。

「これは、失礼しました。私、志澤知靖《しざわともやす》と申します」

「志澤さん……ですか」

どこかで聞き覚えはある名だと思ったが、うまく思い出せない。すっと名刺を差し出され、受けとった藍がそれに目を落とすよりも早く、志澤の低くなめらかな声が言い添《そ》える。

「じつは清嵐先生には、いくつか作品を譲《ゆず》っていただいたことがありまして」

ただ自分はその当人ではなく、香典《こうでん》を渡《わた》すよう頼《たの》まれてきた部下なのだと彼は説明した。

「本人がこちらにうかがいたかったようなのですが、あいにく、遠方まで出るほど身体の調子がよくないもので、代理でうかがいました」

なるほど、と藍はうなずいた。画商や画壇《がだん》の人間でなく、いわゆるエンドユーザーである顧《こ》客筋《きゃくすじ》の、しかも代理であれば見覚えがないのも道理だった。

「ああ、それでしたら、……」

そのままあがってくれと言いかけ、しかし村山の存在を思い出して口をつぐむ。

「ご都合が悪いようでしたら、出直しますが」

聡明《そうめい》そうな男は察しもよく、言いよどんだ藍に目を合わせながらそう告げた。だが、出直すといっても、この家まで赴《おもむ》くにはけっこうな手間であるはずだと、藍は軽く首を振《ふ》った。

「あ、いえ、……いいえ。どうぞ、せっかく来てくださったんですから」

「よろしいですか？　では」

男は二度は辞さなかった。そのあっさりした態度や自信ありげな立ち居振《ふ》る舞《ま》いに、あまり接触《せっしょく》したことのないタイプだと藍は思う。

そして彼の様子が奇妙《きみょう》だと感じた理由のひとつに、手にしたアタッシェケースの存在があると気づく。ふつう、弔問《ちょうもん》の席にこうした荷物を持ってくるものなのだろうかと考え、しかし代理という立場から、仕事の帰りに寄ったのだろうと思い直す。

(村山さんには、少し待ってもらおう)

弔問客の前でなまなましい話をしたくはないし、あちらもその程度は心得ているだろうと藍は判断し、昨日までひっきりなしに誰かしらのいた仏間へと志澤を招いた。

客間と仏間は一続きになっていて、志澤は村山の姿を認めて会釈する。その瞬間、座卓《ざたく》の上の書類に目をやったのに気づき、藍は先導するふりで視界をふさいだ。

「あの、こちらへ……」

「失礼いたします」

花の飾《かざ》られた仏壇《ぶつだん》の前、端正《たんせい》な所作で座した男の広い背中を眺《なが》めるともなしに眺めていた藍は、しかし志澤が懐《ふところ》から取りだした香典袋《こうでんぶくろ》の厚みを見てぎょっとした。

志澤は作法どおりに焼香し、しばし瞑目《めいもく》した。立ち居振る舞いは、物静かで凜《りん》としている。

それだけに、尋常《じんじょう》な金額ではないと見てとれる香典袋がひどく異様にも思えた。

（なに……あれ）

息を呑むと、手を合わせていた志澤がふっと振り返る。眼鏡のレンズ越《ご》しの視線は冷静で鋭《するど》く、藍の肩を震《ふる》わせた。

（なに？）

まるでなにかを値踏《ねぶ》みするかのような、厳しく容赦《ようしゃ》のないまなざし。それをどこかで見たような気がする――と藍が考えた瞬間、背後からの声がかかる。

「それでは、わたくしはこれで」

「あ……村山さん？　お帰りですか？」

「ええ。突然の話でしたし……お客さまの前では、ね。……ゆっくり考えてください」

もう少し時間はあるからと小さな声で告げ、簡単にまとめた資料を藍に託《たく》した村山は、そのまま家を辞した。

（ゆっくりって言われても……どうしよう）

気《き》を利かせたつもりだったのだろうけれども、却《かえ》って困ったことになった、と藍はほっそりした首を傾げる。

正直いって、清嵐以外とはほとんど接触のないまま暮らしてきた藍は、けっして社交的とはいいがたい性格だ。村山は用件で来てくれていたので会話も続いたが、初対面でしかも、本人自体が祖父の知人でもなかった志澤相手にいったいなにを話せばいいものだろう。

「お邪魔《じゃま》してしまったようで、申し訳ない」

「いいえ、あの……よろしければ、お茶でもお持ちしますので」

だがこうなれば一応もてなさないわけにもいかないだろうと、藍は軽いため息を呑みこんで客間へと志澤をいざなった。

「ああ、唐津ですね。よく使いこまれてる。いいものだ」

茶を勧《すす》めたとたん、志澤はぽつりと呟《つぶや》いた。端座する彼の前に座る藍が、塗《ぬ》りの盆《ぼん》を抱《かか》えたまま会話の切り口につまったのはそのせいだ。

(やっぱり、わかるひとにはわかるんだ)

志澤は所作のすべてに品があり、華美《かび》ではないけれど全体に高級なものを身につけていると、流行に疎《うと》い藍にもわかった。そうしたひとの目から見て「ものがいい」というのはつまり、村山の言った言葉が嘘《うそ》ではなかった証拠《しょうこ》だろう。

ふっと暗い気分になって、客がいるのも忘れて藍はため息をつく。

(相続税……三ヶ月なんてあっという間だ)

たった三ヶ月で何億もの金を用立てられるはずがない。ゆっくり考えてなどと言われても、考える余地などどこにもないのだ。

思い出の深い家も、うつくしい祖父の作品のすべても国に取りあげられる。そうして無一文になった藍は、いったいどこへゆけばいいのだろうか。

そうして物思いにふけっていた藍に、低い声がかけられた。

「……さきほどの方は、税理士さんですか」

「あ、え、……ええ。でもなぜ」

反射的に肯定《こうてい》して、はっと藍は息を呑《の》む。指の長い、大きな手には土地の権利書やさきほど村山に渡された書類がある。志澤を長く待たせないようにと慌《あわ》てて、さきほど適当にまとめて座卓の下に置いたままだったそれが、目に止まったらしい。

「……大事なものでしょう。こんなふうに置いておくものではありませんよ」

そろえた書類が、丁寧《ていねい》な仕種《しぐさ》で渡される。かっと頬《ほお》を赤らめ、すみませんと小声で呟いて藍はそれを受けとった。

「差し出がましいようだが、いま相続放棄《ほうき》についての手順がまとめた紙がありましたね」

「あ……ええ」

勝手に見るなと思いもしたが、目につくところに置いておいた自分が悪い。曖昧《あいまい》にうなずいた藍は、どうにか表情を取り繕《つくろ》って口元をやわらげた。

「祖父も……ぼくも、こうしたことに疎くて。なにもそういった対策をしていなかったもので」

お恥《は》ずかしい話ですと薄《うす》い肩《かた》を竦《すく》め、藍は適当に言葉を濁《にご》そうとした。

「となると、ここを手放すことに？」

「ええ、……まださきの身の振り方もわかりませんけど、そうなるんでしょうね」

ぐるりと家を見まわして、藍はほっと息をついた。物心ついてからずっと暮らしたこの家も、もうあと数ヶ月のうちには離《はな》れることになるのだろう。そうなってみると、いままで意識もしなかったすべてがいとおしいような、そんな愛惜《あいせき》を覚えてしまう。

それと同時に、護《まも》りきれないおのれ自身の力なさをも思い知り、藍は無意識に唇《くちびる》を噛《か》む。

——まあ、お若いから、条件さえつけなければ働き口はどうにかなるとは思うんですよ。

さきほど、今後について、おそらくは想像もしていないだろうけれど——と村山がつけ加えた言葉にも、藍はうなだれるほかになかった。

——ただ、作品については……これだけの広いおうちで、倉庫もきちんとしていらっしゃったようだが、おひとりで生活される場合に、作品の収納場所にも困ると思うんですよ。

言われたとおり、いくばくかの作品が残ったところで、自分がそれを正しく保管することは難しいだろう。清嵐の絵は手狭《てぜま》なアパートなどに収納しきれる大きさではなく、なにより保存状態を悪くして作品を傷《いた》めることだけは自分に許せない。

それくらいならば、すべて国に預けるほうがましなのだろうかと無力感に打ちのめされながら藍は思ったのだ。

さきほど志澤の来訪で引っこんだ涙《なみだ》がじわりと滲《にじ》んだ。ぎりぎりと天井《てんじょう》を睨《にら》むような顔になっていることにも気づかずにいたが、横顔に視線を感じてはっとした。

(いけない)

来客中に、感傷や悔《くや》しさという、内面的なことにひたっている場合ではないのだ。藍は無理に息を呑んで、どうにか表情を繕った。

「……ここ以外に暮らしたことがないので、どうなるかわからないんですが。しかたないです」

不安を隠《かく》して、重すぎる話題を茶化すようなことを藍は口にした。もうこれ以上は詮索《せんさく》するなという牽制《けんせい》のつもりの笑《え》みは、志澤の冷ややかな声に凍《こお》りつく。

「もう結論を出されたんですか？　すべて放棄すると。それはずいぶん決断が早い」

ずいぶんと突《つ》っこんだ話をする男の声にはどこか、藍を軽《かろ》んじるような響《ひび》きがあった。

志澤の言い方では、まるで、藍がなにも考えずにすべてを放《ほう》り投げたように聞こえる。

「もうって……でも、ほかに方法がないですから」

一瞬不愉快《いっしゅんふゆかい》さを覚えた藍の声は硬《かた》くなる。これ以上は踏みこんでくるなと伝えたつもりのそれを、しかし男はあっさりと受け流した。

「方法がないとは？」

志澤はなぜかこの話題を、適当な世間話で済ませる気はなかったらしい。意図のわからない問いに答える義理はないと思ったが、その強い口調に抗《あらが》うことができぬまま、眉《まゆ》をひそめた藍は渋々《しぶしぶ》と口を開いた。

「……つまり、ぼくは祖父の身の回りの世話以外していませんでしたし、まだ未成年で、おいそれとあの税金を稼《かせ》ぎ出す方法なんかないってことです」

口調がいささか投げやりになるのはしかたなかった。自分でもどうしようもないとあきらめている事柄《ことがら》を、あえて口にするのは苦痛が伴《ともな》うものだ。

そもそも金の話というのは、俗世《ぞくせ》を疎んじて隠遁《いんとん》生活を送る清嵐に育てられた藍にとってはひどく下世話なもののように感じられる。

ましてて初対面の人間に、こんな情けない事実を打ち明けねばならないという状況《じょうきょう》に、藍は屈《くつ》辱《じょく》さえ感じた。

(関係ないじゃないか……第一、なんでそこまで訊《き》くんだよ)

きっと志澤を軽く睨むが、欄間《らんま》から差《さ》した細い光が眼鏡《めがね》に反射して、男の表情を曖昧にした。

そして秀《ひい》でた額の中にある意図も、藍にはわからなくなってしまう。

酷薄《こくはく》そうな薄い唇が、藍の返答のあとゆっくりと皮肉げな笑みを浮《う》かべた。そうしてひとくち茶をすすったのち、彼はふうっと吐息《といき》する。

「なるほど。それであきらめるわけですか」

「べ……べつに、あきらめる、わけじゃ」

端正な所作だからこそ嫌味《いやみ》の滲んだそれに、不快感はいや増した。あげく放たれた突然《とつぜん》の鋭い言葉に、藍は動揺《どうよう》を隠しきれない。

「でもぼくには、どうしようもないことですから」

ただほかに手の打ちようもないことを、どうしろというのか。言い訳がましいと自分でも知りながら口にすれば、やれやれ、というように志澤はため息をつく。

「どうしようもない。それをあきらめたと言わないでなんと言うのか、教えてほしいものだ」

「──あなたさっきから、なにが言いたいんですかっ」

呆《あき》れたような口調に苛立《いらだ》って、藍は思わず身を乗り出す。それに対して一瞥《いちべつ》を投げた志澤は、いままでとはまるで違《ちが》う声を発した。

「なにも方法がない、働いていない未成年だからしかたない。そうして負ける前にするべきことはすべてやったのかと、きみに訊きたい」

「な……」

　がらりと口調まで変わった彼に、藍は息を呑んだ。そうしてやはり、あの刺《さ》すような視線にさらされて、無意識に身体《からだ》が竦んでしまう。

　この厳しい目は、なにかに似ている。ふと気づいたのは、作品の制作にあたった折りの、亡《な》き祖父のまなざしだった。

（なんでこんなやつに……似てるなんて）

　既視感《きしかん》に、動揺はひどくなった。だが、このなにもかもを見通すような、強く厳しい視線は、清嵐のそれに匹敵《ひってき》するほどに強いことは否《いな》めない。

「どういう……意味ですか」

　内心の動揺をこらえ、勝ち気に口を開けば、ふっと目を細めた志澤はさらに厳しい声を出す。

「きみは実際未成年だ。ということはつまり、法的にはまだ、ただの子どもだ。責任能力さえない。だったらしかるべき他人に相談することはしたのか」

「しかる、べきって……さっき、あの。村山さんにも話したし、その前にも画商のひとから、買い取りは無理だと言われて」

　相談するもなにも、力になれないと先んじられてしまってはどうすればいいのか。困惑《こんわく》を表情に表した藍に、つけつけと志澤の声が続く。

「たったひとりふたりに無理だと言われてそれで無理と考えるのは、あまりに浅慮《せんりよ》だね」

「な……あなたに、なにがわかるんですか！」

決めつけられ、かっとなって声を荒《あら》らげた藍に、志澤は平然としたままなおも言う。

「少なくともきみのわからないことはわかる。それと、一之宮氏がおそろしく世間知らずで、きみが無力だということも」

「なんっ……」

おそろしく突き放して聞こえる志澤の言葉に、藍はかっと頬が熱くなる。それ以上に、亡き祖父を侮辱《ぶじよく》するかのような物言いが許せなかった。

「わざわざけんかでも売りにきたんですか……っ」

「べつにそんなことはない。ただ、落ちこんでいるくらいならなにか手だてを考えればいいと言ってるんだ」

まるで藍がなにひとつ、手も尽《つ》くさずに放り投げたと決めつけるようなそれに、ついに感情は臨界点を超《こ》えた。

「——じゃあいったい誰《だれ》が祖父の作品をすべて買い取ってくれるっていうんですか！　それでその引き取ってくれたひとが、本当に絵を大事にしてくれる保証が、どこにあるんですか⁉」

そんなことができるくらいならば、とっくにやっている。思わず机を叩《たた》いて腰《こし》を浮かし、藍はいきり立ったまままくし立てた。

「第一、本来の絵画というのは金に換《か》えられるものではないのだと、再三祖父からも言われて

いました。値段ばかりがあがったところで、その作品の価値ではない。そんなのは芸術じゃない、意味もないと、彼は、そう……！」

そうだ。清嵐は勝手に桁《けた》の増えていく自作に対してこそもっとも批判的だった。

——投資家の都合のために描《か》いたわけじゃあ、なかった。

若かりしころ、競売された自身の絵がまるで小切手代わりかのように扱《あつか》われたことのある清嵐は、絵画が一部の人間の金を転がすために利用されることが、許せないと言っていた。

ただおのが生きるうえでの糧《かて》を得ることさえできれば、あとは静かに制作に没頭《ぼっとう》したいのに、そうさせない世間を呪《のろ》いさえして、だからこんなふうに山の奥に閉じこもっていたのだ。

「そんなふうにお金に換えることを、祖父はいちばん嫌がっていたのに……っ」

言いさして、ぐっと唇を嚙んだのは、おのれへの情けなさからだった。

(そうだ。なのにぼくは、大崎さんに……安く買ってほしいなんて持ちかけた)

むろんそこには、大崎ならば清嵐の絵を不当に扱わないだろう信頼《しんらい》もあった。けれど、状況に負けてうっかり、短絡《たんらく》な手段を選びかねなかった自分がいたのもたしかだ。

それだけに、志澤へと向かう藍の言葉には刺《とげ》が隠せない。

「だから、……そんなあさましいことを、ぼくがしていいわけが——」

「……甘ったれるな」

血の凍るような声に、興奮気味だった藍の言葉は喉《のど》の奥に引っこむ。いきなりなんだと反発しようにも、志澤の目はあまりに厳しかった。

「な……ん、ですか」

「金があさましいとはずいぶんな言いざまだ。きみは自分でその金を稼いだことはあるのか」

吐《は》き捨てるような言葉に、藍は顔色をなくした。図星をさされ、ぐうの音も出ないまま硬《こう》直《ちょく》した藍に、呆れかえった、という態度で志澤は冷たく言い放つ。

「金も名誉《めいよ》もいらないなんていうのは、飢《う》えたことのない人間の台詞《せりふ》だ。それを一之宮氏自身が口にするならともかく、苦労も知らずに、彼の庇護《ひご》下《か》にいた人間がプライドばかり振《ふ》りかざすな、不愉快だ」

「な……なに……」

震《ふる》える唇《くちびる》からは反駁《はんばく》のひとことさえ発することができず、淡々《たんたん》とした志澤の声に気圧《けお》される。

「精神論はご立派だ。だが実際いま、きみは明日から無一文になろうとしている」

そんな子どもが高潔な精神を説いてどうすると、皮肉な口調で志澤は言った。

「住む家もなく食う手だてもない、そういう現実をきみが身体で知ったころには、もう全部取り返しなんかつかない。そんなこと、想像もできてやしないだろう」

「……っ」

ふっと薄《うす》い唇が笑《え》みの形に歪《ゆが》む。端整《たんせい》な顔立ちだけにそれは酷薄さを醸《かも》しだし、藍はもう声も出せない。

「そういう状況になってなお、金などいらないと言いきれるなら、これはご立派な話だが」

冷ややかな声と相反する、燃えるような目のあまりの苛烈《かれつ》さに、腹を立てるよりも呆然《ぼうぜん》とした。志澤の声はけっして激してはいないけれども、その内容はおそろしく厳しい。

これは戦ってきた人間の目だ、とそう思えた。そして藍は——戦うことを拒否《きょひ》した生き物だ。勝てるわけがない。すっと冷静になって、浮かしかけていた腰をすとんと落とす。

(悔《くや》しいけど……言ってることは正しいんだ)

初対面の人間にここまで言われて、情けないと思った。不愉快《ふゆかい》でたまらず、けれどなにより藍が打ちのめされるのは、志澤の言葉に反論するなんの材料も、自分が持っていないことだ。

「……おじいさまのつきあいのあった画商がなにを言ったか知らないが、世の中の画商はひとりというわけじゃないだろう」

悄然《しょうぜん》とうなだれた藍に、志澤は小さく息をついた。藍の興奮が冷めたのを見てとったのだろう、少しだけ口調をゆっくりとさせ、たしなめるように言葉を綴《つづ》る。

「それこそ日本各地にいる連中に片《かた》っ端《ぱし》からあたるなりなんなり、してみようとは思わなかったのか?」

考えもつかなかったと弱くかぶりを振って、その後はっと思い出した藍は記憶《きおく》を辿《たど》るように目を泳がせた。

「そういえば……相談に乗ると言ってくれたひとが、いました」

「相手はよく知っているひとか? 具体的に話を?」

いいえ、と首を振って、藍は葬儀《そうぎ》の日にもらった名刺《めいし》を志澤に見せた。

「これは?」

「記憶にない方でした。たぶん祖父の知人かと……でも、この家にも来たことはありませんし、祖父自身から名前をうかがった覚えもないんですが」

しばしその名刺を眺《なが》め、なにかを思案するように、長い指が彼の顎《あご》に添《そ》えられる。沈黙《ちんもく》の長さが奇妙《きみよう》な不安を呼んで、藍は問われないまま言葉を綴った。

「そういうお相手ですし、おそらくその場の感情で、同情的なことを仰《おつしや》ったんだろうと――」

「違うな」

しばし考えこんだあと、ひどく難しい顔で志澤はひとこと呟《つぶや》き、手にしていた名刺を放《ほう》った。

（なんだろう？）

それは彼らしからぬ――この短い時間の様子から察するに、だが――いささか投げやりにも思える所作で、藍は目を瞠《みは》る。

「だがいずれにせよ、この人物には連絡《れんらく》しないほうがいい」

「それは、最初からそのつもりですが」

「訂正《ていせい》する。……自分がかわいければ、けっしてコンタクトを取るな」

強い否定を口にする志澤に、どういう意味だと藍は首を傾《かし》げた。

「おそらく、こちらに頼《たの》めばそれなりの方法でもって、相続税も、きみの身の振り方も処理してもらえるはずだ。だがその際、きみが考えるよりも面倒《めんどう》なことを要求されるだろう」

「要求、って……でも、ぼくはなにも持っていませんが」

きょとんとする藍に対し、ひどく疲《つか》れたような吐息《とい き》をして、志澤はすっきりした鼻筋にかかる眼鏡《めがね》のブリッジを押さえた。

「福田功児《こうじ》。この名刺の肩書《かたが》きでは美術商とあるが、実際にはとある団体の影《かげ》の銀行、と言われる男だ」

「え……銀行？」

「美術商というより、盗品《とうひん》売買の闇《やみ》ブローカーと言ったほうが正しい。それで作った金をあちこちにばらまいてる。だからたしかに、そういう意味での力はあるが」

要するに裏社会の人間だという志澤に、藍は顔色をなくした。だが、そのきな臭《くさ》い話以上に、志澤が苦々しげに続けた言葉にはもはや声さえも出なくなる。

「ついでに言えば、福田はいわゆるお稚児趣味《ちごしゅみ》だ。……意味はわかるか」

「は……」

苦々しげなその声に、とっさに自分の手を握《にぎ》りしめた。親愛と憐憫《れんびん》の情とばかり思っていたあの握手《あくしゅ》が、とたんにすさまじく粘《ねば》ついたものに思えて、手の甲《こう》を押さえる。

——藍くんがどうしようもなくなったなら、私に声をかけてください。いいね？　きっと、きっときみに悪いようにはしないよ。

（あれは、そういう意味だったのか）

感触《かんしょく》をこすり取るように手をすりあわせる藍の所作に、なにかを読みとったのだろう。静かにため息をついて、志澤は口を開いた。

「まあ、ひとりで生きていくと片意地張るのなら、そういう方法もなくはないだろう。いっそ身体《からだ》で稼《かせ》ぐとか、そのくらいの気概《きがい》があるほうが逞《たくま》しいとも言えるが」

「そんなつもりは……ありません」

ぞっとしない話を淡々と言ってのける彼に怖気《おぞけ》立《だ》ち、藍は弱々しくかぶりを振る。もう完全に志澤の言葉に打ちのめされ、反論する気力さえもない。

うなだれる藍に対して、志澤はその厳しいまなざしをまっすぐに向けたままでいる。ややあって、小さく息をついた彼は意外なことを口にした。

「たとえば、美術館への寄贈《きぞう》という手は考えなかったのか」

「え……」

悄然としたさまに、少しは哀《あわ》れに思ったのか、彼の声が少しだけやわらいだ気がした。意外に思いながら顔をあげると、志澤は相変わらずの口調でこう続ける。

「美術品の相続については、国公立美術館へ作品を寄贈すれば、無税になるんだ。少なくとも、なにもせずに放り投げてしまう前に、少しは調べようと思わないのか」

そんなことも知らないのかと言いたげな口調に、かっと頰《ほお》が熱くなった。無知を羞《は》じる気持ちはありながら、内心ではそんなことを言われてもと思う。

「放り投げたわけじゃありません。でも、そうしたことも……なにも、知らないんです」

藍はこの五年、清嵐以外とほとんど接することはなかった。世間の情報を得るのはたまに見るテレビと書籍《しょせき》程度でしかなく、世知に関してはおそろしく疎《うと》い。まして唯一《ゆいいつ》の保護者である清嵐自身がその手のことにまったく興味もなかったとくれば、藍にそうした生きるうえでのややこしいことを教える誰《だれ》も、いるはずはなかった。

「……不勉強で、すみません」

顔を赤く染め、屈辱《くつじょく》的な気分に浮《う》かんだ涙《なみだ》を必死にこらえていると、ふうっと志澤はまた息をついた。

「謝ることはない。たしかにこの件に関しては、周囲の人間に責任があると、俺も思う」

「え……」

「きみは中学を中退しているそうだね。それも——きみのおじいさまの意志で」

なぜそれを、と藍は目を瞠る。たしかに藍は中学の二年から学校というものに通うことをやめている。だがその件についてはごく身近な人間か、当時の関係者しか知るものはないはずなのだ。

(どうして、知ってるんだ)

ますますうさんくささを感じ、身を強《こわ》ばらせた藍の前で、志澤は恬淡《てんたん》と言葉を綴る。

「言っておくがその件について詮索《せんさく》する気はない。ただ、事実関係を調べさせてもらっただけだ。一応、ビジネスの前には下調べをする主義なのでね、不愉快だったら申し訳ない」

「ビジネス……?」

ますます意味がわからないと不安げに首を傾げた藍の前に、彼の様子を奇妙に感じた理由のひとつである、あのアタッシェケースから志澤は書類を取りだす。

「そうやって若いころからすべての情報を遮断《しゃだん》されていれば、複雑な事情について知識が得られないのも、無理もないことだとも思う」

「は……あ」

「ただだからといって、本人がその時間を無為《むい》に過ごしたのでは意味もないけれど」

フォローをしているのか落ちこませたいのか、いったいどちらなんだと藍は混乱した。

だがどうやら、自分のペースを崩《くず》すつもりのないらしい志澤は、手にした書類を確認《かくにん》するや、藍を置き去りに話を進めてしまう。

もうなにがなんだか、と思っている藍の前に、志澤の整った指が書類を差し出した。

「これにざっと目を通してもらいたいが、その前にさきほどの話の補足をしておこうと思う。美術館への寄贈を考えていないかとは言ったが、この三ヶ月以内に、一之宮清嵐作品をすべて収納する国立の美術館は、おそらくは見つからないだろうというのがこちらの見立てだ」

「え……？」

だったらなぜそのような話をしたのかと目を丸くすれば「そうした手だてがないわけではないと言っておかなければ、フェアではないから」と志澤はさらりとつけ加える。

「ともあれ、国立はいまはどちらも作品あまりで、よしんば引き取ったとしてもまともな管理下に置かれるとは思えない。そこで、うちの会長が、一括《いっかつ》して引き取りたいと言い出した」

「会長……？」

怪訝《けげん》そうに眉《まゆ》をひそめ、目の前に出された書類を覗《のぞ》きこんだ。だがその中身を見るまでもなく、束ねたその一枚目を確認した段階で、藍は声を裏返す。

「え……!?」

「これにきみが納得《なっとく》するならば、すべてを俺に任せてほしい。むろんこの家についても、今後の生活についてもすべてを保証すると約束する」

Ａ４の用紙を束ねた書類には、『志澤美術館・一之宮清嵐別室・企画《きかく》概要』という文字がプリントされている。

「志澤……志澤って、まさか、あの」

彼の名を聞いてから、ずっとなにかがひっかかっていた。その理由にようやく思い至り、藍は心臓を高鳴らせた。

焦《あせ》りを覚えつつ、さきほどろくに目を通しもしなかった名刺《めいし》を取りだすと、それが二枚重なっていることに気づいた。

一枚は『藤岡《ふじおか》不動産株式会社』という社名のあとに、専務取締役《とりしまりやく》という肩書き。もう一枚は『アートコンサルタントＹＳ』というもので、肩書きは特にないが、いずれも目の前の男の名前がある。

(違《ちが》うのか……でも、なんで二枚?)

求めた名前がそこにないことに、都合のいい誤解だったかと藍は表情を曇《くも》らせる。だがその杞憂《きゆう》を打ち砕《くだ》くように、志澤のよくとおる声が補足をくわえた。

「それは俺個人の名刺で、どちらもグループの末端《まったん》の会社だから、冠《かんむり》に志澤の名前はない。だが、おそらくきみの知っている『志澤』に間違いないだろうな」

「え、……じゃあ」

ふっと口元をゆるめた男の笑《え》みは、いささか皮肉なものに映る。だが藍にはその表情の意味するところや、彼自身の内心を慮《おもんぱか》る余裕《よゆう》はとてもない。

「ほんとうに……？」

「冗談《じょうだん》でこんな面倒《めんどう》な話をする気はない。……さて、一之宮藍さん。ここからはビジネスの話になります」

すっとブリッジを押し上げ、再度丁寧《ていねい》な口調になった志澤は、あの鋭《するど》い視線で藍をまっすぐに見る。

そしてビジネス用なのであろう、穏和《おんわ》で甘い笑みとともに、なめらかな声を発した。

「おじいさま、一之宮清嵐氏の作品、そしてこの家ごとを、志澤コーポレーションに譲《ゆず》る意志は、あなたにありますか？」

志澤コーポレーションはバブル期の混迷《こんめい》を乗り越《こ》えてなお強大な力を有する旧財閥系《きゅうざいばつけい》のグループである。グループ出資の施設として著名な『志澤美術館』を保有しており、私立としては日本でも有数の美術館であるそれを、藍もむろん知っていた。志澤の名にひっかかったのはそのためである。

そして志澤自身は現在、会長直下の立場としてグループの子会社をいくつか任されている身分だと、淡々とした声での説明は続いた。

「さきほどは厳しい物言いをして申し訳ない。だが、あのままでは無気力さのあまり、丸投げしてしまいそうな気がしたもので」

「はあ……」

あまりの急展開に相づちをうつのが精一杯《せいいっぱい》で、正座したまま藍は目をまわしっぱなしだ。

「もともとは、会長、志澤靖彬《やすあき》が、一之宮清嵐作品の蒐集家《しゅうしゅうか》であったことがはじまりです」

藍はあずかり知らないことだったが、清嵐の逝去《せいきょ》については、新聞の片隅《かたすみ》に載《の》る程度の話題にはなっていたらしい。それを知った靖彬会長は、すぐに手を打ってくれといま目の前にいる男へ頼《たの》みこんだのだそうだ。

「今回の件ですべての作品が国に持っていかれて、ずさんな管理下におかれるのはあまりに惜《お》しいと、会長みずからが申し出て、それで私がこちらに出向いてまいりました」

「買い上げ……ということですか？」

「いや。そうした場合には逆に、また税金がかかってしまう。それでは現状、藍さんにかかる負担はまったく変わりがありません」

「はあ、そうですか……」

眉を寄せる藍に、手元の書類に目を落としていた志澤は「なにか」と平坦《へいたん》な口調で問いかけた。それに対し、しばし唸《うな》ったあとに藍は口を開く。

「あの……すみません、そのしゃべり方、やめていただいていいですか」

「その、とは？」

「ぼくのほうが年下ですし、あまり丁寧にされると、その」

居心地《いごこち》が悪いです、と藍はぼそぼそと告げた。さきほど、目の前の男にはひどく厳しい物言いをされたせいか、丁寧な口調が却《かえ》って座りが悪かったのだ。

「……さきほどは個人的な発言で、いまは仕事の話をしているんですが」

「それでも、ぼくはそれこそ、子どもですから」

そこまで使い分けられるといっそ嫌味《いやみ》だとは言えず、困り顔をした藍に、ふっと志澤は口元をゆるめた。

「では、そうさせてもらおう。説明の続きだ」

「あ、はい」

切りかえの速さにやはりいささか面食《めんく》らいつつも、むしろほっとして藍はうなずいた。

「まずこの作品についてだが、売却《ばいきゃく》の形を取ってしまえば結果、相続税は免《まぬか》れない。現状想定される時価評価額より多少割引くにしても、結果として同じくらいの金額がきみの手元に入ることになるからだ」

なるほど、とうなずいた藍は、ならばどうするのかと目顔で問う。

「さきほど、国立の美術館であれば無税になるとは説明した。だが志澤美術館は私立、そのために贈与《ぞうよ》という形を取ってもらう。むろん贈与税が相当額派生するけれども、それについてはグループ内での決裁も取りつけた」

そうすれば藍のもとに金銭は入らないけれど、逆をいえば相続税もチャラになるというのだ。

「でも、それじゃあそちらのメリットは、なにも」

なぜそこまでしてくれるというのか。いくらなんでも都合のよすぎる話に藍が不信感を覚えるより早く、志澤は「会長がファンだと言ったろう」と淡々と言う。

「会長が個人で収蔵している作品は『春宵《しゅんしょう》』・『夏宵《かしょう》』の連作と、『憂《うれ》う月下《げっか》美人』の三点」

「あっ……」

いずれも清嵐の初期作品の中で、評価の高かったものだ。連作であるふたつは同じ構図の風景を描《えが》き、タイトルどおり春と夏の季節を描きわけたもの。『憂う月下美人』は花を手にした女性が伏《ふ》し目にうなだれ、同じように手の中の月下美人もしおれかけているという、ややもの悲しげな一枚だった。

「これ以外に志澤美術館で買い取ったものは、『草創《そうそう》』。そのほかはなかなか清嵐氏が手放したがらず、入手できないと会長は悔《くや》しがっていてね。これもある人物と競《せ》り合ったあげく、一之宮氏本人の好意で譲《まも》られたと聞いている」

だからその絵が手に入ること、それ自体がメリットなのだと志澤は言った。

「この機会に集められるものならば、私財をなげうってもいいと。贈与税ほかは……まあ、もろもろの事情で書類上は志澤グループから捻出《ねんしゅつ》される形になるが、実際には会長のポケットマネーだ」

「そ……そうなんですか」

あまりおおっぴらに言えることではないがと告げる男に、藍はぎこちなくうなずくしかない。

「ともあれ、そうして贈与してもらえれば、この企画《きかく》を実現できる。作品を一堂に会し、一之宮清嵐別室――これは美術館の別館内部にコーナーを作って、常に閲覧《えつらん》できる状態にする」

「ほんとうですか……！」

せっかくの作品を、ただ税を集めるだけの目的で、国に取りあげられることはない。力強く告げる志澤の声に、藍は思わず口元をほころばせた。

（これで……絵が、ちゃんと見てもらえる。保管もしてもらえる）

村山との会話であきらめかけていた、自分のささやかな夢がこれでかなう。小さなギャラリーでかまわないから、清嵐の作品をきちんとした形で発表したいと思っていたそれが、名のある美術館でしかも別室まで常設してもらえるなら、これ以上のことはないだろう。

「ひとに見せてこその絵画だろう。ストッカーに詰《つ》めこむ目的で描く画家はいないはずだ」

心からの藍の笑みを認めて、志澤も少し声をやわらかにする。

「なにより、清嵐作品はひとを魅《み》せるものだと、俺は思う」

「……ありがとうございます」

敬愛する祖父への賛辞に、藍の口からは自然と礼がこぼれた。だが志澤はそれを、そっけなく受け流す。

「礼を言われることではないだろう。俺の単なる感想だから」

どうもシニカルな言動の男だと思うが、反発は覚えない。ただどうやら言葉の端々《はしばし》に、志澤自身美術への造詣《ぞうけい》も深いのではないかと気づき、そこでふと藍は、さきほど見つけた二枚目の名刺に思い至った。

「あの、アートコンサルタントってありましたけど……」

「ひらたく言えば美術商だ。絵画だけでなく、古美術も扱《あつか》っている」

「ああ、それで……」

さらりとした返答に、そういうことかと藍はうなずいた。どうりでさきほども、湯飲みについてあっさり唐津と言い当てたわけだ。

「これでとりあえず、作品についての問題は解決すると思う。それから、この家についてだが」

残された家土地に関しても、志澤グループの保養所という名目で買い上げ、現存のままに残すようにすると志澤は言った。

「だがあくまでそれは、名目上のことで、きみがこの家に変わらず暮らしたいと思うなら、名義上の管理を預かる形にしてもいい」

「え……そんなこと、可能なんですか？」

「可能だから言っている。そしてもしこの話を受けてくれるのなら、さきほども言ったようにさきざきの生活の保証もする」

願ってもない話だとは思ったけれど、にわかには信じがたかった。藍はたしかに世間知らずであったけれど、いくらなんでも都合のよすぎる話だと感じる。

「なんでそこまで、してくださるんですか」

「これも会長の指示があった。生前、さきに言った三点を購入《こうにゅう》した際に、一之宮氏本人と話す機会があったらしい。そのときにきみの話が話題にのぼった」

藍自身はあずかり知らぬ話だったが、靖彬会長は清嵐と面識があった。その際、清嵐から藍の話を聞き及《およ》んでおり、なにもかもをなくした彼の面倒《めんどう》を、志澤に見るよう命じたのだという。

「……お孫さんが苦境にたたされるのは忍《しの》びないと、ひどく会長は気にかけておられたから、今回の件で作品のみならず、すべての負担がきみにかからないようにと言われたんだ」

「でも……お会いしたのはその一回きりですよね。たったそれだけの話で……？」

呆然《ぼうぜん》と呟《つぶや》いた藍は、『お孫さん』と口にしたとき、一瞬《いっしゅん》だけ志澤の瞳《ひとみ》をよぎったものに気づく。しかし、いまはその不思議な表情を追及《ついきゅう》する余裕《よゆう》などなかった
「納得《なっとく》できなければ、金持ちの道楽だとでも思えばいい。そもそもが、『春宵』一点だけでも当時、七千万からしたはずだ。会長はそれを二点、まとめて買いつけたくらいだし、正直いえば彼にとってはこのくらいの買いものはたいしたことじゃない」

「なな……せん、って」

具体的な価格を言われると、さすがに面食らう。藍は祖父の作品はすばらしいと思ってはいるが、それは目の前で作りあげられていく芸術に対しての賛辞以外のなにもなく、金銭価値として考えたことは正直、この日まで一度もなかったのだ。

（おじいさんって、……なんだか、すごいひとだったんだな）

気むずかしく言葉の少なかった祖父について、藍はあらためてそう思う。それは誇《ほこ》らしくもありまた、ある意味現実感のないような、不思議な感慨《かんがい》だった。

「そして今後についてだが……きみは、どうしたい」

「えっ？」

物思いにふけったところにかけられた言葉の意味を、藍は一瞬摑《つか》みあぐねた。

問われるまでもなく、いまはほかに術《すべ》がなく、志澤に頼《たよ》る以外の道はないだろう。そう思った藍を見透《みす》かすように、志澤はやはり淡々《たんたん》と告げる。

「俺がいま説明したのは、あくまで会長の代理としての提案事項《じこう》だ。強制じゃなく、この話を受けるか拒《こば》むかは、きみ自身が決めるべきだ」

そのひとことは、さきほど藍が口にした『ほかに方法もない』というあきらめの言葉への戒《いまし》めだと気づいた。はっとして彼の瞳を見つめれば、志澤はどこまでも静かな表情をしている。

「きちんと考えてほしい。さきほどの税理士でも、信用できる大人でもいい。今日のこの話をちゃんと相談して、そのうえで自分で決めなさい」

「……もし、それで、やっぱり全部放棄《ほうき》しますと言っても、いいんですか？」

考えるよりさきに、なぜかそんな言葉が口をついて出たのは、冷静すぎる男にいささか残る反感のせいであっただろうか。しかしそれさえも、あっさりと彼は受け流した。

「会長は惜《お》しむだろうけれども、それはそれできみの選択《せんたく》したことなのだろうから。ただ、今回の話を受けないとなれば、このさきの生活には困るだろう」

あげく、そのときには相談に乗るからと、あらためて名刺《めいし》の裏に自分の個人的な連絡先《れんらく》まで書き記した。

「就職先の斡旋《あっせん》くらいは、俺にもできる。遠慮《えんりょ》はいらないから、連絡してきなさい」

「どうして……」

その言葉に、ますます意味がわからない、と藍はゆるくかぶりを振《ふ》った。

「なにか疑問でも？」

「あなたは、この話をビジネスだと言ったじゃないですか」

直接的には関係ないはずの志澤が出向いてきたということは、彼にもなんらかのメリットがあって、この大がかりな提案をしてきたはずだ。だが、藍がその話を拒んだならば、彼自身のビジネスはご破算になるのではないだろうか。

「なのに、話を受けないのに、こんな……ことまで、されるいわれがないです」

「いわれか。……意外にかたくなだな」

藍の困惑《こんわく》に対して明確に答えないまま立ちあがる彼が、この場を去るつもりだと察して、藍は慌《あわ》てて食い下がった。

「志澤さん、待ってください。どうしてですか、答えてください！」

玄関《げんかん》に向かう背の高い男を追いかけた藍の言葉に、振り返りざま志澤は告げる。

「――ビジネスは、その一度の商談だけで終わるわけじゃない」

「え？」

「営業するときは根回しして顔をつないで、次のチャンスにかける場合もある。そして、その場では見こみのない商売だと思っても、どこでその縁《えん》がめぐってくるかわからない、というのが会長の持論だ」

「だから、いまそんな話を聞きたいわけじゃ……」

だからなんなのだ。いまここでビジネス論など聞いてもそれこそ意味がないと藍が眉《まゆ》をひそめれば、なぜか志澤は小さく笑った。とたん、どきりと藍の心臓が跳《は》ねあがる。

その表情はさきほど浮《う》かべた、あきらかに仕事用とわかる笑《え》みとはまるで違《ちが》った。

(うわ……)

膝《ひざ》をつき合わせて話す間、一度として感情らしいものを見せることのなかった志澤の、おそらく素《す》の表情である控《ひか》えめな笑みは、おそろしく甘く魅力《みりょく》的なものだった。

言葉を失い、なぜか赤くなる顔をとっさにうつむけた藍へ、静かな声がぽつりと告げた。

「……つまりきみとの縁も、なににつながるかわからない。これは、俺の判断だ」

「え……?」

「一之宮藍くん。きみ自身が、よく考えて答えを出してくれ」

それでは、と軽い会釈《えしゃく》をして、志澤は雨の中を消えていく。はらはらと空から落ちる雨は、不意に差した雲間の光を反射して、真っ黒なスーツを銀色に輝《かがや》かせた。

どこまでもまっすぐに伸《の》びた広い背中を見送り、藍は手の中の名刺を握《にぎ》りしめる。

そして、走り去る車の音を耳にしても、しばらくその場から動くことができなかった。

＊　＊　＊

かんと音がしそうなほど晴れた、夏の朝。

小田急線新宿駅《おだきゅうせんしんじゅくえき》のホームに降りた藍は、むせかえるようなひといきれに小さく咳《せ》きこんだ。

（なんか、息ができない）

数年ぶりに訪《おとず》れた東京は、目のまわるような蒸《む》し暑さと空気の悪さがすさまじい。清嵐の供をして一度か二度ばかり来たことはあるけれども、それもごく小さなころだ。この五年、山深い土地で近隣《きんりん》のひとびととのひっそりした交流以外経験しなかった藍は、どこから湧《わ》いて溢《あふ》れてくるのかというひとの多さにくらくらした。

「え……と、西口の小田急デパート側……の、ジェラート売り場？」

メモを読みあげつつ、妙《みょう》な場所を指定されたと藍は首を傾《かし》げた。それ以前に困ったのが、ジェラートというのがイタリアンアイスクリームだというのはさすがに知っているが、実物として見たことがない。

（ジェラート……どんな売り場なんだろう）

こんなことならもう少し、世間の流行について勉強しておくのだった――とほぞを噬《か》んでもいまさら遅《おそ》い。

なにしろ山にこもっての清嵐とのふたり暮らしでは、そうしたものに触《ふ》れる機会がまずなかった。一応テレビはあったのだが、祖父はNHKの文化番組——古墳発掘《こふんはっくつ》やシルクロード特集などだ——以外に見ることはなかったし、雑誌は出版社が勝手に送ってくるので読んでもいたけれど、そのほとんどは美術関係の専門誌だ。

おまけに藍の住んでいた地域は市街地から遠く離《はな》れた山間《やまあい》で、近隣には一応、八百屋《やおや》や魚屋などの連なる商店街もあるにはあったが、それも田舎《いなか》のこぢんまりした店ばかりだった。

時代の波に押されてコンビニは一軒《いっけん》あるものの、それももとは酒屋だった店を改装しただけの寂《さび》しいものだ。娯楽《ごらく》施設といえば寂れたスナックが一軒あり、そこにカラオケが一台あるだけ、むろん藍は利用したこともない。

(でも、これからはこういう街で暮らすんだ)

慣れなければいけないと、藍は拳《こぶし》を握る。

あの日、志澤が申し出てくれた件について、藍は数日間悩《なや》み抜《ぬ》いた。そうして結局は、彼の言葉どおり、藍はまず大崎と、それから村山へと相談したのだ。

——志澤さんから、そんなお話があったのか！ それは藍くん、願ってもないよ。

大崎は、もうそれを断ることはないだろうと太鼓判《たいこばん》を押してくれた。美術関係に明るくない村山も「寄贈《きぞう》は考えつかなかった、申し訳ない」と藍に詫《わ》び、おそらくはそれがもっともよい方法であろうと言った。

どうやら志澤靖彬というひとは蒐集家《しゅうしゅうか》としてその世界では有名な人物でもあり、もっと古い時代には若い芸術家たちのパトロンをしていたこともあるのだという。

志澤コレクションと呼ばれる彼のコレクションは有名で、志澤美術館を設立したのも靖彬氏自身だったそうだ。

むろん大崎自身も多少の面識はあり、つてを辿《たど》って今回の話の裏付けを取ってくれたらしい。

——名刺の連絡先も、それから会長にも確認《かくにん》したけれど、たしかに本人だよ。なにも心配はない。よかったねえ、藍くん。

清嵐とは六十年来のつきあいである大崎は、藍についても孫のようにかわいがってくれていた。だからこそ、今回の事態に胸を痛めていた彼は好転した状況《じょうきょう》を手放しで喜んでくれ、皺深《しわぶか》い顔に涙《なみだ》さえ浮かべていた。

——ところで大崎さん。あの、このひとご存じですか？

そのとき、例の福田とかいううさんくさい人物についてものはついでと訊《たず》ねてみたのは、ふとした思いつきでしかなかった。だが、大崎の返事は、唸《うな》るようなひとことだけだ。

——あいつが、来たのかい……。

そのときに浮かべた渋面《じゅうめん》に、志澤の告げた言葉がほぼ真実であっただろうことは知れた。なにか言ってきやしなかったのか、と問われ、老齢《ろうれい》の大崎に心配をかけることがいやで、藍は「香典返《こうでんがえ》しをどの程度すればいいのかと」という、当たり障《さわ》りのない返事にとどめた。

（まあ、関係のないままにしておけばいいんだし）

葬儀《そうぎ》に来てくれた弔問客《ちょうもんきゃく》への礼を尽《つ》くせば、そのあとはもう知らぬ話だ。それでいいことにしようと、藍は福田の名前を脳の奥に封印《ふういん》した。

それからはもう、怒濤《どとう》の日々だった。志澤に連絡し、贈与《ぞうよ》に関してや不動産売却《ばいきゃく》、その他もろもろに関しての書類に、藍は不慣れな頭をくらくらさせながら、たくさん目を通した。だがその面倒《めんどう》な手続きの書類作成は、ほとんど志澤が請《う》け負ってくれていた。藍のしたことは未発表の作品の目録を作り、家の中にあるものとそれを照らし合わせる最終確認くらいのものだ。

書類上、すべての始末がつくころには、季節は盛夏《せいか》を迎《むか》えていた。無事清嵐の作品も、山間のあの家から志澤美術館へと運び込まれ、いまは別室の開館準備を整えている状態だ。

そして残るは、藍自身の身の振《ふ》り方だった。このまま、清嵐と暮らした家に住むという選択《せんたく》肢《し》もあるが、と前置きしつつも、志澤はこう提案した。

——きみはまだ若い。このままこの田舎に引きこもっているのはどうかとも思うし、それから俺自身が、きみの状況をこまめにケアするには、いささか難しい。

東京に住み、仕事場もそちらにある志澤にしてみれば、藍の様子見をするのもけっこうな手間であるのは想像に難《かた》くない。

清嵐の制作と作品保管を兼《か》ねていた広い家は古く、正直、暮らすには勝手が悪いのも事実だ。なにより、この静かすぎる場所でひとりきり、清嵐を偲《しの》んで生きるには藍は若すぎると志澤は言った。

——いまはおじいさまの遺《のこ》してくれたお金で、学校に通うなりして見聞を広めたほうがいいんじゃないか。そうすればおのずと、このさきの身の振り方も決まるだろう?

それにはやはり、選択肢の多い東京に出てくるのがよかろうと言われ、藍もそれにうなずいた。住む場所の手配まで志澤に任せるのは申し訳なかったが、もうここまできたらすべて彼に頼《たよ》る以外にないのだと、決意を固めた上京の日は、思った以上に早くやってきた。

「西口、西口……」

頭上にある表示を必死に追いかけながら、藍はごみごみとした駅の構内をおぼつかない足取りで進んだ。大きな旅行鞄《りょこうかばん》が肩《かた》に食いこみ、よろけてひとにぶつかればじろりと睨《にら》まれる。

「すみません……っ」

身の回りの品を詰めこんだそれはけっこうな重さだった。おまけに清嵐が数十年前に使っていたような、時代がかった鞄を持っているひとなど誰《だれ》もなく、じろじろと眺《なが》められて藍は身の置き所がないような気分を味わった。

泣きそうな気分になりつつ、待ち合わせ場所を探していた藍は、志澤の姿を見つけたとき、なんだか安堵《あんど》で涙が出そうだった。

品のいいすっきりしたスーツに、おそろしく端整《たんせい》な顔立ち、そしてリムレスの眼鏡《めがね》。人混《ひとご》みから頭ひとつ飛び出たような長身のおかげで、見たこともないジェラート売り場ではなく彼自身が充分《じゅうぶん》な目印になってくれた。

「あ、——志澤さん！」

「遅かったな」

不慣れな場所を歩き回ったおかげで、目的地に辿りついたころには、予定していたより十五分ほど遅れてしまっていた。すみませんと頭を下げつつも、藍は志澤の背後にあるカラフルなスタンドを見て感心したように呟《つぶや》いた。

「へえ、これがジェラート売り場なんですか」

「もしかして、知らなかったのか？」

「……はい」

驚《おどろ》いたような志澤の声に、ひといきれと緊張《きんちょう》に赤らんでいた藍の頰《ほお》が、さらにかあっと紅潮する。ずいぶんな田舎ものだと言われたようで恥《は》ずかしかったが、しかし次に発せられた彼の声は、藍の予想とは違《ちが》い、冷たいものではなかった。

「そうか、悪かった。若い子ならこうしたところのほうがわかりいいだろうと思ったんだが」

「え、あ……いいえ。ぼくが、物知らずなので」

おまけに、志澤は藍の手にしていたバッグをあっさりと取りあげ、そのまますたすたと歩き出してしまう。

「あ、あの、どちらに？」

長身で脚《あし》の長い彼は歩みも速く、小走りに追いかけながら藍は問いかけた。

この日迎えに行くと言われていたきりで、そういえば藍がこのあとどこに住むのか、どのようにすればいいのかもなにも説明されていない。少しばかりの不安を覚えつつ問いかけると、振り向かない広い背中が相変わらずのそっけない声を投げてくる。

「外に車があるから、ついてきてくれ。それで、俺の家に行く」

Gelato

「はい、それで……その、ぼくの住むところの、最寄《もよ》り駅はどこでしょう？　電車の路線なんかも、知りたいんですけど」

そうすれば、わざわざ志澤の手を借りずとも自分で行けるではないか。藍が都会の熱気に噴《ふ》き出る汗《あせ》を拭《ぬぐ》いつつ首を傾《かし》げると、あっさりと志澤はこう言った。

「説明していなかったか？　きみはしばらく、俺と一緒《いっしょ》に住んでもらう」

「は……い？」

考えてもみなかった返答に、藍は目を瞠《みは》る。駐車場《ちゅうしゃじょう》に辿りつき、目的の車を見つけた志澤はリモートコントロールキーでロックを解除しつつ、藍の疑問に逆に不思議そうな顔をした。

「この間も俺の家に荷物を送るよう、言っておいただろう」

「え、でもあれは……そ、そういうことだったんですか？」

そういえばいま志澤に持ってもらった荷物以外のものは、新居となる住所宛《あて》に送るようには言われていた。だがその宛名が『志澤知靖』となっているのは、てっきり入居前で、受取人が彼になっているだけのことかと思っていたのだ。

「面倒をみると、言っただろう」

「いえ、それは言われましたが……」

予想していなかった事態に混乱しつつ、立ち竦《すく》む藍に、助手席のドアを内側から開け、志澤は軽く顎《あご》をしゃくった。

「早く乗りなさい。あまり時間はないんだ。なにか質問があるなら車の中で聞く」

「は、はい」

いささか呆然《ぼうぜん》としていた藍は、促《うなが》す声に我に返って車に乗りこむ。高級そうな車の名前は知らないが、なんだか乗りこむにもためらうような雰囲気《ふんいき》だ。

「シートベルトを」

「あ、はい、えっと……」

おずおずと助手席に座ると、やはり平坦《へいたん》な声で告げられる。慌《あわ》てているためと慣れないのとで、シートベルトのロックにもたつく手をちらりと眺めた志澤は、軽く息をついて長い腕《うで》を伸《の》ばしてきた。

「ここだ。この金具にはめて」

「は、はい」

ぐっと身を乗り出す形になった志澤からは、あの初対面の日にも感じた甘い香《かお》りがする。祖父との田舎《いなか》暮らしで、香水《こうすい》をつける男性というのにあまり縁《えん》のなかった藍にとっては、なんだか不思議な感じがする。

（あ、そういえば……あの、福田ってひとも、もっと濃《こ》い匂《にお》いしてた）

ふと思い返すに、祖父の葬儀に来ていた例の美術商も、フレグランスを纏《まと》っていた。それは志澤のそれのように涼《すず》やかな印象はなく、もう少ししつこい匂いのする甘ったるいもので、強すぎるそれに藍は顔をしかめないようにするのが精一杯《せいいっぱい》だった。

（でもこれは、すごい……いい匂い）

だがいま、この至近距離《きょり》にあっても志澤の香りはなんら、藍の神経を苛《いら》つかせない。

それ以上に、間近で伏《ふ》し目《め》をした志澤の顔立ちは、やはりどぎまぎするほどにうつくしいと思う。柔和《にゅうわ》だったり女性的な線の細さはみじんもないけれど、完璧《かんぺき》に整ったシンメトリックな顔は、輪郭《りんかく》のラインがいわゆる1:1.618——黄金率に近いのではないだろうかとさえ思った。

ぼんやりと見惚《みと》れていると、シートベルトを確認《かくにん》した志澤が身を起こしながらすっと切れ長の目をこちらに向ける。

「なにか?」

「あっ、いえ」

顔の角度のせいで、まるで流し見られたようなそれにもいささかうろたえつつ、藍はかぶりを振った。それについても特にコメントはないまま、志澤はなめらかに車を発進させる。

ほとんど振動《しんどう》のないそれに、運転のうまいひとだと思いながらも、藍はまだ当惑《とうわく》していた。

(一緒に住むって……本気かな)

正味のところ、藍は志澤に会うのは、今日でようやく片手の数に足りる程度だ。しかも彼は、控《ひか》えめに言っても親しみやすいタイプではない。端的な言葉で事務的用件以外を口にすることはないし、いまこうして車中にふたりきりでいても、沈黙《ちんもく》ばかりが続いている。

「あ、あの……なんで、志澤さんの家なんでしょうか」

「なにか問題でも? さきほども言ったとおりだ。面倒《めんどう》をみると言ったからにはきちんとする」

隣《とな》り合わせにいる人間、それも車中という閉鎖《へいさ》空間での沈黙に耐《た》えかねて藍が問いかけると、志澤は視線を前に向けたまま、どういう意味だと片方の眉《まゆ》を跳《は》ねあげる。

「いえ、あの……どこか、アパートでも紹介《しょうかい》してくださるのかと思っていたので。それで自分で働けばいいかなって……」

面倒といわれても、せいぜいが適当な住まいを紹介してもらい、志澤が先だって口にしたように、どこか働き口でも斡旋《あっせん》してくれるのだろうと藍は踏《ふ》んでいたのだ。

だがその藍の問いに対し、志澤はやはり表情も動かさないまま淡々《たんたん》と問いかけてきた。

「では訊《き》くが、きみは東京に暮らした経験は？」

「ありませんけど……ずっと、物心ついてからはあの家で」

だからだろう、と志澤はいささか呆《あき》れたような調子で言う。

「土地鑑《とちかん》もない、知人もない場所で、いきなり住む家だけ決めても、本当にひとりで生活できるかどうかは怪《あや》しいと思う。まして、きみがなにか資格でも持っているならともかく、まだ未成年で雇《やと》ってくれる会社などそうあるわけもない」

つけつけと言われて、藍はぐっと息を呑《の》んだ。だが少し話が違うじゃないかと思うのは、働けるはずもないと決めつける志澤の言葉に対してだ。

「それ、は……でも、紹介してくれる、って」

「あれはあくまで、きみがすべての遺産を放棄《ほうき》して、ひとりだちしてでもやっていくという前提の話だ。こちらが提示《ていじ》した条件はきれいに呑んでくれたわけだから、俺としてもその条件内にあったことは遂行《すいこう》したいと思っている」

だが、おずおずと切りかえしたつもりの言葉は倍以上の語彙《ごい》で返され、ぐうの音も出ないとはこのことだと、藍は黙《だま》ってうつむいた。

「少し納得《なっとく》いかないようだからもう一度言うが……会長からの指示は、きみの今後についてなんらの負担がかからないように、という話だった」

「ええ、それは先日うかがいました」

「いま、焦《あせ》って働きに出たところで、慣れない生活で早晩きみが困窮《こんきゅう》するのは想像に難《かた》くない。たとえばの話、どこで買いものをして食事をするのか、そんなことから知らなければならないだろう。しかも就職先があったところで、給与《きゅうよ》が出るのは一ヶ月さきだ。その間、どうやって食べていく?」

「あ……そ、そうですね」

たしかに、就職したその日に、日払《ひばら》いならともかく賃金がもらえるわけもない。その間のことについてはあまり考えていなかったと、藍はたじろぎつつうなずく。

「だったら、現状と東京に慣れるまでは、俺の家で生活して、今後の身の振《ふ》り方を考えればいいんじゃないか」

今後と言われても、と藍が首を傾げると、志澤は「たとえば」とつけ加えた。

「先日も言ったが、大学なり、専門学校なりに通うという選択肢《せんたくし》もあるだろう。就職するのも、それからにしたって遅《おそ》くはない。先日の件で確認させてもらったが、きみ名義の貯金で大学くらいは出られる程度の蓄《たくわ》えはあるだろう」

「ええ、でも……」

志澤の言うとおり、先だっての遺産関係を始末したのち、藍の手元に残った現金は清嵐が藍の名義で遺《のこ》してくれた貯金のみだ。それはたしかに、数年はひとりで食べていける程度の蓄えではあったが、将来的なことを考えるとあまり手をつけたくはなかった。

そうした藍のためらいを読んだかのように、志澤の声は続く。

「今日明日をしのげばいいということじゃない。きみはこれから、きみ自身の人生についてきっちり責任を取っていかなければならない状態にある」

わかるか、と軽く視線を流され、藍はうなずいた。そうしながら、志澤の目は言葉を尽《つ》くすよりもよほど、ひとを従わせる力を持っていると感じる。

「そのためにはしばらく、インターバルをおいて考える時間を作ったほうがいいというのが、俺の判断だ」

「志澤さんの、ですか」

「きみについては、会長から一任されているからな。なにか問題点があるようなら、いまのうちに言ってほしい。善処する」

問題点もなにも、状況《じょうきょう》に面食《めんく》らっているいま、なにを言ったものかわからない。藍は黙ってかぶりを振り、志澤はそれで話は終わりと決めたようだった。

（もう、なにがどうなってるんだか……）

ふたたびの沈黙が訪《おとず》れた車の中、藍はぼんやりと車窓を眺《なが》める。

見たこともない街並みはすさまじい勢いで視界から流れていき、それがまるで都会の速度そのものであるかのように藍を圧迫《あっぱく》した。

（ああ、そういえばさっき、電車も速いなあって思ったっけ）

地元のローカル線で隣町《となりまち》に行くのがせいぜいだった藍にとっては、長距離を運行する都会の電車にも馴染《なじ》めなかった。なにしろホームに滑《すべ》りこんでくるときの勢いまでもが違う。そして車両数もびっくりするほど多く、乗車している人数もそれこそ桁《けた》が違う。

おのぼりさん、という言葉をしみじみ噛《か》みしめる。東京の隣県《りんけん》に住んでいたとはいえ、相当の田舎《いなか》に引っこんでいた自覚はさすがにあったけれども、目《ま》の当たりにする都会のせせこましい勢いに押しつぶされてしまいそうだ。

（これから、どうなるんだろう）

それでもいまは志澤についていくしかないのだろう。実際、彼の言うように藍はほんとに世間知らずの田舎ものなのだ。

覚悟《かくご》して、藍は唇《くちびる》を噛みしめながら車窓を睨《にら》んだ。うつくしく整然としているようで、じつは雑多な東京の街に、これからは馴染まなければならないのだ。

じっと外を眺めても、いま自分がどこにいるのかすらわからない。その事実が、まさにいま藍がおかれた立場そのもののようで不安に胸が苦しくなった。けれど、見つめ続けるうちにそびえ立つ高層ビル群が次第《しだい》に少なくなっていき、街のあちこちに緑が増えはじめる。

（あれ……？）

さすがに藍の長年住んだ町——ほとんどムラに近いものはあるが——のようにはいかなくとも、それなりに緑豊かな街のようだ。それに、街の雰囲気《ふんいき》があの新宿近辺の、ごみごみとしてそのくせ尖《とが》った、いやな感じはなく、どこかレトロで落ち着いている。

それが東京でも一等地にあたる高級住宅街とはわからぬまま、藍はほんのかすかに頰《ほお》をゆるませた。あの灰色のビル群に住むのはぞっとしないが、こんなきれいな街なら、少しだけ嬉《うれ》しいかもしれない。

「あの、……ここ、どこですか？」

「麻布十番《あざぶじゆうばん》だ。もうすぐ着く」

童謡《どうよう》『赤い靴《くつ》』の像が有名なパティオ十番を抜《ぬ》け、ゆるやかな坂道をのぼったさきに、いかにも高級そうなテナントビルが建っていた。地下駐車場《ちゆうしやじよう》へ入る手前、専用のカードキーでシャッターを開けた志澤はそのまま、なめらかなハンドルさばきでほとんど振動もなく駐車する。

「着いた。ここだ」

「え、でも、ここ……？」

ひとが住んでいるように思えないのだがと、さきほどこのビルにあった宝飾《ほうしよく》サロンや、高級そうな雑貨ショップの看板を思い出して藍が小首を傾《かし》げる。

「職場が三階にあるが、その上のマンション部分に住んでる。ついてきなさい」

「あ、は、はい」

慌《あわ》てて車を降り、長い脚《あし》でさっさとエレベーターに向かう志澤のうしろを小走りについていいくと、彼はまず二階にあるエントランスで降りた。

坂道の途中《とちゅう》に建っているこのビルは、一階のテナント部分と駐車場を除き、外階段からこの二階のエントランスに入る仕組みになっているようだ。

（わ、広い）

アールデコ調の模様が入った磨《す》りガラスの大きなドアを開くと、いくつかのポストが並んでいる。だがビルの大きさに対して、そのポストの数はひどく少なく感じられた。

藍がきょろきょろと周囲を見まわしていると、志澤は奥まったコーナーへと向かう。一歩踏み入れた足下《あしもと》がひんやりして、見下ろした床《ゆか》は黒々とした曇《くも》りのない、それも一枚一枚の大きな大理石だった。

「こちらが管理人室になる。……宗岡《むねおか》さん、おはようございます。志澤です」

小窓もないそこでは、どうやらカメラチェックで来訪者を確認《かくにん》しているようだった。ドア横にある、インターホンに語りかけたあと、ややあって重厚《じゅうこう》なドアから初老の男性が出てくる。

「ああ、志澤さんおはようございます。こちらが？」

「ええ、今日からしばらく預かることになりました。今後、よろしくお願いします」

「よ、よろしくお願いします。一之宮藍です」

「やあ、これはかわいらしいおぼっちゃんだ。宗岡です」

藍が慌てて頭を下げると、ひとのよさそうな彼はにこにことしながら「よろしく」とうなずいた。

「それから、あれはもう来ておりますでしょうか」

「ああ、いえそれがまだなんですよ。遅《おく》れていらっしゃるようで」

「またか……弥刀《みと》のやつ」

あれとはなんだろう、と小首を傾げた藍の前で、めずらしく志澤は渋面《じゅうめん》を浮《う》かべた。

「まあしかたない。いつものようにお願いします」

「はいはい、了解《りょうかい》していますよ」

藍にはよくわからないやりとりのあとに、宗岡のいる管理人室脇《わき》の、上層階のマンション専用エレベーターに乗りこんだ。これもどうやら管理人チェックが行われない限り稼働《かどう》しないエレベーターのようで、ものものしい造りに藍は少しだけ気後《きおく》れを覚える。

「な、なんか入るの大変なんですね……」

「ここのテナントは高級宝飾を扱《あつか》っている店もあるからな。来訪者チェックはかなりきちんとしている。基本的に、居住スペースにはさきほどの宗岡さんが確認した相手しか入れない」

小柄《こがら》で穏和《おんわ》そうな宗岡だが、もとは警察官でその後管理会社に就職した人物なのだそうだ。

オートロック式のマンションよりよほどセキュリティは安心だと志澤は言った。

「このあたりのことに詳《くわ》しいから、なにか細かい買いものなどあれば、あのひとに訊《き》くといい」

「はい、わかりました」

エレベーターが止まったのは最上階のひとつ手前である五階だった。そうして通路を歩きながら、歩いても歩いてもドアがふたつしかないことに藍は戸惑《とまど》う。

「あ、あの……この階に住んでいらっしゃる方は、ほかには?」

「いない」

隣人《りんじん》は住んでいないという意味だろうか、と目を瞬《しばた》かせた藍に、さらに志澤は驚《おどろ》くようなことを言った。

「フロアごと俺の住まいになっている。だからきみも、好きに使っていい」

「こんなに広いとこでですか⁉ で、でもドアがふたつ」

「出入り口がふたつあるだけで、中はつながってる。……ふだんはこちらの入り口を玄関《げんかん》に使用しているから、覚えなさい」

驚愕《きょうがく》をあらわにする藍に、鍵《かぎ》を開けながら志澤はほんの少しだけ微笑《ほほえ》んだ。どこかおかしげなその笑《え》みは、滅多《めった》に表情を出さないだけに、ひどく甘く感じられてどきりとする。

「わ、……すごい、広い」

外から見ても思ったけれど、あがりこんだマンションの内部は予想以上の空間が広がっていた。思わず呟《つぶや》いた藍に、眼鏡《めがね》のブリッジを押し上げた志澤は少し呆《あき》れたような声を出す。

「広いと言ったところで、きみの実家にはかなわないだろう」

「いや、でも……あれは、ただ古いだけだし、平屋ですし」

たしかにあの家は母屋だけで桁行十間(約20m)・梁間《はりま》五間半(約11m)という広さだった。だが木造のあれはただ古いばかりで、こんなに高級そうな——なにしろエレベーターホールや通路まですべて大理石なのだ——家ではないと目を丸くする藍に、志澤はかすかにため息をついた。

「……きみは古民家の再生と維持《いじ》にいくらかかるか、わかっているか？」

「え、あ……いえ、詳しくは」

なんのためにあんなに相続税がかかると言われたのか少し考えたまえと、苦笑《くしよう》ともつかないものに唇を歪《ゆが》めて彼は続けた。

「もともとあの場所に住んでいらしたようだが、あの家自体は後年、かなり手をくわえられている。屋根も葺《ふ》き直しているし、梁も同様だ。おそらく一之宮氏は、相当のこだわりで改築して、あの鄙《ひな》びた感じを保ってらしたんだろう。それに、昔は茅葺《かやぶ》きだったそうじゃないか」

「た……たしかに、ぼくの小さいころ、よく大工さんが来てた覚えは、ありますけど……でも、ぼくは茅葺き屋根は見たことないです」

「手入れが大変だからな。さすがに、途中で葺き直されたんだろうが」

それは近代建築で丸ごとの家を建てるより、よほど手間も金もかかることだと志澤はいう。

「これは俺の想像だが、おそらく、かつて作品を売って得た収入は、ほとんどあの家に充《あ》てられていたんだろう」

改築費はおそらく億に届くであろうと言われて、藍は久方ぶりに耳にしたその金額に、くらりと目眩《めまい》を覚えた。

（おじいさんって、いったい……）

遺産相続問題の際にも思い知ったが、食器や家具といい、まったく藍にはわからないところで、清嵐は生活に相当金をかけていたようだ。

しみじみあの祖父は趣味《しゅみ》に生きていたのだと思うけれども、あの古い家がこのうつくしいマンションより高額だというのはやはり、歳若《としわか》い藍にはいまひとつわからなかった。

だが、続く志澤の言葉には、その強烈《きょうれつ》な金額のことを軽くいなす響《ひび》きがあった。

「まあ、いまさらそういう下世話な話題はいいだろう。きみはただ、あれほどの良質な環境《かんきょう》で育てられたことに、感謝すればいい。ああした家に住むことこそ、いまの日本では難しいことだから」

「……はい」

このひとのこういう物言いは嫌《きら》いではない。愛想《あいそ》はないけれども、そのままあるものをあるがまま受け止め、淡々《たんたん》としているさまは、なぜだかほっとしてしまう。

「さて、今日からはここがきみの部屋だ。自由に使ってくれてかまわない。鍵はこれになるから、ひとつ持っていなさい」

「あ、はい。……でも、自由に、と……言っても」

いくつかある部屋のうち、ベランダ側にある一部屋のドアを開くと、そこには家具一式がそろっていた。ベッドに机、まだ中身のない本棚《ほんだな》など、取り急ぎそろえたのだろうそれらに申し訳なくなった。

そしてやはり、なんだか生活の場とは思えないな、と藍は心細くなる。それでもせめて、誰《だれ》かと一緒《いっしょ》にいられるならば平気だろうか——と考え、しかしこの志澤相手に同居というのも、どうにもまだ現実味がない。

（現実……って、そうだ）

そこでふと、藍は根本的な問題に行き着いた。ここで暮らすのが決定事項《じこう》となるならば、いったい藍の生活費はどうすればいいのだろうか。

（居候《いそうろう》だしなあ、どの程度家賃とか、入れればいいんだろ）

いきなり金銭の話題になるのは不躾《ぶしつけ》とも思ったが、もうこうなればまだるっこしい言い回しを選んでいる場合ではないだろう。居直った藍はストレートに問いかけてみる。

「あの……居候するんだったら、その間のお家賃とか、入れたいんですけど。どういう方法でお支払《しはら》いすればいいですか？」

だが志澤はそれに対して、なにを言っているのだという顔をした。

「どうも根本的に食い違《ちが》っているな……さきほどから」

「え、なにがですか」

ふうっとため息をついた志澤は、その長い指で皺《しわ》の寄った眉間《みけん》を軽く撫《な》でたのちに、ふとなにかを思い出したようだった。

「これをさきに言っておくべきだったな。こちらが当座の生活費が入った口座のカードと、きみの名義のクレジットカードだ」

あまりに事務的な口調であっさりと渡《わた》された二枚のカードに、藍はさらに面食《めんく》らった。

「え、な……なんですか、これ。どうしろって言うんですか」

「申し訳ないが、俺もいちいち買いものにつきあってはいられないので、必要なものがあれば、これで買いそろえてほしい。限度額はとりあえず百万まで行けるから、たいていのものなら間に合うだろう。……ああ、使い方はわかるか？」

「や……そ、そういう話じゃなくて」

確認《かくにん》すべきはそこではないだろうと、藍はくらくらする頭を振《ふ》った。

「なんで、こんなものくださるのか、わかりません。受けとれません！」

困りますと眉《まゆ》をひそめ、二枚のカードを突《つ》き返そうとしたが、志澤はそれこそ困ると長い腕《うで》を組んだ。

「きみの生活は保証すると言ったはずだろう。少なくとも、未成年のきみから家賃や生活費を取るようなつもりはない」

「でもだからって、クレジットカードって……」

「もう一度、最初の話から繰《く》り返したほうがいいのか？」

過分すぎることだと戸惑うままの藍に、志澤の長い指が伸《の》びる。持てあましていたカードを藍の手の中にもう一度しっかりと握《にぎ》らせる所作はどこか優雅《ゆうが》で、そのくせ抗《あらが》うことを許さなかった。

「便宜上《べんぎじょう》たしかに、きみの遺産に関しての始末は、俺が窓口となって、志澤美術館とグループ組織がしたことになっている。だが、実質のところは法律を利用してビジネスをしたのだと思ってくれればいい」

噛《か》んで含《ふく》めるような物言い、どこか子どもを相手にするような口調だった。だがそれを幼いと侮《あなど》られた悔《くや》しさより、長い指に包まれた自分の手が気になって、藍はうろたえる。

「ビ、ビジネス……ですか」

「遺産の贈与《ぞうよ》だなんだと細かく考えるから、変にややこしいんだ。もっとシンプルに、きみはきみのおじいさまに遺《のこ》されたものを志澤に売って、その代価を受けとったのだと考えなさい」

そんな簡単な話にしていいのだろうか。当惑《とうわく》もあらわにじっと志澤を見あげると、ごくかすかに彼は微笑んだ。

冷たいくらいに整った顔立ちは、ほんの少し口元をゆるめるだけでどきりとするほど甘くなる。至近距離《きより》に見るにはあまりに心臓に悪いと藍が硬直《こうちょく》すると、志澤の指はゆっくりと離《はな》れていった。

「居候などと考える必要はないし、きみは当然の権利をもってここにいる。そして、それについて感謝するなら、亡《な》くなったおじいさまに対して覚えればいいことだ」

ああ、まただと藍は小さく疼《うず》く胸の中、志澤の不思議な言葉を噛みしめる。

志澤はビジネスライクにそっけないかと思えば、奇妙《きみょう》にやさしい言い回しをするのだ。

藍の手を握りしめた指は、なめらかでひんやりとしていた。長くうつくしいその指の感触《かんしょく》は、かつて福田がそうしたときのように藍に嫌悪《けんお》を覚えさせない。

「そして俺は、その代価として作品を受けとった会長の指示どおり、きみの生活をバックアップする。シンプルな話だろう」

「……はい」

そこまで言ってくれるならば、いまは甘えておこう。実際、それ以外の方法をいまの藍はなにも持ってはいないのだ。きゅっと手の中のカードを握りしめてうなずき、ほっと息をつく。

（うまく、やってけるかな）

さきほどは、目の前の端整《たんせい》な男との同居を危《あや》ぶむ気持ちもあったけれど、藍はこのひとを嫌《きら》いではないと思う。できるならもう少し歩み寄って、仲良くとまではいかなくとも、穏《おだ》やかに暮らせればいいと感じた。

だが、藍のそんな心境の変化をよそに、時計を眺《なが》めた志澤はごくあっさりとこんなことを言ってくれた。

「ああ、もう少し細かい説明をしたいところだが、ちょっと時間がない。俺はここでいったん失礼する」

「えっ⁉　し、失礼って？」

突然《とつぜん》のそれに驚《おどろ》くと、志澤は軽く肩《かた》を竦《すく》めた。

「今日は仕事の合間を縫《ぬ》って、きみの迎《むか》えに行くのがせいぜいだった。これからちょっとまわらなければならないところがあるから、好きにしていてくれ」

どうやら本当に余裕《よゆう》がないらしく、あまりのことに反応しきれずにいる藍をおいて、言うだけのことは言ったとばかりに、志澤はさっさときびすを返してしまった。

「うっそだろ……」

好きにしておけと言われても、いったいどうすればいいのだろう。そして同居生活一日目にして、こんな部屋に置いてけぼりにされた藍は、今後の生活に著《いちじる》しい不安を覚えた。

志澤は藍に、引き留める猶予《ゆうよ》さえ与《あた》えもしなかった。その切りかえの素早《すばや》さに、さきほど「うまくやれるだろうか」と安心しかけた気分が、あっという間に萎《しぼ》んでしまう。

（なんか、この部屋……ひとが住んでる感じ、しないな）

クーラーが効いているというだけでなく、寒々しい気がする。というのも、くるくるとあちこち見回ってみたが、まずこの家全体に、おそろしくものが少ないのだ。

まずだだっ広いフローリングのリビングにはテーブルとソファのセットがひと組、オーディオ機器とテレビがその向かいにひとそろい。

そして書斎《しょさい》らしい部屋の壁面《へきめん》を埋《う》めるのは洋書と藍にはよくわからないビジネス関係の書籍《しょせき》がみっしりと詰《つ》めこまれ、実用重視のサイドボードにはやはり仕事の書類らしいものが整然と並んでいる。

ちらりと覗《のぞ》いて、志澤の寝室《しんしつ》と気づいたあとすぐに退室した部屋には、ベッドの上に着替《きが》えらしいひと組が置いてある以外、なんら生活の痕跡《こんせき》がない。むしろ、今日与えられたばかりの藍の部屋よりものがないくらいなのだ。

おまけに最新式らしい機材のそろったシステムキッチンも、まるで使われた様子がない。というか驚くべきことに、電子レンジはあるのだが、ガス台がどこにもない。

（なにこれ、ご飯とかどうすんの？　チンするだけ……とか？）

とにかく装飾《そうしょく》的なものはなにもない、少し寂《さび》しいくらいの部屋だった。とても生活をする空間には思えないほどに。

(ここでほんとに暮らすの……?)

しかもあの志澤と一緒《いっしょ》にだ。大丈夫《だいじょうぶ》なのだろうかと、藍は頼《たよ》りなく眉を寄せてしまう。

「志澤さんかあ……」

恩人でもあるけれど、正直いっていまだ謎《なぞ》だらけで、得体の知れない男だ。

口調はそっけないながら、物腰《ものごし》は上品で粗《そ》野《や》な感じもなく、またある意味過剰《かじょう》なまでに親切でもある。だがその中に彼自身の感情らしいものが見えたことは、ほとんどないのだ。

また、ひっかかる点はいくつもある。なによりこの一件をあくまで「ビジネス」と言い張る割にはケアがこまめすぎる気もする。

藍のためらいを見透《みす》かして、先回りして「気にするな」と言ってくれたりするのが、どうも解《げ》せない。

それに、グループ会長の命令で動いていると言うし、一任されたと言うけれど。

——お孫さんが苦境にたたされるのは忍《しの》びないと、ひどく会長は気にかけておられたから。

そういってくれた割には、志澤靖彬なる人物と藍は、いまもって面識さえもない。気にかけていたと言いながら人任せにする情とはいったいなんなのか、微妙《びみょう》に納得《なっとく》しがたいのだ。

なにより気になるのは、彼の名前だ。

(志澤ってくらいだから、きっと親族なんだよな?)

そう思った藍は、大崎に確認を頼《たの》んだ際、志澤知靖という人物についても問い合わせてみた。すると、彼は靖彬氏の孫にあたる人物で、グループ内でも傑物《けつぶつ》として目をかけられている立場にあるというのだ。

（でも、あれってなんか……親戚《しんせき》のお願いを聞いたって感じじゃ、なかった）

祖父が孫に頼み事をしたというのなら、まだこのたびの事態はわからないでもない。藍もも し、清嵐に知人の孫が困っているから助けてやりなさいと言われたならば——できるかできないかはべつにしても——親身になろうともしただろう。

だが志澤が口にする「会長」という響《ひび》きはどうにも他人行儀《たにんぎょうぎ》というかビジネスライクで、肉親らしい雰囲気《ふんいき》がなにもないのだ。おまけに説明の間、彼はけっして志澤の家が自分の実家だと口にも出さなかった。

（なにかあるのかなあ……それとも、仕事は仕事で使い分けてるんだろうか）

だが自分の祖父や親を役職のみで呼び、あくまで態度も部下としてのそれを崩《くず》さないというのは、正直藍にはよくわからない感覚だ。そのよそよそしさは、この部屋の空気によく似ている、と藍は思う。

（冷たくて、仰々《ぎょうぎょう》しくて……なんか、寂しい）

たしかに古めかしいものではあったが、人肌《ひとはだ》のぬくみを感じさせる木の家に育った藍には、どうにも馴染《なじ》めないものがあった。困り果て、ため息をついてリビングのソファに腰掛《こしか》けると、ふんわりとした気持ちのいい座り心地《ごこち》と同時に、革《かわ》の冷たさを覚える。

ベランダに面する、曇《くも》りひとつないサッシ窓と、いまは開かれている分厚い遮光《しゃこう》カーテンを眺め、今日からは雨戸を閉める必要もないのだな、と藍は感じた。

だだっ広い平屋だったあの家の、五十枚はある雨戸を開け閉めするのが藍の仕事だった。現代的なサッシ雨戸ではなく、木製の古いそれは天候によっては湿気《しっけ》を吸い、うまく滑《すべ》らなくて、けっこうこつがいったものだ。

(でも……もう、あんなこともないんだな)

志澤はいずれ藍があの家に住むならば、と言ってくれた。だが現実問題、あんな田舎《いなか》の奥まった家に暮らすとなると、仕事ひとつ通うにも不自由でしかたない。

いままでは近所に買いものに行く程度だったから、藍は免許《めんきょ》さえ持っていない。というより、外に出て生活することなど、想像したこともなかった。

しみじみと、いままで本当になにも考えずに生きてきたんだなあと、いっそおかしくなった。老齢《ろうれい》の祖父といつまでも、永遠にあの家で穏やかに暮らせるなどと、根拠《こんきょ》もなく信じていた。

目を閉じ、ふっと息をつく。そうしてあの懐《なつ》かしい家に思いを馳《は》せようにも、かすかに聞こえるエアコンの稼働音《かどうおん》が、藍の現実を知れと告げるようだった。

木々のざわめく音も、近くを流れた川のせせらぎや、季節ごとの虫や鳥の声も、このうつくしくそして人工的な空間では聞こえはしない。毎日、朝晩聞こえていた鐘《かね》の音ももう、耳にすることはない。

それでもここが、これからの藍の居場所になるのだ。

息をつくと、かすかに煙草《たばこ》の残《のこ》り香《が》がした。志澤が喫煙《きつえん》している姿は見ていないが、テーブルの上の灰皿の大きさを見るに、けっこうなヘビースモーカーなのだろうかと思う。慣れないその匂《にお》いにも違和感《いわかん》を覚える自分を、甘えていると藍は思った。

「早く……慣れなきゃ」

藍が熱くなった瞼《まぶた》を押さえ、耳が痛いくらいの沈黙《ちんもく》に耐《た》えかねて、ぽつりと呟《つぶや》いたその瞬間《しゅんかん》だった。

「――うわっ、わっ、先輩《せんぱい》すみません、遅刻《ちこく》しました！」

「えっ⁉」

ばたばたというにぎやかな足音が聞こえ、ぎょっとする藍の前に鮮《あざ》やかな金色が飛びこんでくる。驚いてソファにもたれていた身体《からだ》を跳《と》びあがらせると、そこには大柄《おおがら》な青年が立っていた。

「あ、あれ？　ごめん、知靖先輩……あ、志澤さんは？」

「え、あの。仕事に、行きましたけど」

「うっわー……参ったなあ……あとでぜったい怒《おこ》られるな」

あなたは誰《だれ》と問うことも忘れ、ひどく焦《あせ》った様子のそのひとの問いに反射的に答えた藍は、驚きすぎるとリアクションも取れないのだとはじめて知る。

（うわあ、おっきいひと……でも、外人さんじゃないよな）

そう感じたのは、彼の髪《かみ》が金色に輝《かがや》いていたからだ。ところどころにブラウンのメッシュが入っているそれは少し長めで、甘めの整った顔立ちに似合っているけれども、どう見ても国籍《こくせき》は日本人だとわかる。

そんな観察をしつつも、状況《じょうきょう》に対応できずソファの上でかちんと固まっている藍に気づいて、彼は「ああそうか」と手を叩《たた》いた。

「ごめん。きみ一之宮藍くんだよね？　俺、弥刀紀章《みときしょう》と言います。知靖、……志澤さんの後輩《こうはい》。よろしく」

「え、あ、……ああ、はい。よろしく……」

にっこりと、とてもひとなつこいやさしい笑《え》みを浮《う》かべた彼は、身体に似合う大きな手を差し出してくる。藍も慌《あわ》てて立ちあがり、慣れない握手《あくしゅ》に応じた。

弥刀は大柄といっても圧迫感《あっぱくかん》のある体軀《たいく》ではない。すらりと背が高い彼はどちらかといえばスレンダーな体型をしていた。だが志澤よりさらに高い位置にある顔に、見あげていると首が痛くなりそうで、おそらく身長は一九〇センチ近くあるだろうと判断する。

「えっと、それで、どのようなご用件でしょうか」

志澤のことを先輩と連呼するからには、この彼も三十近い年齢《ねんれい》のはずだ。だがいいところ二十代の半ばにしか思えないのは、やはりあの派手な髪のせいだろうか。

「あれ、それ聞いてないの？」

だが、おっかしいなー、と首を傾《かし》げたリアクションに、藍は弥刀自身が志澤に比べてあらゆる面で若々しいのだと気づく。というより、志澤が年齢のわりに落ち着きすぎなのかもしれな

いが。

「ま、いいや。今日、先輩が暇《ひま》ないってんで、俺がいろいろお世話係に任命されたんだけど……遅刻しちゃったんで、紹介《しょうかい》されるはずがこうなっちゃった。ごめんね」

「そうなんですか？」

そういえばさきほど宗岡と志澤は「まだ来ていない」とか話をしていた。それはこのひとのことだったのだと、藍はようやくさきほどの会話の意味を知る。

「うん。今日はどうしてもはずせない商談があったらしくて。上京して一日目にほったらかしじゃあ、可哀想《かわいそう》だからって」

「……志澤さんが？」

可哀想という言葉にまず驚《おどろ》いた。あの淡々《たんたん》とした男がそんなふうに気にかけてくれているという事実にも首を傾げた藍に、弥刀はなぜか苦笑《くしょう》する。

「あのひとね、見た目あんなんだけど面倒見《めんどうみ》いいから」

「そう……ですね、はい」

それはいまここに藍がいるという事実で充分《じゅうぶん》、証明されている。こくりとうなずけば、なぜか弥刀は嬉《うれ》しそうに笑んでみせ、「さて」とあらたまった顔をした。

「藍くん、でいいかな。今日はとりあえず、どうしたい？」

「どう……って」

「慣れない東京暮らし一日目だしね。いっそのこと、観光したいっていうなら俺、どこでもつきあうよ。行ってみたい場所とか、なにかある？」

なんでも言ってねとやさしく笑う弥刀に、藍はしばし考えたのちに「質問があるんですが」とおずおずと口を開いた。

「なになに？　わかる範囲《はんい》で答えるよ」

だが、藍が口にしたそれに対して、弥刀はなんともつかない顔をする。

「あの－……この家、どうやってご飯作るんでしょうか？」

「……は？」

「ガスコンロ、ないんですけど……料理、できないなあって思って。あ、それとも志澤さんは、外食ばっかりなんでしょうか」

しごくまじめに問いかけたのち、金色の髪を揺《ゆ》らした男はしばし目を瞠《みは》って沈黙した。

そしてそのあと、たっぷり五分、笑い転げてくれたのだ。

＊　＊　＊

「――というわけで、ここの家はガスコンロはないんだけどって言ったら、目ぇ丸くしてましたよ」

初対面で藍にシステムキッチンの使い方を説明した弥刀は、まだ目元に笑いの名残《なごり》があった。

ＩＨクッキングヒーターがビルトインされたカウンターの存在は一応、知ってはいたらしい。

だがそれが、カバーをかけてしまえばまるでただのテーブルと同じ状態になってしまうことまでは、藍は知らなかったのだ。

「あー、これテレビで観《み》たことありますーって感心してるから、操作方法ついでに教えました」

「……おまえだってろくに使ったことないだろうが」

「一応は知ってますよ？　先輩よりはあそこの台所使った回数多い自信ありますしね」

くすくすと笑った弥刀は、派手な色の髪をかきあげる。

深夜近く、しんと静まりかえった『藤岡不動産株式会社』のオフィス。社員も既《すで》に帰宅して、いまは志澤ひとりが書類を片づけている。

「それで、どうだった」

「藍くんですか？　いい子ですねえ。いまどきの子にしては敬語も完璧《かんぺき》だし、……というか、基本的に日本語が正しいです。『帝デ』で受け持ちの連中に見習わせたいくらいだ」

苦笑した弥刀は現在、デザイン専門学校『帝都《ていと》デザインアカデミー』の講師をしている。

「それにおっそろしく美形ですよね。一回撮《と》らせてもらえないかなあ。フォトジェニックだし、ぜったい幻想《げんそう》的な絵が撮れると思うんだけど」

「本人に交渉《こうしょう》してみろ。……まあ、おそらく納得《なっとく》しまいが」

いま弥刀が撮りたいと言ったのは、おそらくインスタレーション出品作品のことだろうと志澤は思う。彼は本職は駆《か》け出しの映像作家であるのだが、そちらで食えるほどでもないため、志澤の紹介で副業として専門学校での不定期な講義を行っていた。

「ところであっちの状況はどうだ？」

「まあどうもこうも……相変わらずですね。レベル低くて情けなくなりますよ」

そもそも、世間には略称《りやくしよう》の『帝《デ》デ』のほうが通じやすいその無試験の巨大《きよだい》デザイン専門学校は志澤コーポレーション出資のものだ。学部は多岐《たき》にわたり、グラフィック、プロダクト、インテリア、建築、ファッションのほかにアニメーションやゲーム、演劇などの科もある。

創立当時は、試験などで計れない未知数の才能を育てるためと学部や間口を広くし、無試験とした。三十数年余前まではあまたのクリエイターを輩出《はいしゆつ》したが、現在ではその志は既に薄《うす》れていると言っていい。

むろん中には奨学生《しようがくせい》制度を利用するほどのまじめで勤勉な学生も、そこから羽ばたく才能ある若者もいる。だが無試験という間口の広さから、高校を出ても無目的なまま、就職までのモラトリアムとして適当に入学するものもまた多く、入学生と卒業生の比率が三対一——つまりそれが、遊び目的の人間と勤勉な学生との差——という状態で、実情はあまりはかばかしいものではない。

「……情けない話だな」

だが志澤が憂《うれ》えているのは、そういう怠惰《たいだ》な学生たちの学習態度についてではない。

「まあ、おかげでいろいろ俺は動きやすいですけどね。……なにしろ機材使い放題、予算使い放題の状態ですし？」

「どの方面に使い放題だ」

「まあそりゃ……研修旅行の下見ーとか、説明会とか懇親会《こんしんかい》とか？」

　要するに接待だ。旅行に飲み食い、本来の授業では不必要な資材の購入《こうにゅう》。本来学生のために割《さ》かれるべき予算が、一部講師らに使いこまれていることを、弥刀はしらけた口調で報告する。

「あとまあ、材料とかの必要経費もけっこうな大盤振《おおばんぶ》る舞《ま》いで。ザルザルですね。おまけに学生を呼んでの飲み会となりゃ、女子はキャバ嬢扱《じょうあつか》いするのもいるし」

「……今度、そのあたりの名前を明確に出してくれ」

　実情を聞くだに苦い気持ちとなり、いっそ潰《つぶ》してしまいたいと渋面《じゅうめん》を浮かべた志澤へ、弥刀は少しばかりひとの悪い笑みを浮かべた。

「了解《りょうかい》でーす。……ま、理事長さまとしては頭が痛いですか」

「代理だ。嫌味《いやみ》を言うな。……まったく、なんでもかんでも俺におっかぶせてきやがって」

　唸《うな》るように呟《つぶや》いてネクタイをゆるめた志澤は、藍の前ではけっして見せることのなかった露骨《ろこつ》に険しい表情のまま、煙草《たばこ》をくわえた。

「不動産、芳《かんば》しくないですか」

「どっちもこっちも焦《こ》げ付き物件だ。美術品に関しても、バブル期に掴《つか》まされたひとやまいくらのブツばっかりで……前任者はいったいなにをやってたんだか」

　うんざりと吐《は》き捨てて書類を放《ほう》ると、荒《あら》っぽく煙《けむり》を吐き出す。お気の毒に、と広い肩《かた》を竦《すく》めた弥刀はソファから立ちあがり、無言のままインスタントコーヒーを淹《い》れて志澤に差し出した。

「しかしこのクソ忙《いそが》しい状況《じょうきょう》で、よくまた難物引き受けましたよね」

「……彼のことか」

頷《うなず》いてみせた弥刀は、自身は立ったままコーヒーをすする。

「おうちの方々、うるさくありません？　次期トップさまが、縁《えん》もない子どもになんの酔狂《すいきょう》だとかなんとか」

「その点はじいさまの名前を出せば、表だっては言っては来ないが。まあ今日は……余裕《よゆう》のあることだ程度の嫌味は叔父《おじ》にかまされたな」

あえて皮肉に言い放つと、やれやれと弥刀は首を振った。

「あー、あのブチョーさんですか」

「その若さで慈善家《じぜんか》気取りとはたいしたものだ、だそうだ」

志澤はアフリカの難民の子どもにたいする支援家《しえんか》システム――複数人で里親代わりの支援をし、有能な子どもを学校に行かせるものだ――にも相当の金額を納めている。だがそれもつきあい上のことで、とくにうつくしい善意があるわけでもなかった。

その流れから、藍にたいしてのこのたびのこれは、得にもならない慈善事業を気取ってどうするか、と見られるのも承知していた。

「金に飽《あ》かせて愛人を作っては禍根《かこん》の種をまき散らすより、よほど健全だと思うがな」

「……って知靖先輩《せんぱい》、まさかそれ言いました？」

「わけがないだろう、面倒《めんどう》くさい」

志澤の立場は非常に微妙《びみょう》だ。いらぬ当てこすりは身を滅《ほろ》ぼすことくらい知っていると、凄絶《せいぜつ》な笑《え》みを浮かべた彼に、後輩はただ目を細めてコーヒーをすする。

　現在、志澤の肩書《かたが》きは四つ。アートコンサルタントとしてのものと、不動産会社の取締役《とりしまりやく》、帝デの理事長代理。そして志澤グループ総本部である、志澤商事株式会社の、名目だけの役員。

　前者の三つが、現在の志澤グループでガンとされる傍流《ぼうりゅう》の赤字部門ばかりなのを、目の前の後輩はよく知っている。

　志澤はグループの上層部連中に腕試《うでだめ》しと称《しょう》してこれらの難問を押しつけられている。そしてそのすべてをこのオフィスで片づけるべく、連日の業務に追われているわけだ。

　本社内部の輸入業に関しても、問題が起きたときばかり呼び出され後始末を任されるのだが、功績はすべてあの親族らが吸いあげていき、志澤自身の正当な実績に結びつくことはまずない。

（そうして飼い殺す気でいるのなら、油断していればいい）

　たしかにいまは苦戦しているけれど――いずれこれらを片づけたときには、本来の業務である商事の仕事からはずされた現状をひっくり返し、グループトップに食いこむだけの準備は整えている。派閥《はばつ》人事に不満を持つ一部の若手社員などは、志澤に肩入れしてくれるものもあり、まるで味方もないわけではない。

　弥刀はその最たるものだろう。志澤の会社内部のことに関係はない彼だが、あの専門学校に講師として入りこんでいるのも、ただ口に糊《のり》するためでなく、さきの会話の表すように、内部の状況を探《さぐ》る役割を担《にな》ってもくれているのだ。

　そして志澤の家に対して抱《かか》えている複雑な感情をも知っているから、彼はけっして志澤を名字で呼ぼうとはしない。

「まあ、おまえも妙な勘《かん》ぐりをされない程度に動いてくれ」

「あはは、勘ぐるもなにもないっすよ。いまの話、経理のユイちゃん、飲みに誘《さそ》ってつついたらぼろぼろ出ただけだもん」

「おまえはジゴロか……」

たしかに弥刀のこのひとあたりよく甘ったるい顔で飲まされれば、うっかり口も——ついでに身体《からだ》のほうも——軽くなるだろうが。しかしそこまで責任感の薄い経理もどうなんだと頭を抱えた志澤に、弥刀はからりと笑ってみせる。

「ジゴロってまたおっさんくさいなあ……いや、悪い子じゃないですよ。結局そういう使われ方がおかしいって憤《いきどお》ってる子だし。知靖先輩が訊《たず》ねりゃあ、酒の力もいらないっしょ」

「俺がしゃしゃり出たら話がややこしいから、おまえにさきに探ってもらったんだろうが」

表だってどうこうできるほどには、まだ力はないのが歯がゆい。ましていまの志澤が強硬《きょうこう》手段を執《と》れば、内外からの反発は必至だ。

志澤は、ひらたく言えば愛人の子だ。遺伝子上の父親は、現在のグループ総取締役、志澤靖《やす》久《ひさ》——会長である靖彬の長子であったことが、そもそもの面倒のはじまりだった。

幼いころに母親だった女は酒浸《さけびた》りで、それを知った社長に金で追い払《はら》われ、志澤は傍系《ぼうけい》の親《しん》戚《せき》に引き取られた。だが、そこでの生活は屈辱《くつじょく》と苦労の日々だった。それこそ、食うや食わずの生活を強《し》いられ、虐待《ぎゃくたい》に近い折檻《せっかん》を受けたこともある。

十五歳のとき、父の正妻だった女が死んでからようやく志澤の家に迎《むか》えられたが、それとても肉親の情から引き取られたわけではないのだと知っている。

ことに厄介《やっかい》なのが、正妻の子である靖那《やすな》が志澤自身よりもひとつ年下で、おまけにてんで後《あと》継《つ》ぎの要素のない、だらしない性格であったことだ。当時十四歳だった弟——そう呼ぶにはいまだためらいのある志澤だ——は、中学にあがった当時には、既《すで》にいくつかの補導歴を持っていた。しかも年齢《ねんれい》が年齢ならば立派な犯罪となるたぐいの、悪質なものだ。

むろん女性関係も派手で、志澤が引き取られたときには既に幾人《いくにん》かの女性が、ショットガンマリッジ狙《ねら》いの訴《うった》えまで起こしていたと聞くから、呆《あき》れかえってしまう。

そのため靖久は、情けない嫡子《ちゃくし》よりも庶子《しょし》であり見こみのある志澤に目をつけたのだ。

そして紆余曲折《うよきょくせつ》を経て、書類上では現在、志澤家の養子という扱《あつか》いになっている。血のつながりのある養子という立場に、ある種の屈辱と厭世観《えんせいかん》を植えつけられて以来、志澤の胸の中には冷たい石のようなものが転がっている。

「そもそもが、いまどき世襲《せしゅう》制もないもんだがな。さっさと目障《めざわ》りな親族を排除《はいじょ》して、どこぞの海外企業《きぎょう》から有能なやつを引っぱってきて、CEOでも任せたい」

「ま、それにはしばらくの我慢《がまん》ってわけですか」

「そうなったらじいさまを見習って、楽隠居《らくいんきょ》の左うちわで暮らしてやるさ」

資本主義の申し子として莫大《ばくだい》な金額を手中にする罪悪感など、志澤にはそもそもない。

ノーブレス・オブリージュの精神も、成り上がりには関係ない。努力して掴んだモノをおのれがものとしてなにが悪い、とする頭が志澤にはある。同時に、成金のくせにハイソサエティを気取る連中への反吐《へど》の出るような嫌悪《けんお》も胸の奥にある。

言動がいちいちシニカルなのはそのせいだが、志澤が敵意を向けるのは、自分より強大なもの、権威《けんい》のあるものにのみだ。

生《お》い立ちのおかげで敵も多いが、自身が虐《しいた》げられた時期から、弥刀をはじめとして心やすく接してくれたひとびとも、まったくないわけではない。

最たるものが祖父の靖彬で、彼は傲慢《ごうまん》な父の目を盗《ぬす》んではときおり志澤の様子を見に来てもくれ、息子《むすこ》とその嫁《よめ》の身勝手を、そして老いたおのれの力なさを詫《わ》びた。

——あれを、あんなふうに不人情で頭の悪い人間にしてしまったのは、儂《わし》の責任だ。おかげでおまえとおまえの母親には、いらない苦労をかけてしまった。

尖《とが》った目をした十代の志澤に、しんみりとした声で告げた彼は、我が子である靖久から会長という名の閑職《かんしょく》に追いやられた。私財だけはたっぷりとあるけれども、おのが力で大きくなった会社を子に乗っ取られた形となったこと、そのおかげでしわ寄せを食ったひとびとへの申し訳なさを、彼は常に心苦しく思っていたようだ。

志澤は、そういう彼を嫌《きら》いではない。あまり肉親としての実感はないけれど、少なくともおのれの父親に比べれば、靖彬のほうがまだ人間味のある人物に思えたし、この会社をここまで大きくした手腕《しゅわん》は尊敬してもいる。

「おじいさん、元気ですか?」

「ほどほどだな……まあ、あのひとも歳《とし》が歳だ。しかたないだろう」

近ごろでは年齢から来る病をいくつか抱え、熱海《あたみ》にある別荘《べっそう》で静養生活に入っていた。

ここ数年、すっかり年老いたのは現役《げんえき》から無理に退けられたための敗北感のせいだと志澤は知っている。

――知靖、すまん。おまえしか頼《たの》めんのだ。

誰《だれ》も信じられないとうなだれる、皺深《しわぶか》い顔を歪《ゆが》めた靖彬に、美術館の保持を頼みこまれたとき、つくづく老いたと感じたものだ。

そして、この老人に頭を下げられるのはこれで二度目だとも。

「社長さんは美術館保持に反対だったんですっけね」

「あのひとはそういう方面にまるで造詣《ぞうけい》がないからな。潰《つぶ》してゴルフ場にでもしろと来たが……それこそいまどき、会員権を売って儲《もう》けるなんてのはばかな考えだろう」

靖彬の住まう別荘からほど近くの志澤美術館は、緑生い茂《しげ》る土地で環境《かんきょう》と美術の調和をテーマにしたものだ。周辺の敷地《しきち》も志澤の持ち物であるため、俗物《ぞくぶつ》の社長はそこをテーマパークかゴルフ場にしたいと前々から言い張っていた。

その奥にあるのは、ただ企業人としての利益優先よりも、父と息子の連綿と続いた対立の感情からである。志澤が靖久を嫌うように、靖久もまた靖彬を嫌い抜《ぬ》いている。

それだけに志澤は彼のコレクションと美術館を――それは祖父の命でもあるからだ――護《まも》ってやりたいと考えてもいて、このたびの清嵐の絵を保存するためにかけずりまわったのだ。

「まあ、文化事業のひとつでも抱えていたほうが、外に対しての面子《メンツ》も保てるからな」

ジャパンマネーに対して嫌悪感を持つ海外の事業家たちは、反面文化芸術に対してのこだわりもすさまじい。こと、外国に評価の高い日本画を別室に迎えることで、企業イメージのアップも図《はか》れると、志澤は上層部を説得してまわったのだ。

そうして靖彬の望みどおり、一之宮清嵐別室は企画を遂行《すいこう》することが決定した。そしてあとの進行については学芸員らに任せることとなり、本来ならばそれで、志澤の『仕事』は終わりになるはずだったのだが。

「それはいいとして……正直、誰かの面倒《めんどう》みる余裕《よゆう》なんか、先輩《せんぱい》はないんじゃないですか？　まさか、藍くんを自分の家に引き取るとは思いませんでしたよ」

「……会長命令だからな。しかたない」

予想外の出来事であったそれをあっさり指摘《してき》され、志澤は無意識に顔を引き締《し》める。にこやかな顔をしている割に、ずけずけとしたことを言うのがこの弥刀だ。中学生以来のつきあいのあるこの男は、見た目こそ若いが三十四の志澤よりふたつ年下なだけだ。

つまりはそれなりに揉《も》まれてきた大人の男であり、その程度のふてぶてしさは身につけていて当然なのだが、皆《みな》この柔和《にゅうわ》な見た目に騙《だま》されるのだ。

「命令って……会長さんの言ったのはあくまで遺産の始末でしょ？　まあ、あの子見てるとなんか、わからなくはないですが」

「どういう意味だ」

案の定、すげなく答えたそれをあっさりといなして、弥刀は甘い目元をなごませる。

「なんていうんですかね、ほっとけない感じ？　まあでも、先輩がそこまで目をかけるなんてめずらしい気はしましたが」

「……まあな」

彼には志澤のポーカーフェイスは通じない。邪気《じゃき》のない顔で告げる弥刀にはつくづくかなわないと苦笑《くしょう》しつつ、自分でもらしくないかもしれないと志澤は言った。

「あれ。案外あっさり認めますね」

「しかたないだろう。年齢はそろそろ成人だが、どうもいろんな意味で、中学生レベルらしい。子どもを放《ほう》り出すのはいまひとつ、気が引けた」

口にしながら、いまひとつ言い訳がましいのはなぜなのだと志澤は自問する。

しかし藍については正直いって、計算外としか言いようがないのだ。

——清嵐さんにはな、孫がいるんだ。まだ小さなころの写真だけ見せてもらったが、きれいな子でな……こんなことになっていろいろと、苦労もしているだろう。おまえ、助けてやってはくれないかね。

美術館の別室のため、絵を入手する件まではわかるが、なぜ身内のことまでと、当初志澤は訝《いぶか》った。靖彬と清嵐は、かつて『草創』を譲《ゆず》られた際に一度、顔を合わせたきりのつきあいのはずだと首を傾《かし》げれば、病室の靖彬はほろ苦く笑ってこう続けた。

——あのひとは、世の中のことがへたくそでねえ……悪いのにたかられそうになったり、躱《かわ》すことがうまくできんで正面からぶつかったりして、そういうところが儂は好きなんだよ。

清嵐の世渡《よわた》り下手は有名だったらしい。直接のつきあいでなくても、漏《も》れ聞くエピソードに好感を持っていたという靖彬は「儂も似たところがあって」と遠い目で言った。

――それになあ。孫になにもしてやれんのは、つらい。……そうしてその孫自身に、こうして頼み事をするのも、本当に本当に、つらい。

そうまで言われて、過去を悔《く》いる顔をした老人に、逆らえるわけもなかった。だが感傷がのしかかることはさすがに勘弁《かんべん》してほしいと、志澤は冷静な顔でひとことだけ言ったのだ。

――会長のご命令であれば、なんなりと。

その完璧《かんぺき》な礼に、靖彬はやはり寂《さび》しげに笑うだけだった。

藍については当初、自身の十九歳のころを思えば、財産の始末をつけてやり、今後生きるに困らないそれなりの金額を渡してやれば済むと考えていた。

だが、顔を合わせてしまって、志澤の予想はなにひとつ成り立たないことに気づかされた。

(なんなんだ、この子どもは)

彼はあまりにも幼く世間知らずで、純粋《じゅんすい》といえば聞こえはいいが、生きる術《すべ》について無知すぎた。いささか呆《あき》れを覚えたものの、それればかりなら事務的な手続きを済ませて縁《えん》を切っていただろうと思うのだ。

だが、そうさせなかったのは藍の、天井《てんじょう》を睨《にら》んだ瞳《ひとみ》のせいだった。志澤が顔を合わせたころには既《すで》に、なにもかもをむしり取られ、あきらめるしかない自分への憤《いきどお》りもすさまじい時期だったのだろう。

しかたない、と言いながら藍は天井を睨んでいた。失われるなにかを悔《くや》しげに見やる瞳には涙《なみだ》が浮《う》かび、けれどそれはこぼれることはなく静かに引いていった。

そうして志澤の視線に気づいた藍は、笑ってみせたのだ。

——ここ以外に暮らしたことがないので、どうなるかわからないんですが。しかたないです。

世界のすべてをなくし、ただうっすらと老成した笑みを浮かべた子どもに、哀《あわ》れさと同時に苛立《いらだ》ちを感じた。

(なぜ、そこで笑う。どうして、抗《あらが》おうとしない)

彼のおかれた状況《じょうきょう》を鑑《かんが》みるに、それが無茶な要求ということもわかってはいた。あきらめる以外の術をなにも知らないのであろう子どもには、ただ自分が命じられたとおりの状況を端的《たんてき》に話してさえやれば、それで救いになると知ってもいたのだ。

しかし、煽《あお》るようなことを言ってしまったのは、志澤にはめずらしいことに本当に、反射的なものだったのだ。

甘えるな、と言った瞬間《しゅんかん》、藍は一瞬ぽかんとした。その後、うつくしい二重《ふたえ》の瞳が怒《いか》りにきらめき、濡《ぬ》れ濡れと輝《かがや》くのを見てとった志澤は、どこか満足を覚えていた。

(それでいい)

なにより、たたみかけるように無知を責めた志澤の言葉に対し、藍はけっして甘えたことを言わなかった。むしろみずからを羞《は》じるように肩《かた》を竦《すく》め、そのくせ臆《おく》さないまま言ったのだ。

――不勉強で、すみません。

潔《いさぎよ》い返答に、そのまま折れてくれるなとそう思った。

抗いもしないまま、諾々と流されるな。無力さに負けて膝《ひざ》をつく前に、精一杯《せいいっぱい》のことをしろと、らしくもなく肩入れしたのは、やはり自分のおかれた環境を思い出したせいだろう。

強大な力にすべてをむしり取られ、強《し》いられたことに負けて流される。そんな空虚《くうきょ》な屈辱《くつじょく》を味わうのは、本当につらい。

苦しげで哀《かな》しそうな横顔に、かつての自分もこんな目をしていただろうかと思えばたまらなくなって、ふと手をさしのべてやりたくなったのだ。

――つまりきみとの縁も、なににつながるかわからない。これは、俺の判断だ。

だからあのひとことは、靖彬からの指示ではなく言葉どおり、志澤自身の心境から生まれたものだった。そうしてもしも、彼自身がすべてを放棄《ほうき》すると決めたときでも、それなりの手助けはしてやりたいと思った。

だが、彼に相対する際にどうしても及《およ》び腰《ごし》になるのは、あの無自覚で無垢《むく》なうつくしさにある。さきほど弥刀は藍を美形だと称《しょう》したが、それについては志澤も納得《なっとく》するものがあるのだ。

（あの目でじっと見られるのは、どうにも心臓に悪い）

あまりにまっすぐに見つめられるので、やましいこともないはずの胸が騒《さわ》いでしまう。藍の視線はあまりに無防備で、だからこそ福田のような輩《やから》に目をつけられもするのだろうが――と苦い顔をした志澤に、けろりと弥刀は言ってのけた。

「まあ、たしかに世間知らずっぽいですけど。おじいちゃんに大事大事でおうちに囲われてたんですっけ」

「……おまえ、囲うってなんだそれは」

いまのいま考えていたことだけに、志澤の声は剣呑《けんのん》になる。悪びれず、ぺろりと弥刀は舌を出し、罰当《ばちあ》たりなことを口にした。

「すみません、口が滑《すべ》りました。……ってか、あの子のおじいさん、そんなすごいんですか」

「おい。日本画の、一之宮清嵐だぞ……」

一応芸術の世界にいるなら知っておけと、志澤は呆れた顔になる。だがもともと美大に進んだわけでもなく、趣味《しゅみ》が高じて独学で学んだ弥刀ならしかたもないことかと吐《と》息《いき》した。

「図録を貸してやるから、見ておけ」

「どーも。……ってそんな呆れた顔しないでくださいよ。先輩だって、べつに日本画好きじゃないでしょう。変態っぽい油絵とかSMみたいなののほうが好みのくせに」

「岸田劉生《きしだりゅうせい》と伊《い》藤晴雨《とうせいう》を変態だのSMで片づけるな、デロリは近代美術の中でも大きな位置を占《し》めてる」

「けどやっぱなー、俺はきれいな絵が好きですからねえ。食ったり縛《しば》ったりはどーも……」

顔と作品だけは繊細《せんさい》なくせに、どうしてこう大雑把《おおざっぱ》なのか。頭が痛いと唸《うな》りながら、志澤はキャビネットにあった図録を取りだした。

「うわ、なんか古い本ですね」

「データを残すのが嫌《きら》いな画家だったからな。四十年前の院展の図録だ。それと、挟《はさ》んである写真にしか絵が残ってない」

極力保存には注意していたが、入手したときには既に色あせていた図録の中に残されているのは、清嵐の代表作『白鷺溺水《しらさぎできすい》』だ。それを見つけたのだろう弥刀は、驚嘆《きょうたん》の声をあげる。

「うっわ……なんつうかこれ、日本画？　俺、もっとさっぱりしたもんだと思ってたんですけど。すごい耽美《たんび》的というか、うーん……きれいですね」

「現代日本画は、既にノンジャンルな域にあるぞ。少しは勉強しろ。ついでに語彙《ごい》も増やせ」

子どものような感想に苦笑すると「口べただから映像で語るんです」と弥刀は笑う。

だが、率直《そっちょく》な弥刀の言葉は、そのとおりだと志澤も思った。

志澤も一度『白鷺溺水』の実物を見たことがある。あの絵を見たときの衝撃《しょうげき》と感動は、いまでも忘れられない。日本画はさして興味のない志澤でさえ、心を打たれるうつくしさがあった。

清嵐の画風は若かりしころ、かなり実験的なものが多かった。晩年の作品のようにデフォルメの効いた線のうつくしいそれとは違《ちが》い、象徴《しょうちょう》主義などの洋画の手法も積極的に取り入れていたとわかる、緻密《ちみつ》な作品だった。

白鷺の羽根に抱《だ》きしめられ、喉《のど》をくすぐられるようにしながら足先を水辺にひたした少年の頬《ほお》には恍惚《こうこつ》とした赤みが差し、伏《ふ》した瞼《まぶた》のさき、睫毛《まつげ》がいまにも震《ふる》えるようにけぶっていた。

未成熟な裸体《らたい》は、とことんまで緻密な筆致《ひっち》と色彩《しきさい》で描《えが》かれ、薄桃色《うすももいろ》の肌《はだ》の産毛《うぶげ》までも見えるような、おそろしくリアルでありながら幻想《げんそう》的なものだった。

「実物はもっと迫力《はくりょく》があったぞ」

「うっわ、見たんだ。いいなあ……いまどこにあるんですかね」

「――……わからないんだ、それが」

羨《うらや》ましい、という顔をする弥刀の感動に水を差すのもなんだと、志澤はこの絵の複雑な来歴を言葉にしなかった。

発表された当時、『白鷺溺水』は正当に評価されることはなかった。いささかなまめかしいような作風が問題となり、画壇《がだん》からは「わいせつだ」と批判されたのだ。

だが後年になってから再度評価され、名のある賞の候補になったそれは、受賞こそしなかったものの一時期世間をにぎわせるほどのできばえだった。

しかしその賞にノミネートされたのち、一時期清嵐の地元の美術館に貸し出されたが、それは彼自身の意向で開催《かいさい》日半ばにして中断されたと聞いている。

気むずかしい清嵐と地元の人間の間でなんらかのトラブルがあったらしいが、詳細《しょうさい》についてまでは志澤も聞き出すことはできなかった。

そしてそれ以来、世間に二度と出てくることはなかったため、いまは幻《まぼろし》の名作とされている。

(今回の件で、うまくすれば、出てくるかと思ったんだがな)

じつは靖彬がもっとも欲しがったのはあの絵だったのだが、残念ながら遺品の中にはそれは見つかることはなかった。行方《ゆくえ》を辿《たど》るにも清嵐は売買の記録を残しておらず、懇意《こんい》の画商も知らないままで、それ以上の追跡《ついせき》は難しかったのだ。

おそらくは、清嵐が個人的に蒐集家《しゅうしゅうか》に譲《ゆず》ったか、買い上げられてしまったのだろうという結論に達した。靖彬はひどく落胆《らくたん》したが、それも出会いものとあきらめたようだった。

「あ、でもこれちょっと、藍くんに似てないですかね？」

しげしげと図録を眺《なが》める弥刀の言葉に、どきりとする。あの一枚の絵よりも、藍自身こそを『清嵐の最高傑作《けっさく》』と揶揄《やゆ》する向きがあったことを、志澤は知っていたからだ。

「……どうかな。制作時期は四十年前だ、彼は生まれてもいないだろう」

答える声が喉にからんだ気がして、志澤は深く煙《けむり》を吸いつける。

山奥に隔離《かくり》するようにして溺愛する美青年の孫こそが、清嵐の美意識の結晶《けっしょう》であるという噂《うわさ》は、彼を目にするまでは眉唾《まゆつば》ものだと思っていた。

だが、それはあながち、噂ばかりのことではなかったと、志澤は思い知った。

（あれは実際、驚《おどろ》いた）

藍とはじめて会った折りには、それこそ『白鷺溺水』さながら、清嵐の絵から抜《ぬ》け出してきたような青年だと思った。薄暗い雨の中、彼の姿だけがふわりと光っているかのような透明《とうめい》な肌に、濡れた黒い瞳《ひとみ》はあまりにも危《あや》うく光っていた。

その瞳を見た瞬間、一之宮清嵐がなぜ年若い孫へ軟禁《なんきん》に近い生活を強いていたのか、理解できる気がした。穢《けが》れを知らない繊細な生き物を、俗世《ぞくせ》にまみれさせることがためらわれる。そんなはかないうつくしさが藍にはあった。

だが同時に、もったいないと、そう思ったのだ。

たしかに彼は、手を触《ふ》れるにもためらうような、なにかがある。だが無菌《むきん》状態でいつまでおいていても、しおれていくばかりではないだろうか。

(こんなところで燻《くすぶ》っていることはない)

話してみれば藍はたしかに幼く、純粋《じゅんすい》な印象は強くなった。だがあの初対面の日、短いやりとりで感じられた、芯《しん》のしなやかな強さをこそ志澤は評価した。

もっと外に出て磨《みが》かれていい。まだ余生を送るには早いのだと強く感じたのは、あの山奥の家で静かに朽《く》ちる日を待つような生活をさせていたら、早晩彼がはかなくなってしまうのではないかという危機感だった。

だがそんな感傷的な気分を、とても口にできる志澤ではない。

藍を引き取ると決めた理由は、本人に言ったとおりでもある。あの世間知らずをそのまま東京に放《ほう》り出しては、なにが起きるかわかったものではないからだ。

しかし、藍が知りたかったのはおそらく、そうまでしようとする志澤の心情の部分だろう。だがおのが過去の傷に触れずに、らしくもない行動の理由を説明はできない。ましてあの世間ずれしていないうつくしい存在が「もったいないからだ」などという、およそ志澤らしからぬ情緒的《じょうちょ》な感覚も、むろんのこと言えるはずもない。

そのため、結局志澤は藍に対して、内面の事情を吐露《とろ》したりはしなかった。

(面食《めんく》らっていたけれど、しかたない)

おのれでもいったいどうした甘さかと、いささか戸惑《とまど》っているほどだ。だが藍にしてみれば、謎《なぞ》ばかりの志澤をますますうさんくさく思ったことだろう。

おかげで会うのは数回目になるというのに、いまだに警戒《けいかい》されてしまっているらしい。

(まあ、それもあたりまえだが)

初対面で説教をしたあげく、今日の今日まで事務的な話以外にしたこともない相手といきなり暮らせといったところで、ふつう「そうですか」とはいかないものだろう。

おいおい慣れてもらうしかないと内心呟《つぶや》き、志澤は弥刀へと話をふった。

「……それで、あとは今日、なにをしてたんだ」

「藍くんですか？　観光するかって誘《さそ》ってもべつに興味もないそうで……麻布十番近辺の店を知りたがったんで、ご近所探索《たんさく》でしたよ。スーパーとコンビニとドラッグストアまず教えてくれって……しっかりしてますね」

「なるほど」

おそらくそれは、この日の朝、車中でたしなめた言葉を受けてのものだろうと志澤は内心苦《く》笑《しょう》する。

——たとえばの話、どこで買いものをして食事をするのか、そんなことから知らなければならないだろう。

そんなことをえらそうに言っておいてほったらかした志澤を、あの子はどんなふうに思っただろうか。らしくもなく気になって、しかし表情に出ないまま志澤は弥刀の話を目顔で促《うなが》す。

「あと、泳げたいやきくんの鯛《たい》焼《や》きの店に連れてったら、喜んでました。歩き食いしたことない、行儀《ぎょうぎ》悪いんじゃないかって言うから、こういうのはそれが作法だっていったら目を丸くして。でも二個食べたかな」

なにを思い出したのか、肩《かた》を揺《ゆ》らして笑った弥刀の言葉に、志澤もなるほどと思う。たしかにあの古式ゆかしいような藍は、外で立ったまま食べたことなどなかったろう。

「でもってピーコックの輸入食材見て、めずらしそうにしてました。ああ、そのついでで空っぽの冷蔵庫、補充《ほじゅう》しておきましたからね」

ピーコックというのは麻布十番付近でも大きなスーパーマーケットだ。外国からの輸入食材も多く扱《あつか》っていて、田舎《いなか》育ちの藍にはたしかにものめずらしいことだったろう。

「悪いな。……本当は今日あたりから、家政婦を雇《やと》う予定だったんだが」

さすがに本来の仕事と藍の遺産関係の後始末で、いろいろな手配が間に合わなかった。少々段取りが悪かったことに思うところのある志澤は息をつくけれど、弥刀はそれに対して首を傾《かし》げる。

「家政婦て……なんでまた」

「俺ひとりならほとんどいらないが、彼が困るだろう」

事実として志澤は多忙《たぼう》だ。今日の事態も心理的な要因がなくとも、たいして変わりはなかっただろう。だったら責任として、藍の身の回りの世話をする人間をおくことが必要だと思った。

だが、それに対して弥刀は小さく唸《うな》った。

「うーん……や、どうでしょうねえ、それ。あの子、たしかにすぽっと抜けてる部分あるけど、思ってるほど甘やかされてるわけじゃ、ないと思いますよ」

「え？」

どういう意味だと目を瞠《みは》った志澤に「知靖先輩《せんぱい》らしくもない。考えてみてくださいよ」と弥刀は苦笑を浮《う》かべる。

「だって山奥の、しかもだだっ広い日本家屋で、おじいさんとふたり暮らししてたんでしょう。誰《だれ》が家事やってたかなんて、想像つくでしょ」

「……ああ」

言われてみればとうなずく。世間知らずなと決めてかかっていたが、日常の雑事についてまで、なんのしつけもされていない子ではないようだ。

「ある意味、先輩のほうがその辺、生活能力ないじゃないですか」

反論もできず苦い顔になるのは、おのれの生活があまり健全とはいいがたいことを自覚するからだ。多忙を極《きわ》める志澤はここしばらく、家のことをまともにした覚えがない。掃除《そうじ》は定期的なハウスクリーニングを頼《たの》んでいるし、食事に至ってはほとんどこのオフィスで軽いものをつまむか、仕事相手との会食ばかりだ。

「案外、このさきあの子に面倒《めんどう》みられちゃったりして？」

「ばかな。それじゃ本末転倒《てんとう》だろう。そんなことのために連れてきたわけじゃない」

「んじゃ、どんなことのためですか。生活の場だけ与《あた》えりゃいいってもんじゃないでしょ」

ぐっとつまってしまったのは、クレジットカードだけ与えて放り投げた形になった、この日の自分の行動に、やはり思うところがあったせいでもある。

保護者と一緒《いっしょ》に暮らす無職の青年というものに、志澤は偏見《へんけん》があった。それはつい、いい年してすねかじりの靖那を思い出してしまうからだが、藍にはそういうだらしなさはないようだ。

——なんで、こんなものくださるのか、わかりません。受けとれません！

生活の手だても知らないくせに、凛《りん》とした態度で不相応なものはいらないと告げる。藍のそうした潔癖《けっぺき》な部分は、歯がゆくも好ましくもあると思う。

甘ちゃんかと思えば妙《みょう》な部分が義理《ぎり》堅《がた》く、状況《じょうきょう》もわからないくせに精一杯《せいいっぱい》、ひとりだちしようとしていて、なんとも不思議だ。

そんな彼には志澤も戸惑う部分も多く、事務的に接しようにも調子が狂《くる》ってしまう。おかげでこの日は多忙を理由につい、弥刀に丸投げしてしまったのだ。

こんなことで今後どうするつもりなのだか、と正直困惑《こんわく》している志澤をじっと眺《なが》めていた弥刀は、コーヒーを飲み干すとぽつりと言った。

「……まあたしかに、あんなかわいい子東京におっぽりだしたら、早晩誰かに悪いことされそうですね。純粋培養《じゅんすいばいよう》って感じだし」

くすりと笑った弥刀のひとことに、なぜかばつが悪かった。志澤自身の戸惑いを見透《みす》かしたように感じられたからだ。

「なにが言いたい」

「俺としてはですね、先輩にもそういう情緒的な揺らぎがあっていいと思うんですよね。なにもかも完璧《かんぺき》ってのはおもしろくない。むしろ不完全なものこそうつくしいじゃないですか」

なにやら含《ふく》みの多い発言に鼻白み、じろりと睨《ね》め付けた志澤にも弥刀は悪びれない。

「まあちょっと、先輩の好みとはずれると思いますけど、悪くないんじゃないかなあ」

「おい……人聞きの悪いことを言うな」

むっとした声でたしなめると「失敬」と悪びれず舌を出す。頼むからこの調子で、藍によけいなことを言ってくれるなと志澤は思った。

「人聞き悪いって、なんでです？　あの子、ひとを性癖《せいへき》で差別するような子じゃないでしょ」

「……事情があるんだ、事情が」

タチの悪いのに目をつけられ、知らずにひっかかりそうになっていたから注意したとは言えないまま、憮然《ぶぜん》として志澤は煙《けむり》を吐《は》き出す。

目の前の後輩《こうはい》はよく知っているが、志澤はそれこそ性癖で言えばゲイだ。遠因として、多情だった父や弟に対する嫌悪感《けんおかん》が根底にあると内心気づいてもいるだけに、見境のない遊び方はしたことがないし、相手にするのは割り切った大人ばかりである。

だから藍のようにあどけなさの残るタイプは、それこそ守備範囲外《はんいがい》であるし、とくに隠《かく》さなければいけない理由も、むろん下心などもない。

そう、あくまで志澤は藍の保護者代理であるはずだ。あの家に置いたままにせず引き取ったのも、福田の毒牙《どくが》にかかることを回避《かいひ》するための保護措置《そち》でもあるのだ。

だが、福田のお稚児趣味《ちごしゅみ》を指摘《してき》し、警戒するようにと告げた本人がそちらの人種だったと聞けば、ますます藍は警戒してしまうのではなかろうか。

（……だからなんだって話でもあるんだが）

隠し立てする心理の裏など、いまはあまり考えたくはなく、志澤は渋面《じゅうめん》を浮かべる。

それにたいして、おもしろそうに目を光らせた弥刀はにやにやと笑った顔を少し引き締《し》める。

「ともあれ、俺もできる限りは協力はしますよ。でも……心細そうにしてましたよ？　やっぱり、知靖先輩がきちんと、面倒みてあげるべきでしょう」

「わかってる。まあ……今日は本当に、都合が悪かったんだ。すまなかった」

らしくもなく言い訳を口にして、志澤は煙草《たばこ》をもみ消す。しかし話を打ち切ろうとする志澤に対して、やはりしれっと弥刀は言い放った。

「それは俺じゃなくて、藍くんに言ってあげてください。ついでに、明日も明後日《あさって》も都合が悪いっていうのは、とおらないと思いますよ」

「そう嫌味《いやみ》を言うな。実際問題忙《いそが》しいんだ」

「そこはそれ、なんとかするのが大人の裁量ってもんでしょ」

食えないやつめと睨《にら》んでみせつつ、さて今後自分はあの頼《たよ》りなげでかたくなな子どもに、どう接するべきであるかと、志澤はしばし考えこんだのだった。

＊　＊　＊

志澤と藍の双方《そうほう》の困惑はよそに、日々は坦々《たんたん》とすぎていく。

同居をはじめて一週間がすぎたころ、藍はあらためて今回の事態について、どうしたものかと悩《なや》んでいた。

というのも、志澤の多忙さは藍の予想以上であったからだ。

最初の数日はどうにか、一日一回は顔を合わせて「不自由はないのか」などと問いかけていた志澤だったけれども、いい加減限度が来てしまったようで、いまでは寝泊《ねと》まりさえも階下のオフィスで済ませているらしい。

「……これでもう、三日、顔見てないなあ」

「ん、なにが？」

ぽつりと呟《つぶや》いた言葉を聞きとがめたのは弥刀で、なんでもありませんとゆるくかぶりを振《ふ》った藍は、相変わらず慣れることのないデジタルビデオカメラのレンズに困惑顔を向ける。

「あの――……ほんとに撮《と》るんですか？」

「うん。だって藍くん、いいって言ってくれたじゃない？」

真剣《しんけん》な顔で覗《のぞ》きこんでいたカメラの液晶《えきしょう》から目を離《はな》し、弥刀はにっこりと笑ってみせる。一見は邪気《じゃき》のないこの笑顔《えがお》がくせ者なのだということは、短いつきあいながら藍にもだんだんわかってきた。

「なんかこう、モデルらしいことしなくていいんですか？」

「いいのいいの、これ試《ため》しに撮ってるだけだし。ふつうにしてててね」

おずおずと問いかけたそれは、あっさりとした言葉で返される。

ふつうにと言われても、と藍が見下ろしたのは手の中のボウルと菜箸《さいばし》だ。現在、弥刀のリクエストでだし巻き卵を作っている最中なのである。そんなどうということもない――というより所帯臭《くさ》い――画面など撮って、なにがいいのだろう。

「かしこまらなくてもいいって言ったじゃない？　これ新しい機材なんで、まだ画《え》の雰囲気《ふんいき》とか摑《つか》めないいんだ。協力してくれると助かるし」

「はあ……なら、いいんですけど」

頼みこまれて断る理由もなかったのだが、日がな一日レンズに追いかけ回されているのはけっこう緊張《きんちょう》する。ようやく使い方に慣れたＩＨクッキングヒーターにかけた鍋《なべ》の中、出汁《だし》で軽く煮《に》た千六本《せんろっぽん》の加減を見て、みそを溶《と》き入れた。

「うわ、うまっそー……ほんとに食べちゃっていいの？」

「はい、もったいないですから」

ふう、とため息をついた藍は音を立てたレンジから昨日の残り物である牛肉とごぼうの炒《い》り煮を取りだす。ちょうどご飯も炊《た》きあがり、できたてのみそ汁《しる》と一緒に弥刀へと勧《すす》めると、彼は喜色を浮《う》かべてテーブルについた。

「いただきます。……あー、いいな家庭料理」

「こんなのしか、作れないんですけど」

「なに言ってるの、こういうのがいちばんでしょ。もうこの数日、俺の胃袋《いぶくろ》喜んじゃって。ほら、藍くんも食べようよ」

「卵焼いたら、いただきます」

見た目はいかにも派手で、ジャンクフードなどを好みそうな弥刀なのに、食事はやはり和食だと言い張るのがどこかおかしい。

（でも、いいのかなあ）

家主不在のまま勝手に台所を使うことには最初、ためらいがあった。しかし毎日顔を出す弥刀が気にせず自由にしていいよと告げ、それこそ食材の買いものからつきあってくれるので、いまでは藍も好きにしている。

生活費も出してもらっている手前、志澤の分も初日から用意しておいたのだが、一度として彼がこの家の食卓《しょくたく》についたことはない。おかげで毎日、弥刀はその残り物を片づけつつ藍にカメラを向けているのだ。

「弥刀さんはお仕事、いいんですか？　ぼくのことでご迷惑《めいわく》、かけてませんか」

「うん、ちゃんとしてますよ。どうせ俺、本採用の講師じゃないから週に二回授業すればいいだけだし、あとは作品制作が本業」

さっきも撮ってたでしょうと笑われると、藍はなんともつかない顔になった。一応は仕事に協力しているということで、納得《なっとく》してもいいものだろうか。

それはたしかに祖父の清嵐も日がな絵を描《か》くのが仕事だったわけだが、志澤のあまりの忙《せわ》しなさに対し、どうにも弥刀は暢気《のんき》に見えてしかたないのだ。

「……で、先輩《せんぱい》マジでこの三日、帰ってこないわけ？」

だが藍の困惑をよそに、しばらく黙々《もくもく》と箸を動かしていた弥刀は突然《とつぜん》問いかけてくる。さきほどの呟きはしっかり耳に入っていたらしい。分厚い出汁巻き卵を焼き上げるため、菜箸でふっくらした金色のそれを巻きつつ、藍は「そうなんです」と眉《まゆ》をひそめた。

「寝てる間に出入りしてるのかと思ったんですけど、昨日のご飯も手つかずでしたし……」

「まあ、あのオフィス仮眠室《かみんしつ》もシャワーも完備してるからね。ちょっと上り下りするだけなのに、面倒《めんどう》がってひとそろい、着替《きが》えも用意してるらしいし」

「……ぼくがお邪魔《じゃま》しちゃってるから、遠慮《えんりょ》なさってるんでしょうか？」

ふっくらと焼けた出汁巻き卵を切り分け、大根下ろしとしらすを添《そ》えて差し出すと、弥刀は「くうーっ」と箸を噛《か》んだあとに、熱々のそれをつつきながら言った。

「いや、それはないと思うよ。あのひと本当にここんち、寝るだけ『以下』の使い方しかしてないから」

「そんなに、お忙《いそが》しいんですか」

「うーん、まあ……言うなれば四つくらいの会社の社長さんまとめてやってる感じかな」

想像がつかないと藍は目を丸くするが、みそ汁をすすった弥刀は平然としている。

「そんなこと、可能なんでしょうか？」

「可能なんだよねこれが。なにしろ知靖先輩だから」

藍も自分の分をよそい、カウンターテーブルの対面に座る。この数日ですっかりここが弥刀

と藍の定位置になっていて、なんだか奇妙《きみよう》なことだと思った。

初対面同然の男の家に引き取られ、さらにそこで引き合わされた、縁《えん》もゆかりもない映像作家と毎日食卓を囲んでいる。そうしてそれが案外と、身に馴染《なじ》んでしまっているのだ。

「っていうかあのひとって、マジひと十倍くらい有能なんだよね。おまけに知識量半端《はんぱ》じゃなくて、ソフトもハードもこなせる系、みたいな」

「こなせる系?……ってどういう意味ですか」

いまいちわからないと首を傾《かし》げると、弥刀は「ありゃ」と苦笑《くしよう》する。

「まずいなどうも……俺のほうがワカゾー言葉になっちゃってるね。ええと、まあ『系』っていうのは曖昧《あいまい》言葉っていうかニュアンスなんで流しておいて」

「はい」

ごめん、と頭を掻《か》く所作の茶目っ気に、藍はうなずきながら思わず笑った。

弥刀はふだん専門学校の講師をしているせいか、言動がかなり若々しい。生徒のそれが移るのだと言っていて、どうりで志澤と大差ない年齢《ねんれい》なのに、印象が若いはずだと思う。

「要するにうーん……とってもマルチなひとなんですよ。できないことないっていうか。で、そういうひとにはなんでか世の中、面倒な仕事がまわってきやすいもんでね」

藍がもらった名刺《めいし》はふたつだったけれど、実際にはその倍の会社組織の代表や代理をやらされている状態だと聞いて、なんだか目眩《めまい》がしそうだった。

「大変なんですね……」

呟いて、それでは藍の面倒をみる余裕《よゆう》などとてもないのではないか、と思ってしまう。そもそもどうこうしてもらおうなどと思ってもいないが、先だっての遺産騒《さわ》ぎのことも、ずいぶん時間を取らせたんじゃないだろうか。

「気にすることないよ。それくらい屁《へ》でもないひとだから。っと、……ごちそうさまでしたっ、うまかった！」

表情を曇《くも》らせた藍に、やんわり笑って完食した茶碗《ちゃわん》をおき、ぱんっと弥刀は手を合わせる。

「はい、お粗末《そまつ》さまでした」

子どものような所作に思わず藍が微笑《ほほえ》むと、ああ、と弥刀は悔《くや》しそうな顔をした。

「うわー、いまの顔よかったなあ。撮りたかった」

「だからぼくを撮っても……。それこそ、弥刀さんご自身とか、志澤さんのほうが、素敵《すてき》じゃないですか」

「いやいや、藍くんはマジ……っていうかほんと、自分の価値わかってないって。所作と言葉《ことば》遣《づか》いがきれいな若い子って、そういるもんじゃないんだから。それ、日常的にやってないと出ないもんだよ」

おじいさんにも敬語で話していただろうと指摘《してき》され、なぜわかるのかと思いつつうなずく。

「厳しいひとだったので、テレビとかで使っている言葉を口にすると、怒《おこ》られました」

「うは……さすが一之宮清嵐、……さんだよね」

一般《いっぱん》にひとは作家を呼ぶとき、敬称《けいしょう》をつけることはない。たとえばモネやピカソなど、海外の画家の名などは藍でも呼び捨てにしてしまう、そういう感覚なのだろう。

慌《あわ》ててつけ加えた「さん」がおかしく、藍はくすくすと笑う。

「いいですよ、清嵐でも」

「う、ごめん。……ねえ、あれって本名？　雅号《がごう》？」

「雅号みたいだけど、本名なんですよ。本人、あんまり気に入らないみたいだけど、あれ以上の雅号も思いつかないんでそのまま使ったと言ってました」

「そうなのかあ……まあ、俺もよくディレクターネームかって言われるけどね」

「きれいなお名前ですもんね」

うなずきつつ、そういえば食事のときに話をするというのも、いままでに経験がないことだったと藍は思う。

清嵐はしつけにとにかく厳しくて、箸を持ったまま喋《しゃべ》るとじろりと睨《にら》まれたものだった。

だが、こうしていろいろなことを語り合いながらの食事も、悪くないと藍は思うのだ。

（それに弥刀さん、話しやすいし）

基本的に、ざっくばらんに見えても気遣いの細やかな性格なのはすぐわかった。食べ終えた皿を流しに運んだあと、弥刀はカメラをいじりつつも藍の前に座っていてくれる。

慣れない生活で、彼の存在に助けられているのは事実だ。だが、いつまでも彼に藍の相手をさせているわけにもいくまい。

「しかし、毎日ご飯作ってほんと、えらいねえ」

「えらいって……これくらふつうでしょう」

藍の淹《い》れた茶をすすった弥刀が、しみじみと感心している様子にいっそおかしくなる。

「いや、だって家政婦さん入れるって言われなかったの？」

「言われたけど、断りました。必要ありませんし、自分のことくらい自分でできますし」

——あまり戻《もど》れないし、家のことは専門の人間を頼《たの》んでもいいと思っているから。

とんでもないことだと、藍はその申し出を辞退した。いくらなんでも無職の身で生活費までもらったうえに、これ以上他人の手を煩《わずら》わせたくない。なにより、家主の志澤とさえろくにうちとけていない状況《じょうきょう》で、さらに見知らぬ人間と接するなどと、藍の神経が保《も》ちそうになかった。

どうもあの辺の思考回路が志澤とは嚙みあわない。お金持ちとはそういうものなんだろうか、とぼんやり考えこんでいると、くすくすと弥刀は笑い出した。

「あはは、やっぱりか、うん。だろうと思った」

「なにがです？」

「んー、なんでもないよ。……ところでさあ、藍くん。俺明日は来られないのね」

そうなんですかと返す言葉がいささか曇った。素直な表情を認めて目を細めた弥刀は、ちょっと遠出して撮影《さつえい》に行くからと言う。

「でさあ、このおいしいご飯。明日はお相伴《しょうばん》に与《あず》かれないんだけど、また作るんだろ？」

「はい。無駄《むだ》になるようなら、自分で片づければいいだけですから」

志澤がどう言ってくれてもしょせん藍は居候《いそうろう》だ。自分の分だけの食事を作りたくはなく、ある意味では意固地になっていると自覚もする。

「うん、そんでさ。俺思ったんですが、いっそのことデリバリーしてはどうかなあと」

「え？」

「だから、オフィスってこの下でしょ？　外回りで出てるときはともかく、夜はたいてい十時すぎればいると思うんだよね。まあお盆《ぼん》で運ぶのも汁物《しるもの》とかはちょっと不安だけど、おにぎりとかにしてったら、運べない？」

いっそのこと戻ってこないなら、本来の家主に差し入れてはどうかと言われて、考えもつかなかったと藍は目を丸くした。

「でも、それお邪魔じゃないんでしょうか？」

却《かえ》って、差し出がましくはないだろうか。ためらう藍に弥刀は首を振《ふ》ってみせた。

「いやいや、一回食べればわかるってば。あのひと三食デリバリーピザでも平気ってひとだけど、単純に食に重きをおかないだけで、味音痴《あじおんち》じゃないしね。むしろ舌だけは肥えてるかもなあ、高級料亭《りょうてい》とかレストランの会食とか多いから」

じゃあますます藍の作った家庭料理などだめじゃないかと眉《まゆ》をひそめれば「だからさ」と弥刀はきれいなウインクをしてみせる。

「男を落とすときは胃袋《いぶくろ》からって言うでしょ。俺も仕事で経験してるけど、ごってりのフレンチだの気取った懐石《かいせき》だの食ってると、みそ汁《しる》と肉じゃが食いてえ！　ってなるんだこれが」

「そんなものなんでしょうか」

戸惑《とまど》いはあるものの、悪い案ではないと思った。このままずっとすれ違《ちが》っているようでは、結局一緒《いっしょ》に生活するとは言いきれない。

そしてなにより気になるのは、初日に言われた志澤の言葉だ。

——だったら、現状と東京に慣れるまでは、俺の家で生活して、今後の身の振り方を考えればいいんじゃないか。

慣れるとはいったいなにに対して、そしていつまでの話なのだろう。弥刀以外に喋る相手もないまま、ぼんやりと一日家事をして暮らす状態では、結局あの家にいたころと変わらない。考えろと言われてもそのとっかかりさえ見えないまま、毎日「これでいいのかな」と迷っている。

正直いえばいまだに、みずからの置かれた環境《かんきょう》にどうにも納得《なっとく》ができないでいる。というよりいまだ、現実感がないのだ。志澤との生活に身がまえていた分、あまりの接触《せっしょく》のなさに拍子《ひょうし》抜《ぬ》けしているのも本音。

だったらまずは、志澤と少しでいいから歩み寄りたいと思っているし、それには弥刀が言うとおり、藍から動かなければ無理なのだろう。

「……あの、炊《た》き込みご飯とか、嫌《きら》いじゃない、ですか?」

「好き嫌いはないよ、あのひと。ああでもいいなー、藍くんの炊き込みご飯かあ」

ああそれならいっそ俺が食いたい、と肩《かた》を落としてみせる弥刀に笑《え》みを浮《う》かべつつ、ちょっと頑張《がんば》ってみようと藍は決意したのだ。

その日の夜、藍は緊張《きんちょう》した顔のまま、志澤のオフィス前に立っていた。

手にしたお盆の中身は、弥刀の入れ知恵《ぢえ》どおりの夜食だ。鶏《とり》と根菜を炊き込んだご飯をおにぎりにして、ぱりぱりの海苔《のり》を添《そ》えてある。ネギと椎茸《しいたけ》のすまし汁はマグカップによそってラップをかけ、おかずに作ったいんげんの肉巻きにはようじを刺《さ》して、箸《はし》はなくともつまめるように考えてみた。

清嵐が制作に入った折り、よく作った夜食と同じメニューだった。肉汁《にくじゅう》や油で手を汚《よご》すわけにいかない祖父は定番のこれを好んで食した。もくもくとそれらを摘《つま》む祖父の横で、藍もまた言われたとおり、乳鉢《にゅうばち》で胡粉《ごふん》を擂《す》っていたものだった。

(気に入ってくれると、いいんだけどなあ)

オフィスのインターホンを押してみる。いなかったらこのまま置いて帰ればいいのだし――と思いながらもどきどきしていた藍の耳に、ややあって志澤の声が聞こえた。

『どちらさまです?』

「あ、あの。藍です。お時間、いいですか」

『……鍵《かぎ》は開いている。どうぞ』

一瞬《いっしゅん》の間に少し怪訝《けげん》そうな気配を感じとり、緊張しながら藍はドアを開ける。

はじめて訪《おとず》れたオフィスの中はほとんど真っ暗で、どちらに進めばいいのやらと思いながら立ち竦《すく》んでいると、足音が聞こえたあとにぱっと明るくなった。

「どうしたんだ、なにかあったのか」

スーツの上着を着ていない志澤は、少し疲《つか》れているように見えた。ゆるめたネクタイや、少し皺《しわ》の寄ったシャツにも疲労《ひろう》が滲《にじ》んでいるようで、藍は眉をひそめた。

だがそれが少しもだらしなく見えないのは、目の前の男の端整《たんせい》さによるものだろう。むしろふだんよりも怠《だる》そうな所作が、奇妙《きみょう》に男臭《くさ》い色気を漂《ただよ》わせているようだ。

「いえ、あ、あの。ご飯、食べましたか?」

「いや……そういえば何時だ?」

なにか用事かと問われ、怯《ひる》みそうになりつつ問いかけると、一瞬志澤はなにを言われたのかわからないという顔をした。そしてややあって藍の手に捧《ささ》げ持たれたトレイの存在に気づくと、目を瞠《みは》る。

「これは?」

「あの、よかったら、どうかなって……」

おずおずと差し出すと、彼はなぜか困ったような表情を浮かべる。やはりよけいなことだったろうかと藍が不安になるよりさきに、志澤はぽつりと呟《つぶや》いた。

「まったく……弥刀の予言どおりってとこか」

「え?」

「いや、なんでもない。きみは食べたのか」

もういただきましたとうなずいた藍の手からトレイを受けとって、志澤は小さく息をついた。

「ありがたくいただく。ちょうど腹が減ったところだった」

かすかに笑って言ったそれは気遣《きづか》いだろうと、藍にはすぐにわかった。志澤はついさっきまで、空腹どころか時間にさえ気づいていない様子だったのだ。

(やっぱり、そっけないだけじゃないんだよなあ)

ほのかな嬉《うれ》しさが滲んで、思わず藍の口元もほころぶ。照れたようなそれに目を留めた志澤は、しかしふと考えるように首を傾《かし》げるとそのままきびすを返した。

(あ、あれ?)

これは帰れということだろうか。まあ受けとってもらえただけでもよしとするかと、第一段階をクリアした藍がため息をつくと、くるりと志澤が振り返る。

「……なにしてる? お茶くらいは出すから、ついてきなさい」

「え、あ、ええ?」

「きみはデリバリーの店員じゃあるまいし。届けてすぐ帰れとは言えないだろう」

意外な発言に驚《おどろ》いた藍に苦笑して、そのまますたすたと長い脚《あし》で歩き出す。慌《あわ》ててうしろをついていくと、しんと静まりかえったオフィスの雰囲気《ふんいき》に少し緊張した。

(あんまり、机の数多くないんだ。社員さん、たくさんはいないのかな)

藍の感じたとおり、広い室内はむしろ倉庫と言ってもいいほどの、キャビネットの量だった。パーティションで区切られた部屋の奥が、志澤のデスクなのだろう。書類のぎっしりつまった棚《たな》に、同じく書類の積み上がった机。そしてその前にある、おそらく来客用に使うのだろうソファセットの広いテーブルには、なぜか、たくさんの陶磁器《とうじき》が並んでいた。

（うちにあったのに似てるかな？）

箱書きに志澤のくっきりした字で『有田・清六《せいろく》・白磁彫《ぼり》・竹文《たけもん》』『清水《きよみず》・捻祥瑞山水《ねじしょんずいさんすい》・組湯呑《くみゆのみ》』『オールドノリタケ・コラーレン花瓶《かびん》』などの但《ただ》し書きメモの下に、おそらく価格を示すのだろう数字のラベルがついている。分別されているそれをちらりと眺《なが》め、おそらくは美術商のほうの仕事なのだろうと藍は判断した。

「まだ、お仕事中なんですか？」

「ああ。昼はゆっくり見られないから……」

机の上の書類をざっとどかして盆《ぼん》を置いた志澤は、自分で茶を用意しようとした。だがそれを制して「召《め》し上がってください」と藍は告げる。

「しかし」

「差し入れにきたんですから、お手数かけたくないです。それに、あたたかいうちにどうぞ」

しばしためらった様子の志澤だったが、冷めてしまうと藍が言い添えればそのまま「悪い」とひとこと告げて腰掛《こしか》けた。

書類を横目に眺めながらまだ湯気の立つカップの中の吸い物をすすって、軽く目を瞠る。そのあとすっと伸《の》びた手はおにぎりを掴《つか》むと、もくもくと食べはじめた。

（よかった、食べられたみたいだ）

ほっとした藍は、志澤の机のすぐ近くにあった電熱ポットとお茶セットで茶を淹《い》れた。どうやら湯飲みは用意していないらしく、無地のそっけないマグカップがひとつ。おそらく事務員か誰《だれ》かが、夜半まで残る志澤のための専用セットにしているのだろう。

(……こんなにいいのそろってるのになあ)

ちらりと横目に眺めたのは、さきほどの陶磁器だ。これ以外にも壁面《へきめん》の、ガラスのはまったケースの中には、さまざまにきれいな器《うつわ》がある。

とくに藍の目をひいたのは、とてもきれいなティーセットだった。白地に赤い椿《つばき》、青い葉がシンプルに描《えが》かれたそれは優美なラインをしている。

「……これは売り物じゃないんですか？」

「オールドノリタケか。それは来客用に使ってる」

価格もないし、あえて見える形でしまってあることから判断したのだが、案の定の返事があった。志澤は食べるのが早いようで、四つあったおにぎりはもう半分になっている。

しかし食べている間も手にした書類とパソコンから目を離《はな》さない。消化に悪いんじゃないかと思いつつ、大人の男のひとがおにぎりを齧《かじ》る姿は奇妙なおかしみがあるなと思った。ことにそれが志澤のように、隙《すき》のないタイプであればなおのことだ。

「こっちの、机に並んでいるのはなんですか？」

「これは売り物になるものを選別してある。といっても、たいした金額じゃないし、まだ商売になる、という程度だが、きみの家にあったものほどではないよ」

ぱくぱくとおにぎりを齧りながら、片手でキーボードを叩《たた》いて目もあげないまま志澤は答える。どう考えても喋《しゃべ》って仕事しながら咀嚼《そしゃく》している状態なのに、不思議に行儀《ぎょうぎ》悪く見えない。

(食べるの速いけど、やっぱりこのひと、なんだか品がいいなあ)

ある意味意固地になって食事を作っていたものの、実際に彼がどんな顔で食べるのかなと、なにも想像できなかった自分に藍は気づいた。そして目にした志澤の姿は、少しの心配とともに好感を覚えるものだった。

「お茶どうぞ」

「ああ、ありがとう」

差し出すついでに汁物《しるもの》の入っていたカップを見ると、もうなくなっていた。おかずになる肉巻きいんげんは少し塩気が多いので、喉《のど》が渇《かわ》くらしく志澤はすぐに茶をすする。丁寧《ていねい》に淹れた煎茶《せんちゃ》の味に、志澤はほっとしたように息をついた。なんだか嬉しくなった藍は、邪魔《じゃま》ではないかと思いつつもつい口を開いてしまう。

「あの、訊《き》いてもいいですか」

忙《いそが》しいんだと却下《きゃっか》されるかと思いきや、志澤はそのおずおずとした藍の声にうなずいてくれた。ほっとしながら、ここに来たときから気になっていたことを口にする。

「えっと、このきれいなお湯飲みの名前、なんて読むんでしょう。うちにも似たのあったけど、名前知らなくて。……ショーズイですか?」

「それは祥瑞《しょんずい》だ。幾何学《きかがく》的な模様が入っているだろう、そういう図柄《ずがら》の、景徳鎮《けいとくちん》の民窯《みんよう》で作られた染付《そめつけ》磁器を祥瑞《しょんずい》というんだ」

　幾何学的な模様だけでなく、花鳥風月や人物、風景などが細密に描かれているものも含《ふく》むのだと補足され、なるほどと藍はうなずいた。

「へえ……。あの、こちらはネン？……祥瑞ってありますけど、どう違《ちが》うんですか」

「それは捻祥瑞《ねじしょんずい》。捻というのは胴《どう》の部分が花弁のように螺旋《らせん》様にねじれているだろう。それのことで、さらにその中に図柄——祥瑞を書き込んである。つまり捻祥瑞は『捻』と『祥瑞』の合わせ技《わざ》だ」

　そのあとも、これはなにあれはなにと問う藍に、さらさらと志澤は答えてくれた。おかげで、いままでふだん遣いをしていたそれぞれの陶器や磁器にも系統があることを藍は知った。

「一之宮さんが集めていらしたのも、もろもろあるが古九谷が多いようだったな。いいものばかりで、ああしたものならいっそまとめて扱《あつか》いたいくらいだ」

「ああしたものなら、って？」

「現代作家のふだん遣いの食器類ならともかく、古美術品になるといろいろ難しいんだ。とくに一時期、テレビのお宝鑑定《かんてい》ブームで、にわか蒐集家《しゅうしゅうか》が増えたものだから。バブルの後押しもあってとにかく大量に出回ったんだが、うちのストックの現状もはかばかしくない」

　要は志澤の前任者が見る目がなく、絵画にしろこれらの陶磁器にしろ、大量生産の模造品や贋作《がんさく》を正真物《しょうしんもの》として売り込まれたらしい。それらの在庫を、赤を出さない程度に売り捌《さば》くため、さまざまなルートを使って志澤が処理をしているのだそうだ。

「でもそれって、もとの値段では売れませんよね」

「むろん。ただデッドストックにしておいても倉庫代がかさむし、この陶芸品だけでもいっそのこと土産物屋《みやげものや》にでも売ったらどうかと思うくらいだ。だがそうはいかないから、いまは百貨店の外商に、展示即売会《そくばいかい》形式の催事企画《さいじきかく》をやれるかどうか交渉中《こうしようちゆう》だ」

淡々《たんたん》と答える志澤の頰《ほお》に浮《う》かぶ翳《かげ》りに気づいて、藍はため息を吞《の》みこんだ。

いま志澤が教えてくれたのはあくまで美術品ディーラーとしての仕事に関してのみだ。弥刀の話では、昼間はこれにくわえて不動産業、それから藍にはよくわからないが、志澤本社での輸入関連やなにかの仕事もあるのだという。

（これじゃあ、たしかに帰れないよね……）

藍と話している間も一分でも惜《お》しいというように、志澤はおにぎりを食べつつ仕事を続行しているのだ。それでいて藍の問いかけにさらっと答える声にも淀《よど》みはない。

男性はいっぺんにふたつ以上のことをするのが脳の構造上苦手だというが、おそらく志澤は頭の中で、同時に煩雑《はんざつ》な物事を処理できる、希有《けう》なタイプなのだろう。

（ひと十倍有能って、たしかにそうなのかも）

感心しつつ、話しかけても鬱陶《うつとう》しそうな気配はないのが嬉しかった。あまりに帰ってこない志澤に、もしかすると本音では疎《うと》まれているのかという不安もあったからだ。杞憂《きゆう》と知ってほっとするのと同時に、あまりに忙しい志澤のことが純粋《じゆんすい》に心配にもなる。

（こんなひとがいる。なのに、自分のことも決められないいんだ、ぼくは）

たしかにこんなすごいひとからすれば、藍はただの甘ったれに見えることだろう。少なからず落ちこみそうになってうつむいたとたん、静かな声が聞こえた。

「……ごちそうさま。ところでこれは、全部自分で作ったのか」

「は、はい。お口にあうかどうか、不安だったんですが……田舎《いなか》料理、ですし」

問いかけに少しばかりどきどきしながら藍が肯定《こうてい》すると、自信なさげな最後の言葉について、志澤はゆるく首を振《ふ》った。

「いや、とてもおいしかった。こういうのがいちばん落ち着く。どうもありがとう」

「いえ、そんな……」

静かな声に、なぜか耳が熱くなった。そんなふうにしみじみと礼を言われると、どうしていいのかわからない。弥刀にあれだけ手放しに「うまい」と言われていても平気だったのに、志澤にはなんでこんなに照れくさくなってしまうのだろうか。

(かっこいいし、いい声だからかなあ……でも弥刀さんも、そうだよね)

ふたりの差がどこにあるやらと思いつつ、意味もなく気恥《きは》ずかしくてうろうろと視線を逃《に》がした藍は、ふとさきほどの陶磁器《とうじき》の山に目を留めて、奇妙《きみょう》な違和感《いわかん》を覚えた。

(あれ？　なんだろう、あれだけ変)

ほかのものにはきっちりした字の但し書きが添《そ》えられているのに、剝《む》き出しのそれだけなんのメモもない。まだ未整理のものらしい一角にあって、そこだけ妙に気にかかるのはなぜだろう、と藍は内心首を傾《かし》げた。

「なにか？」

急に黙《だま》りこんだ藍を不審《ふしん》に思ったのだろう。じっとその一枚に視線を当てていると、志澤が問いかけてくる。

「あの、これ……これも、有名なやつですか？」

そっと、気になっていた品を指さすと、志澤は怪訝《けげん》な表情を浮かべ、ややあってふっと目の光が強くなる。

「——なぜそう思う？」

「え、え……いえ、なんでもないんですけど」

さきほどまでのなごんだ気配とは違うそれに圧倒《あっとう》され、なにかまずいことを口走ったかと藍はうろたえた。しかし、その不安そうな顔に気づいた志澤は、極力口調をやわらげてくれる。

「べつに怒《おこ》っているわけじゃない。なぜ、そう思ったのか知りたいだけだ」

言ってみなさいと、声は穏《おだ》やかなのに抗《あらが》えない響《ひび》きに負けて、藍はためらいつつ口を開く。

「その……こっちの平皿のはきれいだけど、この、お手塩皿の藍色《あいいろ》部分のぼかしが、どうも」

「呉須筆《ごすふで》か……これがなにか？」

「なに、っていうんじゃないんですけど。なんかこう、むらが出てませんか？」

「呉須はそもそもぼかしの手法なんだが、そういうことではなく？」

筆の走ったあとの自然な濃淡《のうたん》が残るのなら、それはそれで味のあるものだと思う。本来そういう技法だと言われれば藍に反論する根拠《こんきょ》はなかったのだが、やはりうなずく。

「なんか……うつくしくないです、これ」

祖父がよく口にした言葉が自然とこぼれ出てしまったが、志澤はその言葉を聞いたとたん眉《まゆ》を寄せた。そのリアクションに、もしかすると生意気だったろうかと藍は口を押さえる。

「あ、あのでも……きっといいものなんですよね。すみません、素人《しろうと》がなにもわからずに」

ただこの一品だけが、そのほかの品々と肩《かた》を並べるには、どうにも品がないような気がしてしまったのだが、それは単に藍の感覚的な問題だ。よけいな口を叩《たた》いてしまったとひやりとすると、志澤はうろたえる藍をひとことで制した。

「……いや。待ってくれ」

しばらく顎《あご》に指を当てて考えこんだ志澤は、軽く眼鏡《めがね》のブリッジを押すと、べつのキャビネットからいくつかの箱を取りだした。

「ちょっと率直《そっちょく》に訊きたい。悪いが、いいか」

「は、はい」

とんとんと並べられたのは赤い色合いがベースで、鳳凰《ほうおう》の模様が入った小皿の五枚組と、よく似ているけれども花鳥の柄《がら》の、これも小皿。猪口《ちょこ》と徳利のセットもまたふたつ、花唐草紋《はなからくさもん》と祥瑞、いずれも金繕《きんづくろ》いの施《ほどこ》されたあとがある。

「これとこれは、どっちがいいと思う?」

「え、いい、と言われても……」

似通ったふた組をそれぞれ眺《なが》め、詳《くわ》しくないのにと藍は頼《たよ》りなく眉を寄せる。その表情に軽く手をあげ、志澤は「難しく考えなくてもいい」と言った。

「ああ、そうだな。きみから見てうつくしいのはどちらだろうか」

「それぞれの、どっちかってことですか？」

「そうだ」

感覚で答えてくれと言われ、藍はおずおずと指さした。

「えと、この……花と鳥の柄のほうと、唐草のついてるやつ、です」

「……なるほど」

深くうなずいた志澤は、もうひとつだけ、と言って今度は、ひどく大きな木箱を取りだしてきた。

「これを、どう思う？」

「んー……と」

現れたのは藍の腕《うで》ならひと抱《かか》えもある、大きな平皿で、細密な赤い絵の描《えが》かれた立派なものだった。施された金彩《きんさい》の禿《は》げぐあいから見ても、一見とても古い年代物の大皿に映る。

「なんか、こう。絵が……せこせこしてる、っていうか。神経質な、感じです」

どう言っていいものかと迷いつつ、懸命《けんめい》に言葉を探した藍がそう告げたとたん、志澤はふうっと長い息をついた。

「なるほど……門前の小僧《こぞう》だな。たいしたものだ」

「え……？」

「いや、こちらの話だ。ありがとう」

かすかに浮かんだ笑《え》みにどきりとした藍の目の前で、志澤は電話を取りあげた。そして受話器を肩に挟《はさ》んだ状態でパソコンを操作しはじめる。ほどなく、電話がつながったようだった。

「蒼美堂《そうびどう》さんですか。お世話になっております、私、アートコンサルタントYSの志澤ですが……ああ、仰木《おうぎ》さん。先日はどうも」

うっすらと口元に笑みさえ浮かべた志澤の声は穏やかで、けれど眼鏡の奥の瞳《ひとみ》は虚空《こくう》を睨《にら》むかのように鋭《するど》い。厳しい表情に藍は無意識に息を呑み、薄《うす》い肩を緊張《きんちょう》させた。

「先日お話しした例の呉須の組皿と、赤絵《あかえ》……はい、あれはやはり来歴をもう少し詳しく追っていただけませんか。ええ、場合によってはあの話はなかったことになると思いますので」

（えっ？）

いま志澤が口にした『呉須の組皿』とはさきほど藍が「うつくしくない」と言ってしまったこれのことか。事態を呑みこめず目を瞠《みは》っていると、志澤は淡々と仕事の話を続ける。

「それから先日のオールドノリタケとアビランド。……ああ、買い手がつきましたか。わかりました。それでは近々に」

失礼します、と電話を切った志澤は、ぽかんとしたままの藍に向けて、見たこともないほど満足そうに笑ってみせた。その見事さに、うわあ、と藍は赤くなる。

「ひっかかっていたブツがどうにか始末がつきそうだ。本当にありがとう」

「あ、や……いえ……」

このひとの笑みは滅多《めった》に見られないだけに、希少価値が高いのだと気づいた。弥刀のようにぱっと明るいものではないけれど、どこか夜に咲《さ》く花のように品がある、艶《あで》やかな表情だった。

「な、なにがなんだかわからないんですけど」

「きみの目はたしかだってことだ。さきほどはテストのような真似《まね》をしてすまないね」

これを見てほしいと志澤が言ったのは、藍が「せこせこしている」と言った大皿だ。

「これはじつは陶芸家ではなく、素地師《きじし》の作品だった。しかも古九谷の真似をして、ご丁寧《ていねい》に箱書きまで汚《よご》しを施した、真っ赤なニセモノだ」

素地師とは要するに素地——焼き物のベースを形成する技術職だ。あとの焼成は窯《かま》に預け、色絵付は絵付師がやる、これが久谷の伝統的な分業制だ。そもそも真の古九谷——古九谷様式、と呼ばれる近代の作ではないもの——とは、江戸《えど》前期、一六〇〇年代中期から一七〇〇年代初期までに作られたもののことである。

しかしこの、一見古びた大きな壺《つぼ》は、なんと平成になってから制作されたものらしい。

「そうなんですか⁉　だってなんか、いかにも古びてるのに」

「必要以上に金彩が禿げているのも汚しの技術だろう。贋作《がんさく》にしてはいい腕だ」

そしてそれを、感性で読みとった藍の目のたしかさを、志澤は評価したのだと言った。

「さきほどのあの組皿だけはどうにも、価格がつけきれなかった。やはり俺もひっかかるものはあったが、決定打はなくて……だが、きみの言葉で確信した。あれはおそらく贋作か、いいところ弟子《でし》の作品だろう」

そんな結論を、藍のひとことで出していいのか。戸惑《とまど》いつつも、少しは役に立てたのだと思えば純粋《じゅんすい》に嬉《うれ》しい。

だがしかし、この大物が贋作であったという驚《おどろ》きも大きく、藍は思わず下世話なことを問いかけてしまった。

「えっと、じゃ、じゃあこれいくらに……」

「正直なところ、値段は一万円にもならない。うちの最大の汚点《おてん》だな」

疲《つか》れた声の志澤に、購入時《こうにゅうじ》の価格はその千倍はしたのだと聞き、藍は目眩《めまい》を覚えた。

「……あの、じゃあ、これとすごく似た感じの、うちにありましたけど……あれも」

「そういえばそうだったな。あちらは正真物だから、まあ、それなりだったろう」

「それなっ……り、って……嘘《うそ》……!!」

「嘘を言ってどうするんだ」

頼《たの》むから否定してくれという気持ちをこめた言葉に、志澤はあっさりと頷《うなず》いた。そして藍は、思わず悲鳴じみた声をあげる。

「だ、だって、ぼ……ぼく、あれにお刺身《さしみ》盛ったことあるんですけど……っ！　し、しかも落として、縁《ふち》を大きく、欠いちゃってっ」

たしか数年前、大崎が訪ねてきたときのことだ。鯛《たい》のいいのをもらったから、きれいに造ってくれと言ったのはむろん清嵐だった。そしてきれいに平らげたあと、片づけをする際にそのあまりの大きさを持てあまし、藍はそれを取り落としてしまった。

ごめんなさいと謝る藍に、祖父は「なに、割れたものは金繕いすりゃあいい」とあっさり言ってくれたので、まさかそんな品だと思わなかった。

だが——思い出せばたしかに、あのとき大崎はなぜか青ざめ、言葉を失っていた。

もう泣きそうだと頭を抱えると、志澤はむしろおかしそうに「さすがだな」と笑った。

「いっそ趣味人《しゅみじん》としてあっぱれだろう、そこまで行くと」

だが当事者としては笑いごとではない。藍はぶんぶんとかぶりを振《ふ》って、恨《うら》み言《ごと》を呟《つぶや》いた。

「もう信じられない……ユニクロのフリースはバーゲンで買うって言い張ったくせに」

「一之宮清嵐が、か？」

呻《うめ》いた藍の言葉に志澤はさすがに目を丸くする。自棄《やけ》になった藍は涙目《なみだめ》で、いまは亡き祖父の意外な実情を口にした。

「そうなんです、数年前に大型ショッピングモールができて、そこでユニクロはじめて買ったら、気に入っちゃって。作務衣なんかもう、着てられるかって」

「……そうか」

現代の伝説といわれた、孤高《ここう》の日本画家の意外な素顔に志澤はなんともつかない顔をした。

気づかないまま、藍は次第《しだい》に思い出した過去のあれこれを、ついつい口走ってしまう。

「ほかにも発泡酒《はっぽうしゅ》は嫌《きら》いだから生ビールにしろとかうるさいしっ、しじみ汁《じる》は好きなくせにあさりはじゃりじゃりがあるからいやだとか、ほんっともう、わがままで——」

気むずかしくて癇性《かんしょう》で、日本の伝統が、美意識がとうるさいくせに、案外とおおざっぱなところもあった清嵐。

「部屋の中とかほっとくとすぐ散らかっちゃうんです。制作に入るととくにもう、なんにもしなくなって」

きれい好きで神経質なくせに絵のことになるとなにもかもほったらかしで、顔料のいいのがない、イメージが違《ちが》うと庭の草花を片《かた》っ端《ぱし》から毟《むし》っては顔彩《がんさい》に混ぜてみたり。あげく作業に夢中になったまま部屋中に下絵や絵具をまき散らしては、藍が文句を言いながら片づけたのだ。

「だからいつも、ぼく……ぼくが、掃除《そうじ》を」

なぜかその瞬間《しゅんかん》、ぐうっと喉《のど》の奥がつまった。

天才肌《はだ》で、ときどきは子どものようだった祖父を思い出して、藍は肩《かた》を震《ふる》わせた。

「……どうした」

唇《くちびる》を噛《か》んで言葉を切った藍に、志澤はゆっくりと立ちあがって近づいてきた。甘い涼《すず》しい匂《にお》いに煙草《たばこ》のそれが混じっていて、つかえた胸がすっと開く気がした藍は、強《こわ》ばっていた喉から声を発する。

「……あの日、ぼくは、祖父とけんかをして、山にいたんです」

「けんか？　山……というと、裏手の？」

志澤の問いにうなずきながら、藍はあの日の光景をまざまざと思い出す。

「家の裏にあるあの山の上に、歌碑《かひ》があるんです。うちの先祖に歌人がいたらしくて、小さいころからぼくの遊び場で」

敷地《しきち》を一望できる、なだらかな丘陵《きゅうりょう》の上にある小さな野原。ときにはあけびやざくろをつまみながら、ぼんやり過ごしたあの空間は、藍の秘密の隠れ家《かくが》でもあった。

「書き散らしてあったスケッチを片づけたら、どこになにがあったかわからなくなったって言うから、自分でそんなのちゃんとしなさいって言って」

ささいな言い争いだった。本当につまらない、日常のありふれた口げんかのひとつでしかないそれは、藍にも青嵐にも慣れたことだった。

「けんかと言っても、ぼくが勝手に怒《おこ》っていただけで、おじいさんはぜんぜんいつもどおりで飄々《ひょうひょう》としてて……それが悔《くや》しくて、拗《す》ねてたんです」

だから、部屋にこもった清嵐を放《ほう》っておいて山にのぼった。子どものころからの習慣どおりに。

「少し頭を冷やしたくて、ちょっとだけひとりになりたくて……いつもみたいにお夕飯の時間には、ふつうにできるから」

それだけのつもりだったのに、と藍は唇を噛みしめた。ぎりぎりと、切れそうなほどに力をこめていると、ふっとこめかみに長い指が触《ふ》れる。煙草の匂いが混じった志澤のフレグランスを嗅《か》いで、藍ははあっと息をついた。

「だいたい、身体鍛《からだきた》えるんだって言ってやってた体操で、心臓発作《ほっさ》起こすなんて、ほんとおじいさん、ばかなんだから」

笑いながら言った。声はまだ、震えているけれど、志澤がそっと撫《な》でた場所から力が抜《ぬ》けていく。

「でも、ぼくはもっとばかだ。あのまま……そばにいたら、もしかしたら、おじいさんは死なくて済んだかもしれないのに」

「……医者の見立てでは、即死《そくし》に近い状態だったんだろう」

責任は藍にはないと言いたいのだろう。不器用で端的《たんてき》なひとことを口にして、志澤はそっと、藍に近づく。

「でもっ……せめて、苦しがってるおじいさんの、そばにいてやれたのに。ひとりで……死んじゃうなんて、そんな寂《さび》しいことさせないで済んだのにって、おも……思って」

ピンクやライトグリーンのきれいなフリースがお気に入りで、汚した破いたとぶつぶつ言っては藍と一緒《いっしょ》に買いものをした。

しつけは厳しいけれど、それ以外の部分では飄々としていて、どこか抜けていて。

「最後に、どうしてそんなに怒るんだ、って言われたんです。だからよけいぼく、頭に来て、なんでわかんないのって、おこ、……怒って、言い返して」

困ったみたいな顔をして、藍は短気だなとため息をついた清嵐。どっちがだと言ってやりたくなって――もう知らないと飛び出した、それが。

「あんなの最期《さいご》になるなんて思わなかったから……っ」

あの日の夕暮れを、不気味に羽ばたいていった鳥の群れを、きっと一生忘れられない。どうして清嵐の身になにか起きたと知ることができたのか、藍はいまだにわからない。

でもそれほどに、深く深くつながっていた大事なひとだった。

「……っ」

長い腕《うで》が、細い肩を強く抱《だ》いてくれた。ちかちかと眼底が痛むのは、目を瞠《みは》ったまま瞬《まばた》きをも忘れていたせいだと気づいて、藍の喉からひゅうっという音が漏《も》れる。

「つらいときは、泣いていい」

「うー……っ」

怒濤《どとう》のような哀《かな》しさに胸がふさがれて、藍は嗚咽《おえつ》した。

ようやく、哀しみを哀しみとして受け止めるだけの時間が経《た》ったのだろう。清嵐が亡《な》くなってからの慌《あわ》ただしさに、もうずっと現実味がないまま漂《ただよ》っていた。ふつうに振る舞《ま》っていても、食べても笑ってもどこか、世界が空虚《くうきょ》で。

「ひっ……いっ、いうー……っ」

そんなふうにうつろだった藍はいま、純粋《じゅんすい》に最愛の祖父の死を悼《いた》むことができた。それはいま、崩《くず》れそうな藍をしっかり抱きとめてくれる背の高い男のおかげなのだろう。

「……一之宮清嵐という画家は、幸せだな」

泣きじゃくる藍を強く抱いたまま、志澤は静かな声を発した。どういう意味だろうと思いながらも、えずくほどになった嗚咽が言葉さえままならなくする。

「好きな絵を描《か》いて、望んだとおりに生きて、いつものように大事なお孫さんとコミュニケーションして」

ぽん、と藍の小さな頭を叩《たた》く手が、あまりにやさしくて息が苦しい。そのあとゆっくりと、藍の髪《かみ》を撫でる仕種《しぐさ》が、まるで甘やかすような穏《おだ》やかさで、だからよけい胸が締《し》めつけられた。

「大半の人間が病院で亡くなるこのご時世に、いつものように過ごした自分の家で死ねたんだ。俺は、それはある意味では、幸福なことだと思う」

喘《あえ》ぐような呼吸をした背中をさする腕に、このままずっとこうしていてほしいと思った。

「きみを大事に育てていたんだろうな。それと知らぬ間に、すばらしいものだけを周囲に与《あた》えていた。だからこそ見る目もたしかな、きみがいるんだろう」

誰《だれ》に告げるでもなく、志澤のひとりごとのような言葉が静かに降り注ぐ。慰《なぐさ》めるでもなく、淡々《たんたん》としたそれに救われて、藍は洟《はな》をすすって呟いた。

「……り、がと」

「うん……？」

「ありがと……志澤さん、……ありがと、う……」

胸にずっと刺《さ》さっていた棘《とげ》のようなものが、溢《あふ》れるあたたかい涙に溶《と》けていく。

泣いていい、と許してくれたひとの胸は、あたたかくて広かった。父親を知らず、物心ついたころには老齢《ろうれい》だった清嵐とのふたり暮らしを続けた藍は、大人の男のひとにこんなふうに、あやされた記憶《きおく》が一度もない。

自分よりも大きなひとにやさしく抱きしめられるのは、蕩《とろ》けてしまいそうに心地《ここち》よいのだと知った。甘えるということを、こういうスキンシップで知らなかった藍の細い身体に、過剰《かじょう》な

までにそれは染《し》みていく。

少しだけうしろめたくなるくらいに、志澤のその抱擁《ほうよう》は甘く、快い。涼やかな匂いと体温に包まれるまま、ゆっくりと呼吸が落ち着いていく。

なだめるように背中を撫でられると、どうしてかぞくぞくした。小さく震えた藍に、ぽつりと志澤は言った。

「礼を言われることはない。さっきのは俺の個人的な感想で……本音は、きみや、おじいさまが少し、羨《うらや》ましい気もするほどだ」

「うらやま……しい？」

意外なそれに顔をあげると、志澤はやはり淡々とした声を紡《つむ》ぐ。

「そんなふうに、けんかをしたり、身内が死んだことを哀しめるのは、いい関係だったからだろう。……俺には実感がないが」

語尾《ごび》にふっと自嘲《じちょう》が滲《にじ》んで、藍は涙《なみだ》に重い瞼《まぶた》をゆるゆると瞬《またた》く。

「実感、ないって……だって、志澤さん。会長さんの、お孫さんなんでしょう？」

「……知ってるのか。まあ、一応な」

一拍《いっぱく》の間をおいた返答に、藍は小首を傾《かし》げる。赤く染まった目元を痛ましげに眺《なが》めた志澤は、手近にあったティッシュボックスを差し出した。

「そこに座って。それから、顔を拭《ふ》きなさい。こすると腫《は》れるから、押さえるだけにして」

「は、はい。あ……すみません、でした」

ずらりと並ぶ陶器《とうき》の前、来客用のソファに腰掛《こしか》けさせられた藍は、数枚を抜き取って、顔を拭《ぬぐ》う。盛大《せいだい》に泣いたせいで、志澤のシャツはぐしょぐしょに濡《ぬ》れていた。これもきっと高いものなのだろうと思うのに、彼は平然としたままでいる。

（でも、いまのタイミングって）

もしかしたら、志澤ははぐらかしたのだろうかと思った。清嵐にもさんざん、ひとの事情を詮索《せんさく》するようなあさましいことはするなとしつけられてきた藍は、そのまま口を閉《と》ざす。ぐすぐすと洟をすすっていると、志澤はさきほど藍が「きれいだな」と思ったノリタケのカップを取りだした。そしてふいっとパーティションの向こうに姿を消したかと思うと、しばらく経ってから戻《もど》ってくる。

「インスタントで悪い。いま、給湯室のサーバーを修理に出しているから」

「あ、いえ。ありがとうございます」

ミルクのたっぷり落とされたコーヒーを差し出されて、恐縮《きょうしゅく》しつつ受けとった。ひとくち含《ふく》むと、甘みのある味が舌に広がる。どうやらこのひとにはずいぶんと子どもに思われているのだろうなと、そう思える甘さだったが、泣いたあとの苦い唇《くちびる》にはやさしい味だった。

「……煙草《たばこ》を吸っても？」

どうぞとうなずくと、彼は優美な印象さえある指に不似合いな百円ライターで火をつけた。

志澤には意外なそれをじっと見ていると、彼はなぜか苦笑《くしょう》する。

「俺は案外物持ちが悪くてね。ライターはよくなくすから、こればかりだ」

「そうなんですか？」

「もとがたいした生活をしていないからな。身に馴染《なじ》まないものはふだん遣《づか》いしたくないんだ。まあ……外に出るときは足下《あしもと》を見られないようにしているけれど」

言いながらゆるんだネクタイを引っぱってみせる。完璧《かんぺき》なまでの横顔に無意識に見惚《みと》れていた藍は、その台詞《せりふ》に訝《いぶか》しさを覚えた。

（たいした生活をしていないって、どういうことだろ）

いやしくも志澤家の人間が言う台詞ではない。謙遜《けんそん》か皮肉なのだろうかと小首を傾げた藍に、志澤はさらりと言ってのけた。

「俺はもともと、あの家の人間じゃないんだ。戸籍《こせき》上の続柄《ぞくがら》は、養子だからな」

「え……」

「一応、会長とも――社長とも血のつながりはあるけれど、そういうことになってる。ひらたく言えば、いわゆる『外でできた』子どもってやつだ」

さきほど詮索すまいと口を閉ざした藍に、志澤は気づいていたのだろう。そんなことを聞いてしまっていいのかと、藍がカップを手にしたまま固まっていると、紫煙《しえん》を吐《は》き出した彼はごくやわらかな微笑《びしょう》を浮《う》かべた。

「中学までの旧姓《きゅうせい》は田端《たばた》。だからそのころから知り合いの弥刀なんかは、『志澤』ってのが馴染まないんで、名前のほうで呼ぶ」

「そう、なんですか」

――俺、弥刀紀章と言います。知靖、……志澤さんの後輩《こうはい》。よろしく。

そういえば初対面のとき、少しぎこちない感じで何度か、弥刀は名称《めいしょう》を言い直していた。あれは愛称をうっかり口にしただけだと思っていたが、志澤の穏やかだが遠い声に、そればかりではないのだろうなと藍は思う。

（いろいろ、思うところがあるのかも）

饒舌《じょうぜつ》に見える弥刀も、寡黙《かもく》に映る志澤も、どちらも大人だ。だからきっと必要以上のことを語らなかったり、黙《もく》して呑《の》みこむことも多いのだろう。

それなのにいま、藍に手の内を明かしてくれたのは、きっと大泣きしてしまった自分への、気遣いなのだと思う。内心をさらして取り乱したあと、その相手にクールな顔で居続けられると少しだけいたたまれない気がするものだ。

（このひと、すごくやさしいんだ）

表しかたは不器用な部分もあるけれども、根っこの部分ではきっと誰より、情が深いのだろうと思う。そうでなければきっと、あの一連の言葉が出てくることはない。

じっと藍が見つめていると、煙《けむり》を吐くたびに顔を逸《そ》らす志澤はぽつりとまたつけ加える。

「俺を志澤に引き取る際も、その前にも、会長にはいろいろと世話になった。恩もあるし、だから俺はあのひとの言うことは、なるべくかなえようとは思う。だが……それはたぶん、きみがきみのおじいさまに抱《いだ》いているような、そういう感覚とは違《ちが》うんだろうな」

だからよくわからないんだと苦笑する顔に、嘘《うそ》も衒《てら》いもなにもない。けれどそれだけに、志澤の不器用さと、寂《さび》しさが滲んでいる気がした。

(たぶん、でもそれは、一緒《いっしょ》のものだと思う)

肉親の情とは違うのだと、そう言ってのけた志澤自身が気づかないだけのことじゃないのか。そうじゃなければ羨ましいなんて言葉を、この彼が藍に告げるはずがない。

そう思ったけれど、口には出さなかった。指摘《してき》するようなことでもないし、きっと言っても目の前の大人は認めないだろう。だから藍は、飲み終えたカップを置いて、こう告げた。

「あの。……ぼくも、知靖さんって呼んでいいですか」

「……うん？」

「だめ、ですか？」

藍の言葉に、ほんの一瞬眼鏡《いっしゅんめがね》の奥のきれいな目は瞠《みは》られ、そのあとやんわりと細くなる。

「べつに、どちらでも。きみの、呼びやすいほうで」

藍の拙《つたな》い気遣いを全部見透《みす》かしたような微笑みに、泣きすぎて熱い頬《ほお》がさらに火照《ほて》る。やはりこのひとの笑い方は、どこかなまめかしいものがある。

ほんの少し、寂しそうに見えるからだろうか。非の打ち所のないような容姿で、生きざまもその精神もきっかりとした大人であるからこそ、そこに垣間見《かいまみ》える弱さのようなものがせつないのだ。

きゅう、と胸が痛くなった。このひとのことをもう少し知りたいし、できればもっと、親しくなりたいと、強く思う。

東京に来てはじめて、藍が泣いた夜。それはひどくやさしいなにかの、はじまった夜だった。

＊　＊　＊

なんだか妙《みょう》に部屋が明るい気がする。

久方ぶりの休日前、自室に戻った志澤は、その違和感《いわかん》の所以《ゆえん》を探すべく、視線をめぐらせた。

ふと見ると、カーテンがきれいに洗ってある。その前の棚《たな》にはさりげない雰囲気《ふんいき》の花が飾《かざ》られていて、甘くやさしい匂《にお》いの原因はこれか、と志澤は思った。

そしてまた、滅多《めった》に使用することのなかった台所のテーブルには、違う意味でいい匂いが漂《ただよ》っていた。

「知靖さん。よかったら、召《め》し上がってください」

「……これは？」

「この間お店で食べたんで、ちょっと真似《まね》して作ってみたんです」

薄切《うすぎ》りしてぱりぱりに揚《あ》げたレンコンと水菜、がんもどきの入った細うどんは、とろりとした葛《くず》入りの出汁《だし》にからまり、見た目も上品な雰囲気にまとまっていた。

横に添《そ》えられた小カブとにんじんの天ぷらの上には、カブの葉を刻み、金山寺《きんざんじ》みそを和《あ》えたものがほどよく盛られている。

ごま豆腐《どうふ》には薄口《うすくち》しょうゆ。わさびもおそらくはチューブでなく、おろしたてのものだろう。

（また、こんなに手の込《こ》んだものを）

非常にうまそうなだけに、却《かえ》って志澤は困惑《こんわく》してしまう。

藍が差し入れを持ってオフィスに来た夜から、志澤はなるべく、日に一度は家に戻るようにしていた。そうしてみると毎回夕食が用意されていて、断る理由もないままそれを平らげ、また仕事場にとって返すというのが次第《しだい》に習慣じみてきている。

「今日も、またこのあとお仕事ですか？」

「いや、立て込んでいた件が片づいたから。明日も休みだし……」

嘘をついてもしかたないので正直に答えると、だったら食べてくれと促《うなが》されてしまう。

箸《はし》を手にした志澤は、うどんつゆをひとくちすすって目を瞠る。見た目もうつくしく整った食事は、予想どおりとはいえ、驚《おどろ》くほど美味だった。

天ぷらにみそというのも意外だったが、からめて口にすると、ほっこりしたカブの風味とほろほろとしたみそがよくあった。

おまけに、切り子のグラスに満たされていた冷酒は久保田萬壽《くぼたまんじゆ》。あっさりとした喉《のど》ごしのそれは志澤の好む酒で、藍がそれを誰《だれ》に訊《き》いたのかは問うまでもない。

（弥刀がよけいなことを……）

藍はもう自分の分を済ませてしまったようで、にこにことしながら向かいに座っている。その表情は、ここに来たばかりのころの、あの緊張《きんちよう》して能面のように強《こわ》ばっていた彼とは別人のようにも思える。

慣れてくれたのはいいんだがと、その親しげな笑《え》みに困惑する自分を志澤は感じとった。

だが内心の困惑をあらわに微妙《びみょう》な顔をする志澤におずおずと、上目遣《うわめづか》いに藍は問う。

「おいしくない、ですか？」

「いや、うまいよ」

これも反射で答えると、ぱあっと音がするほどに嬉《うれ》しげな顔をする。それに対し、ますます志澤はどうしたものかと思ってしまうのだ。

藍が志澤の家に来てから、ひと月が経過した。そして藍は結局、志澤の遠慮《えんりょ》をよそに「ただで居候《いそうろう》をするのは気が済まない」と、家事いっさいを取り仕切るようになっていた。

おまけに一見なにもできない箱入りに見えるのに、藍は祖父の世話をしていたせいか、そのあたりのこまめさはプロ並みだった。

面倒《めんどう》をみると連れてきておいて、却って志澤の生活は潤《うるお》う状態だ。生活費その他はこちらが与《あた》えているとはいえ、これではまるで下働きでもさせているようではないか。

弥刀がかつて言ったとおり、逆転している状況《じょうきょう》にはさすがに苦いものを覚える志澤は、無駄《むだ》と知りつつ吐息《といき》混じりに告げる。

「……俺はきみにこんなことをさせるために、ここに連れてきたわけじゃないんだが」

しかし、ここまでしてくれなくていいというのに、藍は毎度同じ台詞で志澤の言葉をいなしてしまうのだ。

「でも、ひとり分もふたり分も一緒ですから。どうせ作らないといけないし、もともとふたり分作るの習慣だったんで、つい、量が増えちゃうんです」

だからそれが、と結局完食してしまった丼《どんぶり》を置いて、志澤はため息をついた。

「家政婦を入れると言ったじゃないか。家事のことならそちらに任せれば、きみはきみのことをできるだろう?」

「でも、なにもすることないです」

けろっと言ってくれるから、頭が痛い。どうしてこう、この子は自分から動こうとしないのかと、苛立《いらだ》ちさえ覚えて志澤は口を歪《ゆが》めた。

「だから……たとえば、今後学びたい分野だとか、そういうものがあれば、専門学校なり大学の情報を集めるなり、あるだろう。決めてくれれば入学の手配については俺がするから」

あくまでここは、藍にとっては仮の住まいなのだ。馴染《なじ》みすぎていいことはないし、志澤自身あまり、慣れたくもない。

それはひとり暮らしの気ままさに闖入者《ちんにゅうしゃ》が現れたとか、そういう理由ではなく――どうにも、居心地《いごこち》がいい環境《かんきょう》が整っていくことへの戸惑《とまど》いからだが、それは志澤の勝手な内心であるから口にはしない。

正直いって、行きがかり上拾ったような藍だからこそ、それなりの形でひとりだちさせてやりたいと思うのだ。

あの偏屈《へんくつ》な日本画家のように、スポイルしてかわいがるような真似はしたくない。

(……かわいがる?)

自分の発想に一瞬気まずいものを覚えたが、それもなかったこととして志澤は頭を整理した。物知らずな子どもに社会に出ろと言っても難しい。ことに藍のようなタイプは早晩、弥刀の台詞《せりふ》ではないが食い物にされるかして、いらぬ苦労を背負いそうだ。

「なにか、ないのか？　まだ二十歳《はたち》にもならないし、遊び相手の友人だって欲しいだろう。それにはそういう環境に出るべきだろうし、狭《せま》い世界で満足してどうするんだ、その若さで」

とりあえずの目標もないのだったら、まず学ぶ場に出ろと、これは出会い頭《がしら》から口にしている。だというのに、藍はいっこうにそうしようとしない。それが歯がゆい。

勢い、責めるような口調になった志澤に、藍はふっと表情を変えた。

「……学校って、よくわかんないんです」

さきほどまでの、にこにことした幼い表情とはまるで違《ちが》うそれに、志澤はなぜか危《あや》ういものを覚えた。そしてふと、目の前の少年のような彼が中学からドロップアウトしていた理由が、あらためて気にかかる。

「わからないというのは、どういうことだ？」

嫌《きら》い、ならば理解できる。だが藍の言葉は曖昧《あいまい》で、どうにも摑《つか》みづらかった。

子どものように幼く素直かと思えば、ときどき藍はおそろしく老成した顔も見せる。印象がちぐはぐで、だからこそ少し持てあますような気分になっていれば、藍は「んん」と軽く唸《うな》って首を傾《かし》げた。

成人を迎《むか》えようとする男にしては、やけに愛らしい仕種《しぐさ》だ。それが似合うから却って驚く。

「知靖さん、ぼくが学校に行かなかった理由、詮索《せんさく》する気ないって言いましたよね」

「ああ、それが?」

「それ……聞いてもらって、いいですか?」

前置きをするあたり、けっして軽い話ではないのだろう。藍のこの、独特の控《ひか》えめさはことに不思議だ。ふつう十代の若者というのは自己主張が激しく、そしてそれによる共感をひと一倍求めるものなのに、藍はどうもそれがない。

じっと見つめてくる邪念《じゃねん》のない目は澄《す》みきって、無垢《むく》な少年のようだ。だが他人に、心や事情を預けることを少しためらうそれは、ひどく大人びていると志澤は感じる。

「……きみが話したいなら、聞こうと思う」

そして志澤が受け入れると、薄《うす》い肩《かた》がふわっとゆるやかになる。同時にやわらかそうな色合いの唇《くちびる》もほころぶから、志澤は困ってしまうのだ。

(そんなにあっという間に、無防備になるな)

剣呑《けんのん》な仕事相手や、腹の読めない親族とつきあってばかりの志澤にとって、藍の向けてくる、この邪気のない思慕《しぼ》に似たものが眩《まぶ》しくもこそばゆいのだ。もう少し身がまえてくれと、いっそそんなことを言いたくなる。

同時に、甘くうつくしい顔立ちの彼に、心を許した表情を向けられて悪い気はしないのも本音だから、微妙な気分を表に出すまいとする志澤の顔は冷淡《れいたん》なほどの無表情になっていく。

「知靖さんは、『白鷺溺水』って知ってますか」

「知っているも、なにも」

清嵐の幻《まぼろし》の代表作だ。志澤にすれば、知っているどころではない。藍もまたそれをわかっているのだろう、「あの絵、ご覧になってますよね」と言い直した。

「ああ、いつかは忘れたが一度だけなにかの折りに、閲覧《えつらん》したこともある」

「じゃあ、五年前に……文化芸術賞の、ノミネートになったのも、ご存じですよね」

記憶《きおく》が定《さだ》かではなかったが、志澤が実物を見た最後がちょうどそのころだ。うなずいて、志澤は「知っている」と答えた。

「たしか記念の展覧会で見たはずだ。あれはすばらしい絵だったけれど……それが、なにか？」

それとこれとなんの関係があるのか。怪訝《けげん》になりつつ問えば、藍はうっすらと開いた唇を舌で湿《しめ》らせた。どうやら少し、緊張が抜《ぬ》けないようだ。

「……あの絵、ぼくに似ていませんか」

藍の問いに、志澤は目を瞠《みは》る。それは彼に会ったはじめての日に、志澤が感じたことでもあり、また弥刀も図録の絵を見るなり指摘《してき》したことだ。

藍のほっそりとした身体《からだ》つき、少しなにかを羞《は》じらうように伏《ふ》した瞼《まぶた》のあたりは、たしかにあの絵の中の少年と重なる部分は多い。

「だが……あの絵はたしか、実際に描《か》かれたのは相当な昔だったんだろう？　たしか制作時期は、もう四十年近く前のはずだが」

「はい、祖父にはそう聞いてます」

となれば藍がモデルであるわけもない。ならばなぜ、と首をひねった志澤に、藍は平坦《へいたん》な声で種明かしをする。

「父です。まだ、当時十三か十四だったころの父が、モデルだったそうです」

「ああ、なるほど。それで似ているのか」

ええ、とうなだれた藍の気まずそうな表情に、まだ事実のすべてを打ち明けられたわけではないらしいと志澤は悟《さと》った。

「それで、あの絵が？　似ていることになにか、問題でも？」

「……あの絵が取りあげられたとき、ちょうどぼくは、モデルと同じくらいの歳《とし》でした」

たしかに計算すればそのくらいだったろうと、志澤はうなずく。そしてはっと、目を瞠った。

「もしかして、絵のことで周囲が騒《さわ》がしくなったのか」

隠《かく》れた名作のモデルが溺愛《できあい》する孫だったとなれば、いかにもマスコミあたりが嬉しげに書きたがるネタだ。身辺に執拗《しつよう》な記者でも貼《は》りつき、それで人嫌いになったならばうなずける。

だが藍は、志澤の予想にかたくなな表情で首を振《ふ》った。

「それくらいなら、少しすれば落ち着きます。それに日本画なんて、……これは祖父の口癖《くちぐせ》でしたけど、時代に即《そく》した絵じゃありませんから。業界内はともかく、世間ではそう長く騒がれることじゃ、ないです」

「じゃあ、いったいどういうことなんだ」

怪訝な顔をする志澤の問いに、小さく息を呑《の》んだあと、藍はゆっくりと口を開く。

「大きな賞でしたから、学校でもやっぱり取りざたされたんです。美術の先生がわざわざ、ぼくの祖父であることを言って、美術鑑賞会《かんしょうかい》をすると」

当時、これといって目立つ町おこしのネタのない地元の振興会《しんこうかい》としては、この機会になんとしても町を盛り上げたいという時期だったのだろう。清嵐に頼《たの》みこんで近隣《きんりん》の美術館に作品を借り受け、大々的な展覧会を開いた。

そこに中学生だった藍はクラスの生徒とともに連れて行かれたのだそうだ。

「周り中の大人が騒いで、ぼくはなにがなんだかわからなくて、……悪目立ちして、いやだなと思っていたんです」

「いじめでも、あったのか」

集団の中から浮《う》きあがるものを許せない年齢《ねんれい》だ。なにか、揉《も》めるもとにでもなったのか。志澤が顔をしかめると、ふっと息をついた藍はなにもかもを投げ捨てたような顔で口を開く。

「それくらいならまだ、マシでした。……まあ、あれもいじめだったんでしょうけど。要するに、あの絵とおまえはどういう関係があるんだと、モデルじゃないなら証明しろと言われて」

「証明？」

そして感情を押し殺したような表情で告げられた、藍の実情は、志澤の予測をはるかに上回るものだった。

「ええ。……裸《はだか》じゃないですか」

言われて、あっと志澤は息を呑んだ。そして、おのれの察しの悪さに舌打ちをする。

あの少年の裸体《らたい》はたしかに、みずみずしい肌《はだ》を細部まで描きとってはいた。透《す》き通りそうな白い肌に浮かぶ静脈は細く青白く、そのきめ細かな皮膚《ひふ》の下、ごく薄い脂肪《しぼう》と筋肉に包まれた肋骨《あばらぼね》がその奥に浮きあがるさまは、いまにもその少年が動き出し、気だるげにあくびでもするのではないかと思わせるほどの、ひどくリアルな描写《びょうしゃ》だった。

しかし——その中でやはり絵画的であったと言えるのは、無毛の少年の部分だ。

あくまでエロティックな表現としてでなく描かれた、いっそあどけないまでの形状をしたそれが、無性を感じさせてただうつくしいと志澤には思えた。

だが、そんな感性で絵を愛《め》でることもできない、もっと直截《ちょくさい》な感覚を持った幼い連中の目には、クラスメイトそっくりの少年の裸図は、果たしてどう映るだろうか。

「それは、でも……まさか」

めずらしくも口ごもった志澤に、藍は微笑《ほほえ》んでみせる。諦念《ていねん》の滲《にじ》むそれに、どうしてか胸が軋《きし》んだ。

「……同じかどうか、たしかめてやると言われて。美術展から帰るなり、教室で服を脱《ぬ》がされました。女子もいたけど、皆《みな》、笑っているばかりで」

四十人近くの人間に押さえこまれ、衣服をむしり取られ一糸纏《いっしまと》わぬ姿にされて、嬌笑《きょうしょう》を浮かべられたのだと、藍はただ淡々《たんたん》と口にした。

(なんてことだ……)

落ち着き払《はら》った藍の静かな声とは裏腹に、志澤はあまりのことに青ざめる。かける言葉もなく、目を瞠るだけの志澤の腹には残酷《ざんこく》な子どもらへの憎悪《ぞうお》にも似た憤《いきどお》りが芽生える。

だがそれと同時に、まだ性的に未熟な年代の起こした悪戯《いたずら》でよかった、とも感じていた。

もうあと数年、藍を押さえつけた少年たちが育ち、加虐《かぎゃく》の興奮をべつのものにすり替《か》えでもされれば、目の前の彼はもっとひどい目にあっていた可能性もある。

(いや、しかし……心理的には似たようなものだろうな)

藍がなされたのは精神的なレイプに近い。少女もいたというのなら、その羞恥《しゅうち》はよけい、増しただろう。

「むろん、すぐに学校に知れました。祖父はそれで激怒《げきど》して、二度と県にもその学校にも協力しないと言いきって、美術展は日程半ばで中止になりました」

その後、清嵐の怒《いか》りはやまず、いっさいの地元との交渉《こうしょう》を絶ちきり、義務教育期間中というのに藍を家から出さなかったのだという事実に、志澤は絶句するしかなかった。

「それで……ぼくは、家にいるようになったんです」

なるほどそれでは、藍の状況《じょうきょう》も無理からぬことだ。軟禁《なんきん》状態にしたのではなく、清嵐は彼を護《まも》りたかったのだろう。

「……おじいさまの気持ちはお察しする。当然のことだろう」

慰《なぐさ》めの言葉も見つからず呟《つぶや》けば、藍はしかし、静かにかぶりを振る。

「ぼくは正直、どうでもよかったんです。たしかに……恥《は》ずかしかったけど、ぼくは男だし、裸を見られたって、たいしたことじゃない」

「え？」

てっきり藍自身もその過去を気に病《や》んでいると思っていた志澤に、意外なほどきっぱりとした口調で藍は言いきった。

「あの絵を、その程度にしか見られない連中に、なにを言われたって平気でした。それより、祖父がいたたまれないようにしているのが、哀《かな》しかった」

あのうつくしい絵を、下品な言葉で低俗《ていぞく》にあざけられたのが許せなかった。そう呟いて赤い唇《くちびる》を噛《か》む藍に、ざわりと腹の奥の情動が動く。

はかなげに見えて高潔でうつくしい心。見た目にそぐわない、藍のしなやかな強さが、どこか眩《まぶ》しい。

（一之宮清嵐の、最高傑作《けっさく》か）

おそらく品のない揶揄《やゆ》を向けた連中は、藍を『白鷺溺水』のモデルとしても認識《にんしき》していたのだろう。志澤自身はうっすらとしか覚えていなかったけれど、事実初対面の藍を見て彼の絵から抜け出てきたような、と感じたほどだ。危《あや》うげなあの一枚を知るものであれば、結びつけるにたやすい。

だがそれら悪辣《あくらつ》な言葉を放った連中の意図とは違《ちが》う部分で、最高傑作とは実際そのとおりだと納得《なっとく》する自分を、志澤はいささか嫌悪《けんお》した。

清嵐と藍の間にあったものは、どこまでも純度の高い肉親としての愛情でしかない。だが、それこそが至高の美を生み出したのだろうとも、志澤はどこか遠い意識で感じとる。

藍のこの高潔なうつくしさは、世俗にまみれてはけっして得られないものだろう。清嵐の意図はそこに存在しなかったにせよ——彼はただひとりの祖父として、孫を護りたかっただけなのだろうから——結果、藍をここまで純粋《じゅんすい》に育てることができたのだろう。

うつくしい逸話《いつわ》だと、言えなくはない。だがその事実はある意味ではいびつだと志澤は思う。

純粋培養《ばいよう》などというものは、この世に存在しない。いま現在の藍の立場を見れば、それは一目瞭然《もくりょうぜん》だ。巨大《きょだい》な保護者であった清嵐は、いつまで自身が彼を護れると思っていたのだろう。ましてや、自身の死ののち、こんなふうに藍が途方《とほう》に暮れてしまうような事態を想像はしなかったのだろうか。

事実、清嵐の溺愛が、いまの藍を将来さえ考えられない状況に追い込んでいるのだ。

そうした始末の悪さに、結局は市井《しせい》の人間になりきれない、芸術家としてしか生きられない清嵐の歪《ゆが》みを思う。

（せめてもの救いは、本人、案外と気の強いところだな）

それがどこか、藍にこうまで慕《した》われる清嵐への不可解な感情と気づけないまま、志澤は内心の靄《もや》から目を逸《そ》らした。そして胸の裡《うち》に浮かんだ単純な疑念へと意識を切りかえる。

「それで……結局あの絵は、どうなったんだ？　遺品の中にもなかったんだが」

そんないきさつであれば、誰《だれ》かのもとに譲《ゆず》られた可能性はないだろう。おそらく清嵐がどこかに封印《ふういん》したのでは——と予想しての志澤の問いに、藍は一瞬《いっしゅん》目を伏《ふ》せた。

「……ありません。もう、どこにも」

「どこにもない？」

「ぼくが学校に行かなくなった日に、展覧会から取り返した絵を、おじいさんはそのまま破って、焼きました」

その言葉にはさすがに志澤も絶句する。あの名画を、四十年というときを経てようやく評価されたものを、彼は焼き捨てたというのか。

「なぜ……そんな」

「ぼくもやめてくれって言ったんです。平気だからって。でもおじいさんは、こう言って」

──この絵で二度、家族を傷つけた。一度で済ませればよかったものを、儂《わし》の業《ごう》の深さと未練が、おまえまで。

「二度、というのは？」

「知靖さんのほうがきっと詳《くわ》しいですよね。あの絵、最初の発表当時、なんて言われたか」

なまめかしい画風が仇《あだ》となって、わいせつ画と批判されたことを、藍も知っているようだった。苦い顔で肯定《こうてい》した志澤に、藍はかすかな笑《え》みを浮《う》かべる。

「ぼくの父……一之宮衛は、当時それこそモデルでしたし、ぼくの騒《さわ》ぎの比じゃなかったようで……祖父を許せなかったみたいです。日本画なんかやっているからだって強烈《きょうれつ》に反抗《はんこう》して、結局は出て行ってしまったと」

「ああ、……やはり親子でいらっしゃったのか」

「ご存じですか？」

藍の問いに、むろんと頷《うなず》く。

一之宮衛という画家は海外でおのれの芸術を追究していたが、結局は金も名誉《めいよ》も得ることはないまま客死《かくし》した。死後にそれなりの評価を受け、近年でこそ日本でも見直されているが、生前にはまったく無名の存在だった。

その作風は苛烈《かれつ》で陰惨《いんさん》な印象の強い、前衛絵画だ。個人的には志澤の好みはこちらの方で、いくつか入手しようと試みたことはあるが、なにしろ点数が少ないのとほとんどが海外のコレクターに持っていかれているため、一度もかなったことはない。

「名字が同じだから、うすうすは。だが、徹底的《てってい》に伏せていらしたから、噂《うわさ》でしか囁《ささや》かれていない。あまりの方向性の違いに否定する意見も多かったが、……そうだったか」

穏《おだ》やかでうつくしい清嵐のそれとは似ても似つかない、どろりとした情念のこもる洋画を、食うや食わずの生活で、死ぬまで描《えが》き続けた衛。才能というのは方向を変えても遺伝するものなのか、という感慨《かんがい》と同時に、苦いものも覚える。

(あれは父親への、アンチテーゼでもあったのか)

父子の対立の構図については、志澤はもう説明されるまでもなかった。

思わずため息がこぼれそうになり、因縁《いんねん》深い画家の父子について思いを馳《は》せた志澤は、果たして孫はどうなのかとふと思った。

「そういえばきみは、絵を描こうと思わなかったのか」

「やってみたけど、へたくそなんです。どうも、ぼくはああいうものの認識力がないみたいで」

画家の祖父と父がいたのに、だめですね。首を竦《すく》めた藍の素直《すなお》な表情に、なぜか救われた気分になった。そして同時に清嵐も、この存在に救われていたのだろうと思う。

早くに父母を亡《な》くした藍は、物心つく前に清嵐に引き取られた。ある意味では寂《さび》しい境遇《きょうぐう》だが、父からの祖父への呪詛《じゅそ》を聞かずに育ったことは、むしろ幸いなのだろう。

(……重ねるな)

志澤自身と、目の前の彼は違う。共感を覚えすぎていいことはない。なぜならばいま自分がここにいるのは、あくまで仮の宿の提供者であり、保護者の代理の存在だからだ。

「でもこの間、ちょっと嬉《うれ》しかったんです」

「うん?」

「ぼく、父も祖父もすごいひとだったのに、才能とか取り柄《とえ》とか、そういうのもなんにもないし。似てるのは顔だけで、でも……この間知靖さん、目がたしかだって褒《ほ》めてくれたから」

ちゃんと清嵐からもらったものはあると、教えてくれたから。

無防備な、明け渡《わた》した顔で笑う藍を見て、ひどくまずいと志澤は思った。だがその苦い思いを砕《くだ》くかのような、藍のやわらかな声がする。

「……知靖さん?」

慕っていることを隠《かく》さない、素直で甘い響《ひび》き。ひとづきあいがほとんどなかった分、藍には心の距離《きょり》を計る術《すべ》がまるでない。名前で呼ぶことを許したせいか、日に日にその距離は近づいて、もういままではなんの警戒心《けいかいしん》も抱《いだ》いていない。

ゼロか百かの信頼《しんらい》と情は、志澤にはあまりに眩しすぎる。

そして藍は、あまりにも――。

（……考えるな）

そのさきに浮かんだ言葉を志澤は打ち消した。しかし、押し殺すさきから幾度《いくど》も溢《あふ》れるように、どうあがいても賛辞でしかないそれらの言葉は、甘い情動を伴《ともな》って志澤を揺《ゆ》らし惑《まど》わせる。

――先輩《せんぱい》にもそういう情緒《じょうちょ》的な揺らぎがあっていいと思うんですよね。

弥刀の声をふと思い出し、揺らいでいいことがあるかと志澤は内心呟いた。

思わず苦い顔を浮かべたせいか、藍は少し慌《あわ》てたように話題を変えてくる。

「あ、あの、それから。知靖さん、今度の日曜日、お休み……ないですか？」

「なぜ？……ああ、納涼祭《のうりようまつ》りか」

麻布十番でも恒例《こうれい》のそれは、むろん知っている。地元振興会《しんこうかい》の企画《きかく》であるのだが、いわゆる盆踊《ぼんおど》り程度の『町のお祭り』というレベルではない。

このあたり一帯の交通規制をして特設会場を作る国際バザールが大きな目玉で、ほかにもプロの芸人を呼んでステージに立てたり、昨年には真夏にパティオへ雪を積もらせ、遊び場を作ったりと、出し物もしかけも派手で、かなり大きな催《もよお》しだ。

むろん地元とのつきあいもあるので、志澤もバザールへの出品など協力もする。しかし祭りそのものを楽しむ余裕《よゆう》などあるわけもなく、例年は交通の便が悪くなる準備期間から開催《かいさい》まで、ともかくオフィスから出ないように努めるのが志澤のパターンだった。

「なかなか派手な催しだしな。見に行きたいのか?」

「はいっ。出かけていいですか?」

「それはむろん、かまわない」

志澤にはめずらしくもない恒例のことだが、藍にははじめての大規模な祭りだ。まあ外に出たいと思うだけいいだろうと、あっさりとうなずいてみせた。

ほどほど上品な人間の多いこの界隈《かいわい》だが、なにしろ当日の人出は半端《はんぱ》ではない。国際バザールのおかげで外国人も相当増えるし、むろん六本木《ろっぽんぎ》あたりからも流れてくる。

「ああ、ひとりじゃ不案内だろうしな。じゃあ、……弥刀に空けるように言っておく」

「弥刀さん、ですか」

藍ひとりで出歩くのはいかにも危なっかしいと思ってそう提案すると、なぜか彼は目に見えてしおれた顔になる。なにかまずいのかと目を瞠《みは》ると、小さな声が問いかけてきた。

「……知靖さんは、だめ、ですか?」

まるで甘えるようなその声と、すさまじい罪悪感を呼ぶ表情にうろたえつつ、志澤は「いや」と言葉を濁《にご》した。

「確約は……できないから。なにしろあれこれ、休日も関係ない仕事だし、百貨店の催事が動いてしまうと、あれはそれこそ土日が関係ないので」

「そっか、……そうですよね。じゃあ、無理か……」

たかが祭りに出かけられない程度のことで、自分はどうしてこんな言い訳がましい言葉を口にしているのか。そして目の前の彼は、なぜそんなにしょんぼりとするのだ。

落ちきった薄《うす》い肩《かた》を見ながら、これはもう、と志澤はため息をつく。

(完全に、親代わりになつかれたな……)

強大な保護者の庇護《ひご》から放《ほう》り出された藍は、寂しさから頼《たよ》る誰かを求めている。おそらくは、清嵐を亡くした心の隙間《すきま》に、志澤の存在を据《す》えたのだろう。

ことによれば、生まれてこの方知らぬままでいる父親の姿でも、志澤に重ねているのかもしれない。慰《なぐさ》めるために薄い肩を抱《だ》いたとき、縋《すが》りついてきた藍の細い指。そこにこもった力は、まるで赤《あか》ん坊《ぼう》のように必死に、ぬくもりを求めていた。

だが、藍はその印象はともかく、見た目はもうじき成人する青年だ。そんなふうに頼りない顔を、そうそうひとまえにさらすものではないと思ってしまう。

見苦しいというわけではなく、相手によからぬ期待を覚えさせないために、だ。

「あの、じゃあ……ひとりで行きます。だいじょうぶです」

「平気か？」

「近所ですし、心配ないです」

伏《ふ》せた瞼《まぶた》が、いかにも寂しそうに睫毛《まつげ》を揺らしている。大丈夫《だいじょうぶ》なのかと問いかけると、はっとしたように笑ってみせた大きな黒目がうっすらと濡《ぬ》れたように輝《かがや》き、志澤をぎくりとさせた。

まるで、恋《こ》い慕《した》うような目をしている。

誘《さそ》っているのかと、相手が藍でなければそう思っただろう、甘く蠱惑《こわく》的な表情だった。

だがこの純粋《じゅんすい》で、それだけに幼い部分もある藍に、そんな思惑《おもわく》などあるはずがない。

(間違《まちが》うな、そして血迷うな)

まっすぐなまなざしを向ける瞳《ひとみ》は形よく大きく、瞬《まばた》きをすると長い睫毛がかすかに揺れる。さらさらと流れる髪《かみ》の質までも、素直で艶《つや》やかだ。

それを歪《ゆが》めることなく、広い世界へと正しく送り出す。清嵐のように、護《まも》ろうとして閉じこめるやり方だけは、選ばない。

そもそもが他人だ。志澤とてひとを甘やかすような柄《がら》でもないし、さほど心を砕いてやる必要もない。

だが——目の前でこんなに、哀《かな》しそうにされてしまえば結局、勝てるものではなかった。

「……約束は、できないぞ。当日、急な仕事も入るかもしれないし」

「え……えっ、え?」

「キャンセルする可能性が高い。それでもいいか?」

「あっ、はい! いいです、はいっ」

ここで藍に変に甘えを教えてはきっと、さきざき互《たが》いのためにならないとわかっていた。

だが、目を輝かせて笑いかける彼に目を細めてしまう自分を、もう志澤はごまかせなかった。

(まあ……遊びも知らないような、寂しい子だ。少しはいいだろう)

曖昧《あいまい》な表情を浮《う》かべながら、志澤はおのれに強くそう言い聞かせた。

そうしなければ、ただやさしく護ってやることなどできなくなる。

危《あや》うい予感はどこまでも苦く、そしてほんの少しだけ、志澤へと快美なうしろめたさをもたらした。

＊　＊　＊

風に秋の匂《にお》いが混じるころ、藍の周囲はにわかに寂《さび》しくなった。

この街は、基本的には人通りもさほど多くない。にぎやかだった納涼祭りが終わり、平常モードになったせいか、ひどくそれは寒々しく感じられた。

だが、藍が寂しさを覚えている理由は、じつのところ季節のせいなどではない。

「はあい、藍くん、こっち向いてー」

麻布十番パティオの段差に腰掛《こしか》けぼんやり空を眺《なが》めていると、いささか脳天気な声がした。

今日の弥刀が手にしているのは、古式ゆかしい8ミリカメラだ。しかたなく、ちろりと視線を流すと、ぐるりと藍の周囲をまわりながら弥刀はあれこれ話しかけてくる。

「いいねー、そういう物憂《ものう》い顔。素材がいいからどんな表情もいけるなあ」

「また……ほんとにフィルム、無駄《むだ》にしてませんか？」

「いやいや。この間のもほんと、試し撮《ため》り《ど》で画素落としてたのが惜《お》しいくらいだった」

しばらく制作で忙《いそが》しかったと聞いていた弥刀が、また連日藍のもとへと通ってくるようになった。名目上は作品制作の試し撮り協力だが——要するに志澤がまた、家に帰ってこなくなったのだ。

ちらりと背後をうかがい、いまではすっかり馴染《なじ》んだあのマンションビルを眺める。そこには志澤がいるのに、なんだかひどく遠い。

「……また、メシも食いに来なかった？」

藍がなにを気にしたのかわかっているのだろう。カメラを下ろした弥刀の声はやさしくて、それなのに寂しくてたまらず、藍はこっくりと子どものようにうなずく。

「いま、いわゆる決算処理の時期ってやつだから、しかたないんじゃないかな」

「でも、もう一週間以上、一回も戻《もど》ってこないんです。差し入れも、ほとんどオフィスにもいないから、いらないって」

ため息混じりに呟《つぶや》いて、藍はなんだか落ちこんでいる自分に気づく。うなだれていると、弥刀の大きな手が頭にのせられ、ぐりぐりと撫《な》でられた。

「鯛焼《たいや》き、食べにいこっか、藍くん」

「……はい」

食欲はないけれど、気遣《きづか》いは嬉《うれ》しい。力なく笑って立ちあがると、もうすっかり馴染みになった鯛焼き屋で、しっぽまでぎっちりあんこのつまったそれを買い、弥刀の真似《まね》をして歩きながら食べた。

「はは、もう慣れたみたいだね。最初はとんでもないって言ってたのに」

「……だって弥刀さんが、そういうものだって言うから」

祖父と暮らしていた時期、藍は祭りというものに出たことがなかった。人混《ひとご》みの嫌《きら》いな清嵐はその手のものを好まなかったし、むろん夜店の食べ物など、行儀《ぎょうぎ》が悪いと怒《おこ》られて、一度も口にしたことがなかったのだ。

「あ、この間も納涼祭《のうりょうまつ》りで、タコス食べました。おいしかった」

「ああ、俺来られなかったんだよね－。どうだった？」

「華《はな》やかで、楽しかったです。いっぱい見たことのないような食べ物とか、雑貨とか出てて、ひともいっぱいで」

納涼祭りの日、無理かもしれないと言いながら志澤は結局つきあってくれた。弥刀の都合が結局はつかなかったせいだった。

ほぼ一日、パレードやさまざまな出し物に目を輝かせる藍があれこれと話しかけるたび、ちゃんと相づちを打ってくれて、話も全部聞いてくれて。

――知靖さん、これ、これなんですか？

サルサソースとトマトとチーズ、挽肉《ひきにく》の挟《はさ》まったそれは、藍の知らない食べ物だった。

――タコスは知らないのか？　メキシコのメジャーな軽食だ。

スパイシーでおいしそうな匂いのするそれを自分で買うと言ったけれど、年長者がいるのに遠慮《えんりょ》をするなと、出店の食べ物は全部志澤が財布《さいふ》を出した。

辛《から》いけれどおいしいそれを齧《かじ》りながら、途中《とちゅう》の露店《ろてん》で手作りの工芸品を冷やかしたり、特設ステージのパフォーマンスに喜んだりして、あちこちを歩いた。

はぐれそうになればさりげなく腕《うで》を摑《つか》んで、ちゃんとそばにいなさいとたしなめられ、それでもなんだか——心配してくれているようで、本当に藍は嬉しかった。

とても、楽しい一日だった。けれど志澤は、どうだったんだろう。

(なんかあれじゃ、引率《いんそつ》の先生みたいだよね)

子どもみたいにはしゃぎまわった藍に連れ回されて、本当は面倒《めんどう》だったんじゃないだろうか。ただでさえ忙しいのに、仕事の邪魔《じゃま》をしていたんじゃないだろうか。

(ときどきすごく、困った顔するし……)

志澤が基本的に彼が他人にたいして甘い人間でないことは、ふだんの様子や仕事の電話などから知れる。藍のような子ども——成人近いけれど藍は実際的には生活能力のない子どもの自覚はある——などをまともに相手する人種とも思えないのだ。

だが思えば、清嵐の亡《な》くなった日の話をして以来、多忙《たぼう》なはずなのにできるだけ一緒《いっしょ》に食事を摂《と》ろうとしてくれたり、いろいろと志澤は気を遣《つか》ってくれていた。きっと、大泣きした藍があんまり子どもっぽいから、放っておけなくなったのだろう。

それでいましわ寄せが来て、家にも帰れなくなっているとしたら、申し訳なくなる。

「……楽しかった?」

一瞬《いっしゅん》沈《しず》みかけた意識を、弥刀の声が救ってくれる。はっとして、藍は笑《え》みを浮かべてみせた。

「あ、はい。とても。でも、ぼく……なんか途中途中で、やたら道訊《き》かれたんです。そんなに地元っぽいんですかね」

馴染んで見えるなら嬉しいが、しかしあんなに雑多なひとの集まりで、そんなことわかるものだろうか。首を傾《かし》げた藍に、ものの三口で鯛焼きを食べきった弥刀は唸《うな》る。

「道訊かれた？　えっと……どういうひと、多かった？　おじいさんとかおばあさん？」

「いえそれが、外国のひと多くて。あ、あと派手っぽい男のひととか、すっごく日焼けした感じの、かっこいい女のひととか」

どうしてかあちこちから、外国人や派手な風体《ふうてい》の男性に声をかけられる藍は、まくしたてる英語も意味もわからないまま立ち竦《すく》んだ。そのたび志澤が対応してくれて、ひとことふたことで去っていく彼らがなんの用だったのかと問えば「道を訊かれた」と言っていた。

「ぼく、英語、ぜんぜんわかんないんです。だから全部、知靖さんが相手して……でも外国のひとなら、ふつう知靖さんのほうが英語わかりそうだって、思いますよね？」

藍は一応大検の資格だけは持っていた。中学中退のままなんらの学力を身につけていないのも不安だったし、それこそなにかあったときのことも考えて、独学で勉強したのだ。

だが、テキストや通信教育では文法を学べても、ヒアリングは無理だ。なんだか恥《は》ずかしいなと思いながら詫《わ》びると、あれはわからなくていいとなぜか苦い顔をしていた。

「ありゃー……そうかそうか。なるほどね。藍くんそれ、道訊かれたんじゃないよ」

「なるほどって、……じゃあ、なんですか？」

きょとんと目を瞠《みは》った藍に、二個目の鯛焼きを齧りながら弥刀はけろりと言ってのける。

「うん、だからいわゆるナンパでしょ」

「ナンパ……って」

男性が多かったのにと目を丸くしていれば「あ、ナンパの意味わかるよね？」と弥刀が覗《のぞ》きこんでくる。

「それくらいはわかりますけど。……だって、ぼく」

女にでも見えたのだろうかと、藍は眉《まゆ》をひそめた。たしかにまあ、さほど目立って男らしいタイプではないにせよ、露骨《ろこつ》な女顔という気はしていなかったのだが。

「そういうのあんまり関係ないよー。あんだけひとがいれば、バイでもゲイでもいるだろさ」

「そ……そうなんですか」

藍のイメージする同性愛のひとというのは、女性の格好をしたがるひとか、もしくはもっと日陰《ひかげ》の人種、という感じだった。だがあの日声をかけてきたひとびとは皆《みな》一様に明るく陽気で、とてもそういう雰囲気《ふんいき》はなかった。

「あ、でもじゃあ……知靖さんもすっごい声かけられてたけど、あれも？」

「うん、まあそっちも間違《まちが》いないだろうねえ」

自分に向けられたというのは納得《なっとく》がいかないけれど、志澤相手ならばさもありなんと思う。なにしろ志澤は、外国人と並んでもひけを取らない長身で、人混みの中でも頭ひとつは高い。

隣《となり》に歩いている藍がこっそり誇《ほこ》らしく思うほど、整った容姿はひとめを惹《ひ》いていた。

「……そういえば、知靖さんって、彼女とかいないんですか？　結婚《けっこん》……とか、まだ考えてないのかな」

「あ？　先輩《せんぱい》に彼女？　ないない。だから妙《みょう》な気のまわしかたはしなくてもいいよー」

「ああ、そうなんだ……」

その答えに、藍はほっと息をついた。自分と同居などしていて、恋人《こいびと》やなにかのつきあいに差し障《さわ》りはないのかと気になってもいたし——また、そういうことで気を遣うにも、どうすればいいのかわからなかったからだ。

「まあそれに、結婚もないね。それは一生。間違いない」

「そんな……ひどいですよ」

あんまりきっぱり言ってのける弥刀に、冗談《じょうだん》にしても失礼だと藍は苦笑《くしょう》した。だが、そのあとでつらっとつけ加えた弥刀の言葉に、その笑みも凍《こお》りついてしまう。

「だってあのひとゲイだもん。カレシならともかく彼女はないよ」

「……え」

「ま、そんなわけで結婚しようったってできないかな。あー、ゲイ婚ならべつだけど」

あまりにあっさりと言ってのけた弥刀に、藍は二の句が継《つ》げなかった。そうして齧りかけの鯛焼きを手にしたまま、その場に立ち竦んでしまう。

「……藍くん、偏見《へんけん》あるひと？」

「あ、う……い、いいえ、そうじゃ、ないけど」

「だよねー。そんな気がしたんだ、俺」

あはは、っと軽く笑ってのける弥刀は、鯛焼き片手に硬直《こうちょく》する藍に、またあの8ミリを向けた。

ジジジ、とカメラのまわる音がしても、藍はもうそれどころではない。

「あ、の……でも、どうして」

そんな話をこんなときに、ぺろりとばらしてしまうのか。訊いてしまってよかったのかとうろたえた藍に、レンズを見ていない片目をぎゅうっと瞑《つぶ》った弥刀は飄々《ひょうひょう》と言う。

「いずればれるよりはましだろうから言っとこうと思って。どうせあのひと、自分じゃ口にせんだろうしね」

「はあ……」

「先輩だけばらすのフェアじゃないから言っとくけど、ちなみに俺は、どっちでもいいひとね」

今度こそぎょっとした藍が身体《からだ》を竦ませると、やはり弥刀は笑うばかりだ。

「でも、性別がどっちでもいいわけであって、誰《だれ》でもいいってわけじゃないよ。ついでにいえばお兄さんたち、もういい大人なので、見境ない行動には出ることないから安心して」

「いえ、あの、その……」

もうなにを言っていいものかわからず、藍はかちんと固まったままだ。表情をなくしたその顔に執拗《しつよう》にカメラを向けていた弥刀は、ふっと息をついてこうつけ加える。

「ちなみに俺は好みってのはあんまりないんだけど、先輩の好みは背の高い、割と、かしっとした大人ね。あと気が強くてあっさりさっぱりした、しつこくしない自立した遊べるタイプ」

「は……はあ、そうなんですか」

衝撃《しょうげき》的な告白に青ざめた藍を安心させようというのだろう。弥刀は、藍は志澤の好みの範疇《はんちゅう》にないとやんわり教えてくれる。

ぼんやりとした像を結ぶ志澤の理想のタイプに、なんだか引っかかりを覚えた。

そんなものべつに知りたくなかったのに。急激な不快感がこみあげ、理由もわからないまま藍はそれを押し殺そうと努めた。そのあまり、言わなくていいことを口にしてしまう。

「じゃ……じゃあ、ぼくと反対ですよね、それ」

「んん？　まー、そうかな、条件づけだけで言えば」

笑って告げたそれが、自分でもなんだか卑屈《ひくつ》な気がした。そしてさらりと肯定《こうてい》されて、覚えたのはやはり、安堵《あんど》だけではない。

（背が高くて、自立した大人で、あっさり遊べる……って）

さほど背も高くないし、てんで子どもな自分。そんな藍にはまったく食指も動かないと言われてしまえばそれはそれで、複雑に感じるのはなぜなのか。

「驚《おどろ》いちゃった？　ごめんね」

「い、いえ。驚くっていうか、その……」

黙《だま》りこんだ藍に、にこにこしながら弥刀が話しかけてくる。その邪気《じゃき》のなさそうな表情に、いままで感じたことのない不安を藍は覚えた。

（遊びってやっぱり、そういう意味、だよね）

いわゆる身体の関係、ということなのだろう。考えてみれば、藍より十五も年上の志澤が、そういう経験がまったくないはずもないのだ。けれどなんだか、理由はわからないながらショックを受けた藍は、つい否定的なことを言ってしまった。

「遊びってそういうの、なんかちょっと、知靖さんぽくない、気がしましたけど」

硬質《こうしつ》な印象のある志澤が、そんな爛《ただ》れた関係を誰かと持つなんて、想像もつかなかった。だが、続いた弥刀の言葉にそれが、自分の単なる思いこみだと知らされる。

「ぼくない、ねえ……う-ん。大人はそれなりにいろいろあるんですよ」

苦笑するそれに、いかにも子どもだと言われた気がした。そしてそれは、そのとおりなのだろう。

「まあ、一応名誉《めいよ》のためにつけ加えると、遊びっても先輩の場合、それなりにスマートだったりするから、いわゆる食って捨て系の遊び方はしてないよ。それなりにやさしく丁重《ていちょう》に扱《あつか》ってたと思うし、……大人の関係ってやつだったかな。相手に恨《うら》まれたことも、だからないはず」

「そう、ですか」

遊び相手にもやさしく、丁重に。そういう部分はたしかに、志澤らしい気はした。だが大人の関係という含《ふく》みのある言葉に、藍はなんだかよけい複雑になってしまう。

「藍くんは、遊びのセックスとかまだ、考えられない？」

「……よく、わからないです。遊びとか、本気とか、ぜんぜん」

というよりも、それ以前の問題だ。そもそも藍には、そういうなまなましい出来事自体、実感がない。うつむいて口ごもると、なんだか弥刀は微笑《ほほえ》ましいとでもいうような声を出した。

「ああ、……そっか。恋愛《れんあい》経験もなしか」

見透《みす》かすようなことを言われて、少しだけ悔《くや》しいような苛立《いらだ》ちを覚えた。しかし虚勢《きょせい》を張ってもしかたないとうなずく。藍の小さな頭を軽く叩《たた》いて、「うーん」と首を傾《かし》げた弥刀は、話題のなまなましさに似つかわしくない、さらさらした声で言った。

「遊びも本気もねえ、じつは俺、あんまり境目ない気はしてるんだよね」

「そう……なんですか?」

含むところの多い声に、藍はなんと返事したものか迷った。だが藍の言葉などとくに求めているわけでもないようで、飄々とした声は流れるように続く。

「それこそ、身体からはじまる本気もあるんじゃないかな。情が移るとか、ほだされるとか」

言葉を切って、弥刀は秋模様になりはじめた空を見あげた。真っ青なそれに金の髪《かみ》が映《は》えて、ひどくまばゆい光景に藍は目を細めた。

「逆に、精神的に本気だ、好きだ、って思ってても、寝《ね》てみて一気に冷める場合もある。セックスの相性《あいしょう》って言うでしょう。ああいうことは結局、お互《たが》いをどこまで許せるかって部分が出るからね」

「許す、ですか」

「うん。そうだな……たとえば友だち同士とか、家族のレベルで考えてみて。手をつないだり、肩《かた》を組むレベルで。それが誰とでも気やすくできるかって言えば、これ違《ちが》うよね」

ね? と目を覗《のぞ》きこんで問われ、藍はうなずく。そして思い出したのは、ここしばらくで藍の手を握《にぎ》った三人についてだ。

ひとりは、いま目の前にいる弥刀。それこそオープンな彼は、初対面で握手《あくしゅ》を求めてきた。いまも藍の頭を撫《な》でたり、肩をぽんぽん叩いたりと、気やすく接してくれるけれど、ひとつも不快だと思ったことはない。

もうひとりは、もうだいぶ前のことになってしまうけれど、葬儀《そうぎ》の日の福田だ。ひどく熱心に手の甲《こう》をさすられ、困惑《こんわく》した。のちのち志澤に下心があったと注意されたときには、なんだかじんわりとむずがゆいような不快感を覚えた。

「スキンシップを許せることはそれだけパーソナルスペースを共有している証《あかし》だと思うのね。なら、そのさきの、もっと親密な行為《こうい》からはじめることも、悪くはないんじゃないのかな」

「それなら……なんとなく、わかります」

たしかに、誰に触《ふ》れても同じかといえばあきらかに違う。うなずく藍の脳裏《のうり》にはそして、三人目の姿がある。

それはいまここにいない、志澤だ。明確に、前者ふたりのように藍の手を取ったことは一度もないけれど、ささやかな触れあいはあった。

一度拒《こば》んだクレジットカードを握らせたときや、はぐれそうになった藍の手を軽く引いて引き戻《もど》した長い指。

それから、泣きじゃくったあの日、肩を包んでくれた手のひらは、ただ快かった。どこかしろめたく思うほど、長い腕《うで》の中は居心地《いごこち》がよすぎて、少し、怖《こわ》かった。

「うん、そんでまあ恋愛の定義についてはは難しいけど……んーとね、藍くん、俺のコト好き？」

「え、あ、好きですよ？」

突然《とつぜん》の問いに、反射で答えた藍は「それはなんで？」と問われてしばし考える。

「え、と。いいひとだし……やさしいし、いつもかまってくれるし。一緒《いっしょ》にいて、楽しいし、おもしろいから」

考え考え告げると、それに対してなぜか弥刀はにっこり笑った。

「うん、俺も藍くん好き。礼儀《れいぎ》正《ただ》しいし、かわいくていい子だもんね。ご飯もうまいし」

それはどうも、と藍は少し照れた。あらためて好意を言葉にするのは、少し恥《は》ずかしいけれど、悪い気分じゃないなと知る。

「でも、それ恋愛じゃないよね。だから即答《そくとう》できるでしょ」

だがどうやら、弥刀の話はそこからが本題のようだった。いまひとつ藍には実感の持てない言葉に、困惑しながら考えこむ。

「え……そう、なのかな？」

「そーなの。恋《こい》だの愛だのになるとねえ、逆によくわからんくなるのよ、好きってのが」

目を伏《ふ》せた弥刀は、少しどきりとするようなせつない顔をしていた。もしかして、その「よくわからない」感情を彼は、誰かに持ち合わせているんだろうかとふと思う。

「だから、わかりやすいとっから入っちゃうこともあるんだよ。大人は臆病《おくびょう》だからねえ」

「わかりやすいとこって、その、せっ……せ、せっ」

すっきりときれいでやさしげな顔をして、でも案外しっかり大人な弥刀は、ちょっと意地悪そうに目を細める。

「──セックス？」

「……はい」

藍が赤くなって口ごもったそれを、すぱっと言ってのけられた。

風は涼《すず》しいのに、頬《ほお》の火照《ほて》りが抜《ぬ》けなくて、藍ははたはたと手のひらで仰《あお》ぐ。初々《ういうい》しい表情に苦笑《くしょう》ともつかないものを浮《う》かべ、弥刀は「ごめんねえ」と言った。

「なんか藍くんにこういう話題ふってると、俺セクハラオヤジみたいだわ。すっげえ罪悪感あるなあ」

「う……すみません」

これでは子ども扱いされてもしかたない。冷《ひ》や汗《あせ》をかきそうな気分で、それでも好奇心《こうきしん》は抑《おさ》えられないまま、藍はさらに問いかけた。

「つまり……エッチなことをしたから好きになるのも、ありなんです、ね」

「んん、そうね。それで不愉快《ふゆかい》でなかったのなら、充分《じゅうぶん》好意の立証じゃないかな」

そうなんだ、と藍はうつむいた。紅潮してじんじんする耳をぎゅっと握りながら、どうしてこんなに胸がもやもやするのかと思う。

弥刀の語った言葉は曖昧《あいまい》で複雑で、理解できると思えなかった。というよりも、身体《からだ》からはじまる関係なんて、考えられないと思った。

（だってそれじゃあ、遊びって言ったって……そこからはじまるひとも、いるって）

あの志澤ならば、相手がうっかり本気になることだってあったかもしれない。というよりきっと、みんな夢中になったに違いない。

そう思った瞬間《しゅんかん》、もやもやしていた胸は引き絞《しぼ》られるような痛みを覚えた。

(これ、なに)

恋愛なんて、よくわからない。まだ藍の世界は狭《せま》いままで、志澤から与《あた》えられたごく一部のひとびととの触れあい以外、少しも広がってはいない。

なのに、志澤はそういうひとを、きっとたくさん知っているのだ。それがたまらなく——いやなのだと、それだけは藍にもわかった。

「……難しく考えることじゃないから。そのうちきっと、わかるよ」

「そのうち、ですか」

気づかないうちに、顔をしかめていたらしい。むうっと考えこんでいた藍をなだめるように、弥刀は悪戯《いたずら》っぽく笑った。

「うん。わけわかんないなーって混乱して、でも、がーっと胸が騒《さわ》いじゃう感じ？　藍くんなら若いんだし、いくらでもこれから機会があるでしょ」

「そう、ですか？」

「そそそ。ま、歳《とし》食うとその辺の機会もどんどん減りますが……寂《さび》しいねえ」

俺はもうそろそろオジサンだからねと、とてもそうは見えない顔でため息をついて、弥刀は肩を叩いた。

「さて、もう帰ろう。今日の撮影《さつえい》はおしまーい」

「いいんですか？」

「うん、もう日が落ちるしね。自然光で撮《と》りたかったから」

背中を押して促《うなが》してくるその仕種《しぐさ》に、なにかをごまかされた気がした。だがそれがなんなのかわからないまま、藍はうなずいて歩き出す。

「ところでさ。もうそろそろ、東京に来てから二ヶ月になるけど。いろいろ、決まった？」

「まだ……なにも」

時間はあっという間にすぎていく。清嵐が亡《な》くなったのはまだ夏になる前だったというのに、いまは空がこんなに高い。

そして藍がその間にしたことは——と考えると、なにもないのだ。いいところ毎日部屋を掃除《そうじ》して、食事を作り、そしてたまに弥刀につきあってもらって散歩をするだけ。

「このままじゃいけないと思ってるんですけど……なんか、ぜんぜんわからなくて」

「大学とか行く気はなかったの？」

過去の事情を知らない弥刀は、さらりと訊《たず》ねてくる。

そのことで逆に、ふとあれ以来志澤が「これからどうするのか」ということについて、まったく訊ねて来なくなったことに気づかされた。

「まあぼんやーりでもいいんだけど、なりたい仕事とかは？」

「まったく考えてませんでした。……おじいさんとずっと、あの家で手伝いをしながら暮らしていくつもりだったから」

将来的なビジョンはあるのかと問われ、なにもわからないと答えるしかなかった。

「……おうちに帰りたいと思う？」

「いえ、それはないです」

やわらかな声の問いかけに、一瞬だけ心が揺《ゆ》れた。だが藍はきっぱりと、首を振《ふ》る。

静かな山でときおり昼寝《ひるね》をし、穏《おだ》やかに暮らす。それが藍のすべてだった。

そうして祖父の作品を護《まも》っていければいいなどと、曖昧なビジョンだけを描《えが》いていただけで

——それがどんなに困難であったかもわからずに、夢でも見るように生きていた。

「いまだに、どうしていいのかまったくわからないんです。知靖さんには最初、学校とか行くこと考えろって言われたんだけど……それもぴんと来なくて」

時間を止めたような家で、ぼんやりと過ごしていた藍に、現実を突《つ》きつけたのは志澤だった。

一度醒《さ》めた夢にはもう、戻れない。祖父もいない家に、藍のいる意味はない。

けれどそれならば、どこへ向かえばいいのかと問われれば、これもさっぱりだ。

「そっか。んー……まあ、そうそう決まるもんじゃあないよね」

わかるようとうなずかれて、いいのだろうかと藍は弥刀を見あげた。それしきのことも決められない、情けないことだと思わないかと目顔で訊ねれば、弥刀は慈《いつく》しむような目で藍を見る。

「俺の受け持ちの生徒なんかもさあ、ほんとにぜんぜん、さきのことなんか見えてないんだよ」

「え……そうなんですか？」

「そ。たとえばアイドルのファンだから業界仕事したいからとか、映画が好きだって理由で映像科にいる連中なんかまだましで、みんな、することないし、なーんとなくかっこいいからアートでもやっとくかな、だもん」

教える気も失《う》せるわと苦笑する弥刀に、藍は目を瞠《みは》った。

「なんかそういう勉強するひとは、みんな目標あるんだと思ってました」

「まあ、うちは無試験の専門学校だからねえ。むろん、美大方面に進んだ連中なんかはもう少しガツガツしてるのもいるかもだけど、そっちも大変みたいでね。フリー課題で作品提出を求めると『なにを作ればいいのか言ってくれたら、そのとおりに作ります』なんちゅう生徒が来ちゃうわけだ」

「え、え……？　なんでですか？　好きなの作ればいいんじゃないんですか？」

「んー、課題だしね、失敗したくないんだよ。及第点《きゆうだいてん》が確実に取れることしかしたくないわけ。で、完全に自由に、おまえのセンスを示せって言われると、なにすりゃいいのよってなっちゃうらしいんだ。そんでもアーティストの卵は気取るから、教授《せんせい》らはもう大変」

芸術とは魂《たましい》の迸《ほとばし》るままに描くべきものだ、という清嵐を見て育った藍には、奇妙《きみよう》な話だった。締めつけが厳しい中でこなすのが大変、というのはわかるが、好きに作品を作れと言われて戸惑《とまど》うというのは、いったいどういう感覚なのだろう。

「まあね、つまり中高と美大に受験先絞って、狭き門をくぐった連中でも、そんくらい揺れてるんだよ」

「あ……、はい」

「選択肢《せんたくし》がまったくない状態から、はいよってお外に出ちゃった藍くんなら、それはなおのことわからんと、俺は思うよ」

そこまで言われて、ようやく弥刀がなにを言いたいのか理解した。まったく自分は呑《の》みこみが悪いと恥《は》ずかしくなりながら、藍はうなずいてみせる。

「時間があるなら、悩《なや》めばいいよ。それこそ俺だって、関係ない大学出ていまこっちの道だし」

「そう、ですね。……でも」

そんなに長い間、志澤に甘え続けることになっていいのだろうか。ふとそう思った藍は、しかしもうひとつの事実に気づいてはっとなる。

(そうだ、べつに……知靖さんのところにいつまでも、いるわけじゃないんだ)

むしろ進路を定め——それがやはり就職だという話にでもなったら、あの家にいるわけにはいかないだろう。そんなことさえあらためて考えなければ気づかない自分の鈍《にぶ》さに、少なからず落ちこむ。

それにはやはり外に出るべきだろうと考え、藍はおずおずと問いかけてみた。

「あの、今度……弥刀さんの学校、見に行ってもいいですか?」

まだ判断はつかないにせよ、とっかかりだけでも作ったほうがいいだろう。結局は目の前の大人に頼《たよ》る以外の方法もないが、それはいま言っても詮無《せんな》いことだと割り切った。

「お、いいよ。どうぞどうぞ。……っつか俺の学校じゃなくて、厳密には知靖先輩《せんぱい》の学校、なんだけどねえ。あのひと、理事長代理だから」

「……そんなことまでやってるんですか」

本当に多忙《たぼう》なのだなと、藍はしみじみため息をついた。

(忙《いそが》しいひとに迷惑《めいわく》かけてるとか、そういうこと考える前に……自分をなんとかしなきゃ)

いまこの状況《じようきよう》こそが、志澤の負担なのは間違《まちが》いないのだ。さきほど恋人《こいびと》はいないと言われたけれど、早晩そうしたひとが現れないとも限らない。

まして志澤がゲイとなれば、藍のような同居人の存在は誤解を招くんじゃないだろうか。

(……あれ)

それでは申し訳ないと考えつつ、胸がまたざわざわした。いやな焦《あせ》りと不安がこみあげて、今日の自分はなんだか情緒《じようちよ》不安定だと藍は思う。

やっぱり、もう少ししっかりしなければいけない。少なくとも家にこもって無為《むい》に過ごすばかりでは、それこそ志澤のお荷物になる。

「なんかほんとに、知靖さんってすごいなあ……違う世界のひとみたいだ」

「あははあ、一之宮清嵐の孫が言うことかな」

藍のしみじみとした呟《つぶや》きに、弥刀は愉快《ゆかい》そうに笑ったあと「そうそう」と言った。

「おじいさんって言えば、別室オープンぼちぼちだよね」

「ええ、来月にはレセプションパーティーをやるみたいです」

「……みたいです、って？　あれ、藍くん、聞いてないの？」

なにをですか、と首を傾《かし》げると、弥刀は怪訝《けげん》そうな顔をして言った。

「オープニングセレモニーで、藍くんが挨拶《あいさつ》をするって案があったはずなんだけど」

「ええっ!? き、聞いてませんそんなの」

「いやだって、俺こないだ先輩とこで企画書《きかくしょ》見たよ? って……あー、あ?」

どういうことなんだろうかと焦る藍に、妙な声を発した弥刀は、なぜか突然《とつぜん》にやにやしはじめた。

「なんですか……?」

「いいや、なんでもない。……あっそー、なるほどね。うんうん」

ひとりで納得《なっとく》する弥刀は、「過保護だなあ」などと呟いて笑い続けている。問うても答えてくれそうにもなく、藍は肩《かた》を竦《すく》めてあきらめた。

弥刀はときどき、藍には謎《なぞ》のことを言う。含《ふく》みが多すぎて、おかげでよけい考えこんでしまうこともあるそれらは、藍にはまったく意味がわからない。

そのくせ弥刀の言葉には、なぜだかいつも、どきりとするのだ。

「ま、ゆっくり考えな。自分がなにをしたいか、どこにいたいか、……誰《だれ》といたいか」

この日の別れ際《ぎわ》、弥刀が笑いながら告げたそれも、含みの多い言葉だった。

そしてやはり藍は、最後につけ加えられたひとことに、奇妙に胸を騒《さわ》がせたのだった。

「っつーわけでまあ、まだ進路もなにもわかりません、って感じでした」

「そうか、まあ……そうだろうが」

西日の差しはじめたオフィスのブラインドを閉め、志澤は軽いため息をつく。この日は本来仕事は休みであるが、残務処理のために居残っていた。

藍の相手をしたあとには、弥刀は必ず志澤のオフィスに立ち寄り、その日の報告をして帰る。だがその頻度《ひんど》に、志澤はいささかうんざりしていた。

＊　＊　＊

「しかし……おまえも、暇《ひま》なのか？　べつに俺はお目付役をしろと言ったわけでもないんだが」

「えー、最初にあの子の面倒《めんどう》みてくれって言ったのそっちじゃないですか」

「それはそうだが、こうまでべったりしなくたっていいだろう。それに、いちいちそのあとでオフィス《こ》《こ》に寄ってくれんでもいい」

べつにいらないと言うのだが、保護者の義務だというわけのわからない理屈《りくつ》のもとに、その日の藍の行動を逐一《ちくいち》教えられてしまうのだ。

おかげで、この一週間彼の顔を見てもいないのに、なにをしたのかすべて志澤は熟知してしまっている。

「それに暇なのかってひでえなあ。俺的には知靖先輩が手もつけずに残しちゃった夕飯の片づけ係という、立派な役割と同時に、映像作家としての仕事もちゃんとしてるんですよ」

「……どこがだ」

あきらかに藍にかこつけて麻布界隈《かいわい》で暇つぶしをしているだけじゃないかと、志澤はうろんな顔をする。だがそれに対して、「わかってないなあ」と彼はうそぶいた。

「あの子見てるだけでもう、インスピレーションの嵐《あらし》ですよ。いま口説いてる真っ最中」

「口説くって……おまえ」

「あー、変なふうに考えたでしょ」

どうにも弥刀がするといかがわしい言い回しに眉《まゆ》を寄せれば、目の前の後輩《こうはい》はにやっと笑う。

「本気で撮《と》りたいって言ってもなかなかうなずかないんで、カメラ慣れしてもらおうと思って、あれこれ手を替《か》えて追っかけてるだけですよ」

「べつになにも言ってないだろう」

憮然《ぶぜん》としたまま手元の書類に目を落とすけれども、さきほどまで追っていた数字がそこでわからなくなった。思わず舌打ちでもしたい気分で頭から読み直していると、なおも弥刀は話しかけてくる。

「あと先輩、藍くんにレセプションオープニングの件、言ってないんですって？」

「……なんの話だ」

「とぼけなくてもいいですよ。俺この間企画書見ちゃいましたし」

勝手に見るなと睨《にら》みつければ「だって放《ほう》ってあったから」と弥刀は悪びれない。

「つうか、幻《まぼろし》の画家の唯一《ゆいいつ》の肉親でしょう？　そういう場に出したほうが本人的にも、なんていうかおじいちゃんへのたむけになって、嬉《うれ》しいと思うんだけど」

「そうもいかないんだ。……いろいろと、あって」

返す声が低くなったのは、藍の挨拶のくだりを省けと告げた際、やはり美術館の別室担当学芸員から責められたからだ。

――たったひとりのお孫さんだし、本人もこういう晴れがましい場に、清嵐作品を並べるのを希望していたと、仰《おっしゃ》ったじゃないですか！

当初には志澤もそのつもりだったくせにとなじられて、返す言葉がなかった。

志澤にしてみても、あの別室はグループ上層部へ啖呵《たんか》を切った手前、どうあっても成功してほしいものであるし、それには藍の存在は格好のアピール材料にもなる。

だが、藍の痛ましい過去の事件を思えば、彼を表舞台《おもてぶたい》に引っ張り出すことはどうしてもためらわれた。藍自身はきっと「気にしない」と言うだろうけれども、知ってしまった以上は気にかかるのだ。

「だからあ、そのいろいろってのはなんなんすか」

頼《たの》むから訊《き》くなというのに、いささか表情を険しくする弥刀は追及《ついきゅう》をゆるめることはしない。

「そりゃおじいちゃん亡くしたばっかの子だし、ひと慣れない子に大舞台はちょっと可哀想《かわいそう》かとは思いますよ。でもこうまで先輩がらしくないとなれば、いい加減、俺も気になりますよ」

「らしくないって、なんだ」

食い下がる弥刀に鬱陶《うっとう》しげに眉を寄せても、却《かえ》って呆《あき》れたように顔をしかめられた。

「先輩ねえ。自覚してるかわかりませんが、そこまで藍くんに甘いんなら、部屋帰れば？」

「暇がない」

コンマ数秒もかからない即答《そくとう》に、弥刀は呆れた顔をする。

「暇ないってあんたねえ、階段ちょびっとのぼるだけでしょうが。寝《ね》に帰るくらいができないなんて、この距離《きょり》で言わないでくださいよ」

「……話の論点が変わってるだろうが」

肯定《こうてい》も否定もしないままじろりと横目に見ると、弥刀は飄々《ひょうひょう》としたまま肩を竦めた。

「んじゃ話戻《もど》しましょ。なんで藍くん、そんなに外に出したがんないんですか」

「いろいろあると言ったろう」

いい加減しつこいと苛立《いらだ》った志澤にも臆《おく》さず、「そこですよ」と弥刀も眉をつりあげる。

「いろいろあろうがなんだろうが、別室のお披露目《ひろめ》であるレセプションパーティー、しかもプレス招待日に、あの子を『使わない』ってのが、志澤知靖の判断だと思えませんね」

おのれでも気にしていたことを指摘《してき》され、志澤はむっつりとしたまま書類を放った。あからさまな不機嫌《ふきげん》さにもめげず、さらに弥刀は言いつのる。

「あの子に関しては、正直とっぱなから俺は妙だと思ってます。先輩にしちゃ扱《あつか》いが甘すぎる。いったいなにがあるんですか」

「……絵のことで、いやな目に遭《あ》ったらしい」

あまりの執拗《しつよう》さに口を開いたものの、幻の名作『白鷺溺水』のおかげで、藍がどんな目に遭ったのかまでは口にすることはできず、志澤は端的《たんてき》なひとことにとどめた。

「絵のことでって……なんですか、有名人の孫だからって、いじめでも？」

「……まあ、そんなとこだ」

「そればっかじゃないでしょ。トラウマなんぞ豚《ぶた》に食わせろって主義のくせに」

鼻を鳴らした弥刀に対して、志澤は黙《もく》して答えなかった。

言葉を濁《にご》した志澤のもうひとつの懸念《けねん》は——例の闇《やみ》ディーラー、福田の存在だ。

著名な画家の弔問《ちょうもん》に訪《おとず》れたのは、画商としての表向きの立場上、あたりまえのことではある。

だが志澤の調べでは、そもそも一之宮清嵐と福田は、なんら関《かか》わりがない状態だったらしい。

というより、高潔な清嵐は金に飽《あ》かせた福田のやり口や、そのきな臭《くさ》さを既《すで》に知り抜《ぬ》いていたらしく、できる限り遠ざけるようにしていたようだ、という話が耳に入ってきたのだ。

（あの男がどこまで、藍に執心《しゅうしん》しているかはわからないが……厄介《やっかい》だ）

志澤が警戒心《けいかいしん》を解けない理由は、このところ周囲にちらほらと見え隠《かく》れする福田の名前に、どうにもある種の意図的なものを感じるからだ。

先日、志澤は藍の目を信じて、くだんの組皿を洗い直した。その際、来歴を辿《たど》る途中《とちゅう》に現れたのが福田の存在だった。そして、ほかにも志澤美術館の絵画をはじめとする数十点の贋作《がんさく》が、なんらかの形であの男の手を経ていることが判明したのだ。

だがそれだけならば、なにもめずらしい話ではない。バブルの時期、福田は相当にあくどいやり方で手広い『事業』をしていたらしいから、こうした贋作を摑《つか》まされたのも、ひとりやふたりではないだろう。

だが、それが異様な頻度で『志澤』のもとへ集まっているのが気になった。

妙《みょう》にひっかかるものを覚え、なにかあるのではと保管台帳を調べた志澤は、あることに気づいて慄然《りつぜん》となった。

(これは、いったい)

アートコンサルタントYS、及《およ》び志澤美術館が一之宮清嵐作品を入手した時期と、それら福田の手を経た贋作を買い取った時期とが、すべてごく近しい状態で前後しているのだ。

ただの偶然《ぐうぜん》かもしれない。だが、もしもそれが、福田が一之宮清嵐作品に、固執《こしゅう》しての行動だとしたら――目の前で獲物《えもの》をさらわれた報復行動として、『志澤』にこれらの贋作を摑ませたのではないか。

――なかなか清嵐氏が手放したがらず、入手できないと会長は悔《くや》しがっていてね。これもある人物と競《せ》り合ったあげく、一之宮氏本人の好意で譲《ゆず》られたと聞いている。

藍とはじめて出会った日、図《はか》らずも自分が口にした言葉の中に、答えはないだろうか。

――あのひとは、世の中のことがへたくそでねえ……悪いのにたかられそうになったり、躱《かわ》すことがうまくできんで正面からぶつかったりして、そういうところが儂《わし》は好きなんだよ。

そして靖彬が遠い目で語ったそれにも、ヒントは隠されているのだと志澤は気づいた。

執拗で策略家の福田であれば、清嵐が手放したがらない絵を、強引《ごういん》な手段でもって取りあげるくらいのことは画策する可能性も高い。

清嵐作品に対しての福田の執着は、いま志澤の摑んだ情報だけでもかなりのものがある。それをあの高潔で気むずかしい画家は気づいていて、ならばその福田さえ手を出せない相手である『志澤靖彬』に、絵を譲るほうがましだと、考えたのではないか。

そしてまた、藍についてのこともその際に、なんらかの取り決めがあったのではないか。

――それになあ。孫になにもしてやれんのは、つらい。

気づいた瞬間《しゅんかん》、いかにも同情を誘《さそ》う靖彬の呟《つぶや》きを思い出し「あの狸爺《たぬきじじい》め」と、志澤は呟いた。過去のおのれを悔《く》いているような顔をして、ちゃっかりと自分の思惑《おもわく》どおりにことを運んでいる。

どうりでわざわざ、弔問にまで行けとせっついたわけだ。後日あらためてでいいじゃないかと呆れる志澤を、靖彬は『早く早く』と急《せ》かし、結果暇《ひま》もない中の訪問を決めた。

だがもし自分の出現がなければ、葬儀《そうぎ》の日に現れた福田の甘言《かんげん》に、あのひとを信じやすい世間知らずがひっかからなかったとは、言いきれない。

たしかにその後、家に引き取ると決めたのは志澤の判断ではあったが、それさえもどこか、見えない糸で操《あやつ》られ、誘導《ゆうどう》されていた気がした。

(……いま俺の取っている行動は、ふたりのじいさんの手のひらの上か?)

それについてはいささかどころでなく悔しさも覚えたが、いまさらの話でもある。

めぐりめぐって、福田に押しつけられた贋作や二束三文の品々を、いま志澤自身が始末することになっている。そう思うと藍との出来事についても、どこか因縁《いんねん》めいたものを感じた。福田についての懸念も、ただの杞憂《きゆう》かもしれない。だが、レセプションにあの男も、なんらかの手口で入りこんでくる可能性もある。

そんな場所に藍を引っ張り出してしまっては、どうなることか。

(あの福田が『白鷺溺水』を知らないわけもない……となれば葬儀の日にか、いや、もっと前に、藍に目をつけていないとは考えられない)

そして福田が、絵は手に入れられずとも、せめて藍は——と考えていたとしたらどうなる。志澤グループに向けた陰湿《いんしつ》な報復のように、非合法な手段でもって、あの存在を手に入れようとしたら?

(冗談《じょうだん》じゃない)

ぞっとするような想像にかぶりを振《ふ》ると、弥刀は挙動不審《ふしん》な志澤にうろんな顔を見せた。

「なんなんですか、先輩《せんぱい》。いったい藍くんに、なにがあるってんですか」

あまりにややこしい事態——それも志澤の予測でしかない——を説明したくはなく、志澤はこれ以上追及してくれるなと端的に答えた。しかしそれでは弥刀は納得しない。

「それを言うならおまえも、なんでそんなにこだわる?」

ふだんならば弥刀は、志澤が言葉を濁したことに対して、こうまで食い下がるタイプではない。なにをムキになるんだと、いっそ不愉快《ふゆかい》になりながら志澤が問えば、弥刀の答えはいたって明瞭《めいりょう》なものだった。

「俺は将来的には、藍くんを引っ張り出したいから」

これでね、と取りだしたのは、デジタルビデオカメラだ。どうやらデータを入れてあったのだろう、プレビュー画面を見せつけられ、志澤ははっと息を呑《の》む。

「おまえ……これは」

そこには、どうということもない藍のふだんの姿が映し出されている。しかし、まるで音のないそれは編集済みで、立派にひとつの作品として成り立っていた。

「冗談みたいな素材ですよ。ふつう撮られ慣れてない子は絵にもなりゃしないもんだけど、自然体でもう、充分《じゅうぶん》に完成してると言ってもいい」

ふわりと微笑《ほほえ》む藍にかぶさるのは、舞《ま》い落ちる羽根のCG。紗《しゃ》をかけたように透過《とうか》させたそれが笑《え》みのはかなさを引き立たせ、ひどく幻想《げんそう》的な映像になっている。

それが、なににインスパイアを受けてのものなのか気づいた志澤は、慄然《りつぜん》となった。

「それにあの、白鷺の絵！　あれ見て以来俺の頭の中、イメージぐるんぐるんしちゃってどうしようもな――」

「それはやめろ！」

熱っぽく語る弥刀の言葉を制するように、志澤は鋭《するど》く叫《さけ》ぶ。一瞬、ぎょっとしたように目を瞠《みは》った弥刀は、拳《こぶし》を握《にぎ》ったまま固まっていた。

「……すまん。だが、いまはやめてくれ」

「いや、……いいですけど」

額を押さえ、疲《つか》れたような息をついた志澤に、弥刀は毒気を抜かれたような顔で立ち竦《すく》んでいた。奇妙《きみょう》に居心地《いごこち》の悪い沈黙《ちんもく》が流れ、しかしややあって、弥刀は急に、くすくすと楽しげに笑い出す。

「なんだ？」

「いや、はは。二十年近くつきあってますけど、先輩のそういう顔はじめて見ましたよ」

いいなあ、と両手の親指と人差し指でフレームを作った弥刀はきゅっと片目を瞑《つぶ》ってみせる。

「わかりました。もう事情は聞きません。俺的にはいまの表情で充分です」

「だから、なんの話なんだ」

楽しげな笑みに、なぜか居心地が悪くなる。弥刀は指で作ったフレームを解体し、爽《さわ》やかな声で言った。

「完璧《かんぺき》は、つまらない。いまの先輩はすごく、撮ってみたい素材ですよ」

「弥刀……？」

「バランス悪い感じで、すごくいいです。どっか、必死でね。そういう顔、はじめて見た」

なにがそんなに嬉《うれ》しいんだと問いたくなるような顔をする彼に、志澤は困惑《こんわく》する。

「ま、いいや。そこまで言うんならなんかあるんでしょ。詮索《せんさく》もしないし、しばらくは藍くん撮《と》るのも保留にしますよ」

「おい、だから――」

しばらくじゃあ困ると顔をしかめた志澤に、けろりとしたまま弥刀は言う。

「志澤知靖ともあろうものが、なにをびびるんですか。大事なものくらい、さくっと護《まも》れるでしょうが」

「な……」

どういう意味だと問うよりもさきに弥刀はその長身を翻《ひるがえ》し、さっさと出口へ向かってしまう。

「おい、弥刀！」

「おっじゃましましたー。また来ます」

ひらひらと手を振って、背の高い男はパーティションの向こうへ消えていった。追いかける気力もないまま、志澤はいらいらと煙草《たばこ》を手にする。

「くそ……」

忙《せわ》しなく煙草を吸いつつ、悪態をつく。

大事なものとはなんだ。そしてなぜあんなひとことに、自分は動揺《どうよう》しているのか。

それこそ問うまでもない繰《く》り言《ごと》を脳内で呟きながら、憮然《ぶぜん》と煙《けむり》を吐《は》き出した。

＊　＊　＊

藍がソファでうたた寝《ね》をしていると、ドアの開く音がして目が覚めた。はっとして身を起こすと、膝《ひざ》に載《の》せていたパンフレットがばさばさと滑《すべ》り落ち、志澤は切れ長の目を瞠る。

「お、おかえりなさい。今日は、終わったんですか？」

「……ああ、明日やっと休みになったから」

まだ起きていたのかという顔をされて、その困惑したような表情と、だらしないところを見られた恥《は》ずかしさに藍は肩《かた》を竦める。

藍が志澤と顔を合わせたのは、彼が帰宅しなくなってからじつに十日も経《た》ってからのことだった。声を聞くのも妙にひさびさに感じるほどの会話で、あがっている自分を知る。

ほんの少し前にはもう少し気やすくあれこれと話しかけられたのに、この日はどうしてか喉《のど》の奥で言葉がうずくまって、なかなか出てこようとしない。

奇妙に張りつめた沈黙に、志澤も気づいているのだろう。糸口を探すようブリッジを押し上げ、視線を軽く流した彼は、ふっとその眉間《みけん》をやわらげた。

「それは？」

帝都デザインアカデミーの学校案内を目に留めた志澤が、かすかに目を細める。やさしげな表情にどきりとしながら、藍は意味もなく慌《あわ》てて口早に言った。

「あ、これ……この間弥刀さんに、学校に連れてってもらったんです」

「そちらの方面に興味があるのか？」

「まだよく、わかんないんですけど……もう少し、美術とか勉強したいなあと、思って」

数日あれこれと思い悩《なや》んだが、結局藍が興味を持てそうなものといえば、その方面にしかない。なにより清嵐や父である一之宮衛という画家の本来の価値というものを、もっと正しく知るためには、系統だてた知識を得ることが必要なようにも思われた。

「この学校だと寮《りょう》とかもあって、すごく設備いいし。ただお金かかりそうかなあと思うんですけど、……あ」

理事長相手にすみません、と口をつぐむと、苦笑《くしょう》した志澤は「弥刀に聞いたか」と言った。

「まあ学費に関しては、私大ほどではないにせよ、かかるな。寮費もとなれば、それも追加になる」

「そうです、ね」

そういう点でもいささか厳しいだろうかと藍が唸《うな》れば、志澤はゆったりした口調で続けた。

「俺が言うのも妙な話だが、美術史なりをきちんと学びたいのならば、美大に入るか、専科のある大学に行くほうがいいんじゃないか」

「そうなんですか？　ここじゃ、なにか？」

「帝デは基礎《きそ》課程が二年しかないし、通常の大学の半分の時間では、結局カリキュラムは詰《つ》め込み式になる。となれば掘《ほ》り下げての勉強をするにも難しいというのが、正直なところだ」

「そっか……そうすると、受験ありますよね」

来年の入試には、どうあがいても間に合うことはないだろう。そうするとまた、さまざまなことが先送りになってしまうと考え、しかし藍はどこかでほっとしていた。

（まだ、決めたくない）

パンフレットを手にしていても、ぴんと来るものはなかった。というより、早くなんとかしなければという焦《あせ》りと同時に、どうして決めなければならないのだろうという苛立《いらだ》ちに似た感情が押し寄せて、少しも内容が頭に入らない。

志澤には美術の勉強をしたいなどと、もっともらしいことを言ってみせたものの、漠然《ばくぜん》としすぎたそれに実感もないのだ。

「心配しなくても、いまから予備校に通う手もある」

「でも……まったく、そういう勉強してないし」

ふうっとため息をついた藍の気落ちした様子に、なにか感じるところがあったのだろう。やわらかい声を出した志澤は、足下《あしもと》に落ちていたパンフレットを拾いながら言った。

「大検は取ったんだろう？　現役《げんえき》ではないにせよ、それなりのレベルの学習能力は身についているわけだ。遅《おく》れを取り戻《もど》すのは少し大変かもしれないが、まだきみは若い。充分に時間もある」

曲げた膝の上でリーフレットなどの書類をそろえ、長いきれいな指がそれを藍に差し出す。どきりとしたのは、まるで跪《ひざまず》いたような体勢と、見あげてくる目線に目新しさを覚えただけではない。

「やる気さえあれば、無理ということはない。焦らないでゆっくり考えて、きみにとっていちばんいい方法を選べばいい」

無意識なのだろう笑みが、志澤の端整《たんせい》な顔に浮《う》かんでいた。心から励《はげ》ましてくれているとわかるまなざしはやさしくて、それなのに胸が締《し》めつけられる。

「そ、う……です、ね。……あっ」

ぎゅうぎゅうと苦しくなった心臓に、顔が赤くなりそうで藍は慌てた。そのとたん、パンフレットを受けとろうとした指が触《ふ》れあい、びくりと震《ふる》えた藍の手が引っこめられる。

（手、が）

――スキンシップを許せることはそれだけパーソナルスペースを共有している証《あかし》だと思うのね。なら、そのさきの、もっと親密な行為《こうい》からはじめることも、悪くはないんじゃないのかな。

（この手で、いままでにも誰《だれ》かに、触《さわ》ったんだろうか）

弥刀が言うところの、親密な行為を知っている指。いままで、触れられれば安心だけをもらえたそれが、急になまなましい体温を持っている気がした。

「……どうした？」

「なん、なんでもない、です」

かあっとごまかしようもなく顔が熱くなり、突然《とつぜん》の反応に志澤が驚《おどろ》いた声を出した。藍はなんのリアクションも取れないまま、ただぶんぶんとかぶりを振《ふ》る。

「なんでもないって、顔が赤いじゃないか」

気づかないでくれと思ったことをまんまと指摘《してき》したあげく、志澤は心配そうに軽く眉《まゆ》をひそめた。志澤はそういう表情をすると、ひどくせつなそうな顔になる。もとが整っているだけに、見ているほうが苦しくなるくらいの憂《うれ》い顔が、大丈夫《だいじょうぶ》なのかと覗《のぞ》きこんできた。

「うたた寝なんかしていたから、風邪《かぜ》でも引いたんじゃ――」

「ちっ……ちが……近づかないで！」

どぎまぎしている自分にもうろたえるまま、藍はひっくり返った声で叫《さけ》んでいた。思うより
も鋭《するど》い拒絶《きょぜつ》に自分でも驚いたが、志澤は目を瞠《みは》って硬直《こうちょく》している。
「ご、ごめんな、さい」
「いや、……いいんだが」
いやな沈黙《ちんもく》が落ちて、それでもお互《たが》いの目を見つめる視線ははずさないまま、藍はわななく
唇《くちびる》からどうにか謝罪した。そしてふっと目を逸《そ》らした志澤の態度に、失敗したと強く思う。
「なにかあったのか」
「な……なにかって、なんですか」
「様子が変だ。それに、急に……こんな」
言葉を切り、手元のパンフレットに目を落とした志澤は、どういう心境の変化かと問いかけ
ているのだ。二ヶ月もの間、なんら進路やこのさきのビジョンを考える様子もなかった藍が突
然、こんなものを集めだしたなら、たしかに気になるだろう。
(あれ、でも……最初は、早く決めなさいって言ってたのに)
しかし、このところいっさいそうしたことを急《せ》かすことのなかった志澤の態度にも、いまご
ろになって藍は気づく。そしてさきほども、すぐに入れる専門学校ではなく、予備校からはじ
めて美大に行ってはどうかなどと、ずいぶんのんびりしたことを言っていた。
いったい自分たちの間で、なにが変わってしまったのだろう。ずきずきと疼《うず》くままの胸を押
さえるように、シャツの胸元《むなもと》をきゅっと握《にぎ》って藍は唇を嚙《か》みしめる。

「……藍？」

黙《だま》りこんだ自分に訝《いぶか》った志澤の声が、静まってくれとなだめていた心臓を跳《と》びあがらせた。

囁《ささや》くような、なにかを探《さぐ》るような声の甘さにも驚いたけれど、それ以上に。

「名前……」

「え？」

「は、はじめて呼ばれ、ました」

しかも呼び捨てだ。そうだったか、と逆に驚いたような志澤に、藍はうなずく。

「なんか、嬉《うれ》しいです」

初対面のときのように、よそよそしい――藍を藍と認識《にんしき》してのものではない、そんな呼びかけではなかった。ぽろりと無意識にこぼれた名前、志澤にとっての藍が、そうした気やすい存在になれたのだとしたら、とても嬉しい。

だが、唇をほころばせた藍の前で、志澤はひどく苦い顔をした。

「……あまり、そういうふうに、誰にでも気を許さないほうがいいんじゃないか」

「え……？」

「きみは人見知りの割に、警戒心《けいかいしん》が薄《うす》いみたいだ。そういうのは……よくないだろう」

急に突《つ》き放された気がして、ひやりとした。志澤の目は眇《すが》められていて、藍をまともに見ようとしていない。

「よくないって、どうしてですか」

「どうして、と言われても……いろいろ、勘違《かんちが》いをする人間もいるだろう」

問う声に、やはり目を逸らした志澤はめずらしく曖昧《あいまい》なことを言った。それはひどく意識的にそうしているように感じられて、気づいた瞬間《しゅんかん》藍の心臓はまたざわざわと落ち着かなくなる。

(勘違いって、なに？　それは、誰が？)

藍がこんなにも気を許しているのは目の前の相手しかいないのに、どうしてそんなに困った顔をするのだろう。

部屋の空気が、ひどく重く濃《こ》くなった気がした。そしてぴんと張りつめた緊張感《きんちょうかん》が漂《ただよ》い、逸らされた視線のさきになにを見ているのか、知りたいと藍は思う。

少なくとも、疎《うと》まれている気配は感じない。だとすれば、それは。

「それ、知靖さんが……ゲイだから、ですか？」

ぽろりとこぼれてしまった言葉には、もしやの期待があった。

藍を少しはそういう意味で意識してくれていて、だからあまりなつくなと言ってくれているのなら、それは不思議でもあるけれども、けっして不愉快《ふゆかい》なことではなかった。

だが——その問いはあまりにも直球すぎたのだろう。

「弥刀にでも、聞いたのか」

「え……」

振り向いた志澤の表情は、さきほどまでとは一変していた。冷たく、見たこともないほどの剣呑《けんのん》なそれに、藍はひくりと息を呑《の》む。

手にしたままだったパンフレットに目を落とした男は、その後皮肉な笑《え》みを浮かべてみせた。

「なるほど、それで寮《りょう》か。身の危険でも覚えたかな」

「え？　なに、が、……っ！」

失敗を悟《さと》っても、遅《おそ》かった。志澤は藍の考えた方向とはまるで逆のほうに、その言葉を解釈《かいしゃく》してしまったようだ。

なんてまずい言い方をしてしまったのかとうろたえている間に、志澤はさっさと結論づけてしまったようで、無表情を身に纏《まと》ってしまう。

「あ……！　あのっ、ち、ちが……！」

「安心しなさい。たしかにゲイだが、のべつまくなしに手を出すほど飢《う》えていない」

藍の口にしようとした言い訳を、聞く耳も持たないという風情《ふぜい》で志澤は途中《とちゅう》で遮《さえぎ》った。

その態度は非常に不快そうで、はじめて向けられた冷たいまなざしに藍は身が竦《すく》んだ。出会いのころの比ではない、志澤の醸《かも》し出す絶対的な拒絶の前に、舌が凍《こお》りついて身体《からだ》が震える。

(どうしよう、誤解された)

そんなつもりじゃなかったのに、ただ自分は、志澤がそういう意味で意識してくれるならいっそ——そう、誇《ほこ》らしく嬉しいと、思っただけだったのに。

だがそれこそが傲慢《ごうまん》だったのだろうと、冷えきった目をした男を前に藍は震えあがる。

「まあそれでも気持ちが悪いという話なら、この家はきみに貸しておこう。知ってるとおり、どうせほとんど寝《ね》に帰りもしない。いままでどおり好きに使ってくれていい」

「まっ……待って、違うから、違いますから！」

きびすを返そうとした志澤の腕《うで》を、とっさに掴《つか》む。

「そんなんじゃない、気持ち悪くなんか、ないですっ」

「……無理はしなくていい」

だが、がたがたと震える指に目を落とした志澤は、そっけなく言い放つ。振り払《はら》われることもなかったけれど、一瞥《いちべつ》する瞳《ひとみ》の冷酷《れいこく》さに心まで凍りそうになって、藍は怯《ひる》みそうになる脚《あし》を必死でこらえた。

「違う、だからあの、あのっ……」

どうしよう、なんて言えばこの、冷えきった目をもう一度、やさしくすることができるのだろう。

こうしている間も、藍のことをどんどんこのひとは外側に追いやってしまう。それはひどくいやだったし、それ以上に、志澤の冷たい瞳の奥に、あきらかに傷ついた色がある。

「ごめんなさい、そうじゃなくて、……そんなんじゃなくて」

あんなにやさしくしてもらったのに、たったひとことで藍はこのひとの尊厳と人格を否定してしまった。そうするつもりもない言葉で、なにかをえぐったのだ。

それを贖《あがな》いたい。許してほしい。それから、できるならもう一度、あのやさしい目で見てほしい。でもそれはいったいどうすれば、と考えたとき、ふと浮《う》かんだのは弥刀の言葉だ。

——身体からはじまる本気もあるんじゃないかな。情が移るとか、ほだされるとか。

いっそそんなふうに、ほだされてくれないだろうか。冷静であれば浅慮《せんりょ》とわかる発想だったけれど、そのときの藍にはそれしか残っていないように思えた。

「ぼく、……ぼくじゃ、だめですか。相手に、ならないですか」

焦《あせ》りと混乱の中、必死に言葉を探したのに、口にできたのはそんなひとことだった。

「なにを、言ってる。……なんで、そんなことを言う？」

瞬間、驚《おどろ》いたような目をした志澤の心が、一瞬だけゆるんだことにほっとして、藍は必死に頭をめぐらせる。

理由。理由がないといけない。このひとはきっと「そう思ったから」なんて言葉では納得《なっとく》してくれない。

それが「なにに対しての」理由かという主語を、まるで頭から飛ばしたまま、藍は言うべきではない発言をしてしまった。

「だ、だって……すごくよくしてもらってるし、お世話になってるのになにも、できなくて」

だからせめて藍にできることをしたい。そう告げた瞬間、志澤はさきほど以上の醒《さ》めた目を向けた。

「……きみは、俺をばかにしているのか」

「え……？」

「恩義や同情で子どもとどうこうなるほど、俺はあさましく見えるのか」

本気で怒《おこ》った声の志澤に今度こそ摑んだ腕を引き剝《は》がされ、藍は呆然《ぼうぜん》と立ち竦む。

また失敗した。そうじゃなくて、もっと違うことを言いたかったはずなのに、なぜ。

「失望したよ。そんなばかなことを覚えるためにこの二ヶ月、弥刀とつきあっていたのか」

「そん……な、そんなんじゃ」

「もう少し勉強して、常識を身につけなさい。……早く予備校なり、手配するといい」

そのままオフィスに戻《もど》るつもりなのだろう、言い捨てて玄関《げんかん》へ去ろうとする広い背中に、壁《かべ》が見える。高くて硬《かた》くて厚いそれの前に、藍はもうどうしていいのかわからなくなる。

（だって、わかんない）

なにをどう言えばいいのか、どうしたら伝わるのか。なぜこんなに志澤を見ていると苦しいのか、そのくせ去っていくことがたまらなくつらいのか。

なにひとつわからない、けれど。

「──どうして、ぼくじゃだめなんですかっ」

泣きそうになりながら、叫《さけ》んだ。ドアに手をかけた志澤は、涙声《なみだごえ》に吐息《といき》して肩《かた》を竦めた。

「ばかになんかしてない！　そういう意味じゃないから、ちゃんと話を聞いてください！」

それで間違《まちが》えたら叱《しか》っていいから、途中で放《ほう》り投げないでほしい。必死になって追いかけ、背中に縋《すが》った藍を、志澤は振《ふ》り向かないままたしなめる。

「頭を冷やすといい。明日になったら、どれだけばかなことを言ったかわかる」

怒っているというよりも、呆《あき》れたような声だった。だがそれは、拒絶《きょぜつ》のひどかったさきほどより、藍を苦しくさせる。

志澤は、藍の暴言を許したのだろう。だがそれは、心から許容したわけではない。

ただ、子どもの浅知恵《あさぢえ》を許すしかない、大人としてのやさしく冷たい、あきらめだ。

「きみはまだ子どもだ。自分が言ってる意味もよくわかってない。ものの道理もわからないまま、いらないことを言うもんじゃない」

「いらないこと、って……」

「お礼に相手をするなんて、意味もわからず言うなと言ってるんだ。できもしないくせに」

決めつけられ、かっと藍の頰《ほお》が染まる。

相手にもされない悔《くや》しさと、志澤の呆れたような物言いに対して覚えた反感は、ふだんおとなしい青年の唇《くちびる》を開かせた。

「知靖さんは最初に会ったとき、ぼくがものを知らないのは周囲のせいもあると言いましたっ」

「……それは、そうだが」

背を向けたままの男に回り込み、ずいっと藍が顔を近づけると、めずらしくも志澤はたじろいだ。

「そのあと、なにも知らないことは、それ自身は恥《はじ》ではないって。ただそれを知らないままやりすごしている怠惰《たいだ》な態度は嫌《きら》いだとも言いました。だから、教えてください！」

「あのな、……だから、落ち着いて」

藍のあまりの剣幕《けんまく》に、志澤のほうが目を丸くしている。なにをそんなに怒るんだと、困惑《こんわく》しているような表情に、悔しくなった。

「あれはそういうことではないし、勢いでそんなことを言ってはいけない」

「じゃあどうすればいいんですか……!!」

いつも隙《すき》なく整っているスーツの襟《えり》を掴んで、藍は癇癪《かんしゃく》を起こした子どものように揺《ゆ》さぶった。どうしてなにを言っても、どうあってもこの男は動じてさえくれないのか。自分の存在は彼にとってその程度かと思えば、悔しいより哀《かな》しかった。

どうしていつも、そんなふうに涼《すず》しげなのだろう。藍はいつもこのひとの前では、泣いたりわめいたりうろたえたり、めちゃくちゃなのに。

この場所へ強引《ごういん》に連れてきたのは志澤なのに、ほったらかして寂《さび》しくさせて——そのくせ、気まぐれみたいにやさしくするから、離《はな》れられなくなっていく。

「ぼくはなんでここにいるのか、まだぜんぜんわからない！　自分で考えて決めていいなんて言われても、わからない！」

「藍……」

「こんなに、してもらっても。どうやって、なにを返せばいいのか、まるでわからない」

それが悔しいのに、結局目の前の男に繰《く》り言《ごと》を呟《つぶや》く以外できない、それも歯がゆい。

「藍、だから……きみは、なにかを返そうなんて思うことはない」

そんなふうに考えることはないと、理性的な男は言うつもりだったのだろう。真っ白になるまで握《にぎ》りしめた拳《こぶし》の上に、そっと大きな手のひらがあてがわれる。

「本来、しかるべき教育を受けて、きちんと生きる方法を教えられてくれれば、そんなふうに考える必要などなかったんだ。だから少し、遅《おく》れてスタートしているだけだ」

子どもはそんなふうに考えるなという言葉が苦かった。なにか志澤自身の深い奥を覗《のぞ》かせるような言葉だったけれど、藍は納得できない。

「なんでですかっ。いつももっとしっかりしろ、早くきちんとしろって言ったくせに、どうしてこれだけ子ども扱《あつか》いなんですか！」

話の論点をすり替《か》えようとしていることくらい、すぐにわかる。そこまで幼くないと、藍は必死でかぶりを振った。

「……志澤さんが欲しいって思ってくれるなら、全部、なんだって……あげたいのに、ぼくはなにも持ってない。これじゃあほんとに」

フェアじゃない。志澤のよくする言いようで、藍は必死に背の高い男に縋った。

すべてを失った瞬間、助けてあげると言ってくれた志澤だけが、藍の世界のすべてになってしまった。手放す以外ないと思いつめた大事なすべてをちゃんと護《まも》ってくれて、藍の居場所まで与《あた》えてくれて。

あげく、それらも義務的にこなしているのかと思えば、突然《とつぜん》やさしくなったりする。

いままでに誰《だれ》もくれなかった、あたたかい腕《うで》で抱《だ》きしめられること、その心地《ここち》よさを藍に教えたのは、目の前のつれない男なのだ。

だからもっと近づきたいし、もっと――なにかわからないけれど、もっと、どうにかなってしまいたい。

でもその方法もわからなくて、いつでも志澤を困らせたり、怒らせたりしてばかりだ。

「だったら、お稚児《ちご》さんでも……身体《からだ》の始末のためにでも引き取られたって思ったほうが、よっぽど」

「藍！　だからそういう発想は間違っていると」

「なにが間違いですかっ。そのくらいの気概《きがい》があるほうが逞《たくま》しい、そう言ったじゃないですか！」

「……あれはそういう意味じゃ」

うろたえを滲《にじ》ませる志澤という、めずらしいものを前にしても、藍はもうそれを指摘《してき》する余《よ》裕《ゆう》さえなかった。

「お、覚えるから……面倒《めんどう》でも、最初は教えてください。お願い。お願いします」

自分でもどうしてこんなにこだわるのかわからないまま、引っこみもつけられないのだと藍は志澤の胸に縋る。

「子どもじゃ、ないです。もう二十歳《はたち》になります。や……痩《や》せてるの嫌いなら、もうちょっと身体作るから」

「藍……」

潤《うる》んだ目で必死に見あげると、志澤はきつく顔をしかめたあとに、ぐっと藍の両肩《りょうかた》を摑《つか》んだ。

キスされるのかと思って、身がまえてぎゅっと目を瞑《つぶ》る。だが、ひりひりするほど意識した唇には、なにも触《ふ》れることはなかった。

それに対して落胆《らくたん》する自分を知るよりさきに、志澤のため息混じりの苦い声がする。

「……ばかな子だ」

頭を抱《かか》えこんだ志澤の呟きが胸を突《つ》き刺《さ》して、なにか途方《とほう》もない間違いを起こしたような不安と後悔《こうかい》を、藍は噛《か》みしめた。

「来なさい。だったら、教えてやる」

「……っ、はい」

それでももう、後戻《あともど》りはできなかった。乱暴に腕を引く志澤に連れられて、寝室《しんしつ》に行く合間も、口をつぐんだまま うなだれているしかなかった。

部屋の電気はつけられなかった。ドアを開け放したままでいるから、廊下《ろうか》の灯《あか》りでなんとか視界はきくけれども、その微妙《びみょう》な暗さがひどく胸を騒《さわ》がせる。

「服を脱《ぬ》ぎなさい」

「え……」

軽く突き飛ばすようにされてベッドの上に座らされ、どうしたらいいのかと戸惑《とまど》っていると、冷たい声で命令された。

「身体で対価を払《はら》うというなら、それなりに振る舞《ま》う覚悟《かくご》くらいついているんだろう。それとも、一から十まで、赤《あか》ん坊《ぼう》みたいに教えればいいのか」

「じっ……自分でできますっ」

ムキになって言い返し、シャツのボタンに手をかける。上だけはさっさとはずすことができ

たけれども、それが下肢《かし》に至ったとたん、ぴたりと藍の手は止まってしまった。

(なんで、そんなに、見るの)

薄暗《うすぐら》い部屋の中で、ドア際《ぎわ》に立った志澤の顔は逆光でよく見えない。それなのに、質量を持ったような強い視線が藍の身体を這《は》うのがわかる。

肌寒《はだざむ》いわけでもないのに、きゅっと乳首《ちくび》が凝《こご》るのがわかった。そんな反応が、よくわからないまでも卑猥《ひわい》なものだと本能的に感じた藍は、ぎこちない動きでボトムのファスナーを下げる。

そうして下着ごと引き下ろそうとして、さらに硬直《こうちょく》した。どうして、とうろたえたのは、緊《きん》張《ちょう》して鳥肌さえ立っているのに、藍の性器はゆるやかに首をもたげていたからだ。

(こんな、状態で……脱ぐの?)

まるで志澤に見られるのを、悦《よろこ》んでいるようじゃないか。これではどんなに取り繕《つくろ》っても、藍がしてほしがっているのがわかってしまう。

「……なにをしてる?」

「あ、の……」

ひやりとした声が低くて、ぞくぞくした。志澤の声もいつもと違《ちが》う。なにもかもが違いすぎて、どうしていいのかわからないまま泣きそうになっていた藍に、ふっと息をついた男はようやく近づいてきた。

「焦《じ》らすにしてもやりすぎると興ざめだ」

「ちが……ち……ちがう……」

部屋の空気が動く。志澤の香《かお》りがする。逃《に》げたいのにもう身体が動かない。

「……ああ、勃起《ぼっき》したから動けないのか」

「……！」

醒《さ》めきった声で卑猥なことをあっさり告げられ、藍は茹《ゆ》であがった。さらに恥《は》ずかしいのは、志澤の品のいい唇《くちびる》からの露骨《ろこつ》なそれを聞いたとたん、さらに自分のそこが反応したからだ。

（どうしよう、どうして……どうして）

歯の根があわない。がちがちと鳴る奥歯を必死に噛んで、もう言葉さえ発せなくなった藍の足下《あしもと》に、志澤は膝《ひざ》をついた。

目が険しい。志澤がこれ以上なく怒《おこ》っているのが伝わって、睨《にら》むようなそれに指先まで痛みが走った。それでも、目を合わせてしまうともう、藍からは逸《そ》らせない。

「なにをやってるんだかな……」

自嘲《じちょう》するような声がこぼれて、志澤は唇を歪《ゆが》め、長い指で眼鏡《めがね》をはずす。

はじめて見た素顔《すがお》の志澤は、レンズ越《ご》しに見るよりもよほど強い目をしていた。顔立ちの印象ががらりと変わって、そこに怠惰《たいだ》な笑《え》みがのせられると、不慣れな藍にはあまりにも毒気の強い淫靡《いんび》さがある。

「この程度で泣くくせに、俺の相手をしようと思ったのか」

「泣いて……ません……」

いまにも溢《あふ》れそうだけれど、まだこぼれていない。必死に目を開いたまま口答えをすると、

「いい度胸だ」と志澤は言った。

「それがどこまで保《も》つのか、見物だな」

「え、なに……あっ!?」

いきなり腰《こし》に手をかけられ、下肢の衣服をひと息に引きずり下ろされた。勢い、上半身をベッドに倒《たお》した藍は、そのまま放《ほう》り投げるようにされた衣服に愕然《がくぜん》とする。

「ああ、本当にもう、あの絵と違う」

「や……!」

しげしげと眺《なが》められたそこについて、よりによって志澤はいちばんひどいことを言った。年《ねん》齢《れい》に見合う成長をした性器は、緊張する心を裏切って、既《すで》に痛いほどになっている。

「そんな、見ないでくださいっ」

「見もしないで、なにをするんだ」

ただじりじりと眺めて言葉で嬲《なぶ》る志澤に、本当に嫌《きら》われてしまったのかと思った。両腕《りょううで》で顔を覆《おお》って、こんなはずじゃなかったとほぞを噛《か》む藍は、志澤がいっさい押さえつけようともせず、むしろ早く逃げるよう仕向けているとは気づけない。

「するならっ……早く、してください!」

これ以上の辱《はずかし》めはもういらない。そう思いつめて言い放った言葉は、のしかかる男の気配を険しくしただけだった。

「覚えなさい。途中《とちゅう》でそうして投げやりになるなら、最初から大人を挑発《ちょうはつ》するな」

「して、な……っ、ああっ！」

なにをされるかと身がまえていた藍に、それは突然訪《おとず》れた。

「な、に……なにして、なにっ」

ぎゅっと瞑っていた目を見開き、それでも怖《おそ》ろしくて自分の身体を見ることはできない。けれど、ぬるぬると股間《こかん》を滑《すべ》っていく感触《かんしょく》と、胸の上に感じたことのない小さな痛みが、現実を藍に教えこむ。

「い、あ……いや、やだっそん、そんなの汚《きたな》い……っ」

「……フェラチオも知らないくせに、啖呵《たんか》を切ったのか？」

「あ、あ、あっ……い、痛いっ」

両方の乳首をきつく抓《つね》られ、すっぽりとくわえこまれた。これは藍の知識の中にまったくない行為《こうい》で、なにがどうなっているのかと、ただ混乱した。

（なんで、口？　これ、なに？）

しつけの厳しかった清嵐は、藍の目に触れるものを厳選していた。だから藍の性行為《せいこうい》に対する予備知識は、中学校までの保健体育の性教育程度のものでしかない。

ましてや同性同士のそれについては、おぼろな想像だけだった。女性とのように身体《からだ》をつなぐことはできないから、きっと手で触れあう程度のものだとしか、考えていなかった。

それが、こんなふうに激しい愛撫《あいぶ》をいきなり施《ほどこ》されて、もう指一本動かせない。

「あう、あっ、い……っ、だ、め、だめっ」

濡《ぬ》れた音を立てながら、生々しく舌でいじられ、吸いあげられる。志澤の大きな手に閉じかかる腿《もも》を開かされ、こりこりと尖《とが》った乳首をいじられて、そのたび自分の身体が思ってもみない反応をする。

「う、い……やぁん、ああ、んっ」

逃げ出したいと身をよじっても、脱ぎ去ることのできなかったシャツがからまって身動きが取れない。それ以上に、自分の思うとおりに身体が動かない。まるで志澤の唇に、力を吸い取られてしまうようだった。

「いやな割には、濡れてきてる」

「ひ――……っあ、あっ」

ぐりっと先端《せんたん》の粘膜《ねんまく》を舌先でえぐられ、ベッドの上で身体が弾《はず》んだ。一度うねりはじめた腰はもう意志の力では止められなくて、志澤の口の動きが激しくなると同時に、前後に揺《ゆ》れてしまう。

(いやだ、いや、こんなのじゃない、こんなの違う)

強烈《きょうれつ》な射精感がこみあげて、怖《こわ》くなった。藍にとって自慰《じい》はほとんど馴染《なじ》みがなく、あまりに身体がもやもやするときにしかたなくこっそりと出すための生理的に不可欠な行為で、そのときにもこんなに強烈な感覚を覚えたことなどなかった。

拙《つたな》い手でこすったときとは比べものになるはずがない。なまあたたかい舌がまとわりつき、すすりあげる動きに腹の奥まで吸い出されそうで怖くて――そうして、瞬間《しゅんかん》的に藍は叫《さけ》んでいた。

「い……や、いやだ、おじいさん、おじいさん、助けてっ!!」

「……っ」

腿の間に挟《はさ》まっていた、広い肩《かた》が震《ふる》えた気がした。だがそのあといっそう強く吸いあげられて、もうだめだと泣きながら、藍は訪れた快楽に負ける。

「いや、あっ、熱い、熱い……っああ、あ!」

びくびく、と身体が弾み、ねっとりとぬめった粘膜の中に藍は射精した。力が抜《ぬ》けて、解き放たれる緊張がほどけた瞬間、どっと身体中に汗《あせ》が噴《ふ》きだす。

呆然《ぼうぜん》と目を瞠《みは》ったまま、自分の荒《あら》い息以外にはなにも聞こえない空間を見つめる目から、ぼろぼろと涙《なみだ》が溢れていく。

「……これでわかっただろう」

ゆっくりと身体を起こした志澤の口元が、白っぽく汚《よご》れている。自分のあれが、あの端整《たんせい》な口元を汚したのだと知った瞬間、心臓が錐《きり》を打ちこまれたように痛くなった。

「きみが考えているほど、簡単なことじゃない。この程度で泣きを入れるようで、どうやって男を満足させるっていうんだ」

「うー……っ、う、ひっ……ひ……っく」

呆《あき》れたような声に、ざくざくと藍の心は傷つけられていく。それ以上に、持てあますほどの快楽の余韻《よいん》が肌《はだ》を震わせたままで、もういまは、ほんの少し空気が動くだけでもつらい。

「いやっ……」

志澤の手が伸《の》び、藍は小さな悲鳴をあげて身を縮めた。その怯《おび》えきった反応に、長い指はぴくりと震えて硬直《こうちょく》し、ややあってため息とともに引っこめられる。

あとになって、それは乱れた衣服を直すためだったと気づいたけれど、泣きじゃくる藍はもうなにも言えない。

「少し頭を冷やして、考えなさい」

疲《つか》れた声で言い置いて、志澤は出て行った。ドアの閉まる音が聞こえたとたん、押し殺していた藍の嗚咽《おえつ》は激しくなる。

「うう——……っ、う、えっ……ひ——……い」

あんなこと、あんな恥《は》ずかしいことをいきなりして、濡れた身体もそのままに放り出された。藍だけいやらしいことをされて、すごい格好にさせられたのに、志澤はネクタイひとつほどくことさえなかった。

他愛もなく追いつめられ、あげく祖父の名を呼びながら泣いた藍に、志澤は疲れたようなため息をついていた。結局覚悟《かくご》もついていない子どものくせにと、そうして呆れられてしまったのだろう。

「ちが……う、こん、こんなんじゃな……っ」

泣きじゃくって呻《うめ》きながら、藍はつれなかった志澤より、おのれを羞《は》じ、責めていた。欲張ったからきっと、罰《ばち》があたったんだと思った。

本当は――身体で埋《う》め合わせるなんてえらそうに言いながら、自分が抱《だ》きしめてほしかっただけだと、放り投げるように押さえこまれ、怖い顔で睨まれてはじめて気づいた。

――つらいときは、泣いていい。

ああして、もう一度やさしくされたかった。志澤と身体の関係にあるひとは、みんな丁重《ていちょう》に扱《あつか》ってもらえたと聞いていたから、自分もそうなりたかっただけだった。

でもきっと、藍では役者不足だったのだ。下肢《かし》の衣服を引きずりあげることも忘れ、濡れた脚《あし》の間が惨《みじ》めに冷えていくことさえ気づかず泣き続けていると、かたりと玄関《げんかん》から音がした。

「……藍くん、入るよ？」

弥刀の声がして、とっさに藍は硬直する。暗がりの中、乱れさせられたままのそれを直すこともできずに凍《こお》りついていると、なぜか電気はつけないまま、弥刀はそうっと近づいてきた。

「ん、そのままでいいからね」

「え……」

そろりと、なるべく藍の身体に触《ふ》れないように気をつけながら、彼はふんわりしたものを身体にかけてくれた。それが大判のバスタオルだと気づいて、藍はかっと頬《ほお》を染める。

「急に呼び出されて、どうにかしてやってくれって言われたんだけど……」

そんなに早く、どうしてここに弥刀は来られたのだろう。まだ事態を把握《はあく》できないまま藍が部屋の時計を見まわすと、あれからかなりの時間が経《た》っていることに気づいた。

「身体、痛くはない？　大丈夫《だいじょうぶ》かな」

「べつに、どこも痛くなんかない、です」

壊《こわ》れそうな心臓以外にはなにも。うつろに首を振《ふ》った藍は、妙《みょう》な顔をした弥刀に「なにか」と問いかける。

「あれ、もしかして未遂《みすい》?」

「え……?」

「いや、だから……あー、お尻《しり》無事?」

「なん、……ないです。でも、なんで……」

気づくと、タオルの下の肌は既《すで》に乾《かわ》いてごわついている。ぱりぱりと音を立てそうに肌をひきつらせたそれに、また惨めな気持ちがこみあげた。

「……あの、あのひとは」

藍のかすれきった問いかけに、弥刀は哀《かな》しそうな顔で笑った。そうして、ごくゆっくりとタオル越《ご》しに藍を抱き起こし、ぽんぽんと肩を叩《たた》いてくれる。

「先輩《せんぱい》は、もういないから。安心していいよ。代わりにぶん殴《なぐ》ってやろうかと思ってオフィスに行ったけど、そこにもいなかった」

「——……!! ひ……」

そのひとことに、安心するどころではなく藍はどっと涙を溢《あふ》れさせた。

「ひどい……ひ、どい、よ……っ」

「藍くん?」

あんまりだ。こんな状態にして放《ほう》っていって、あげく『後始末』を弥刀に任せるなんて。

「知靖さん、ひど、ひどいよ……っ、こんなの、あん、あんまり……っ」

見捨てられた。いくら怒《おこ》ったからって、そんな仕打ちはないと思う。泣きじゃくった藍に、ほんの少しだけ弥刀は意外そうな顔をして、しばらくなにかを考えこんでいた。

「確認《かくにん》していっかな？」

「ふ、……う？」

「んん、まあさきにこれ、飲んでね。むせないように、ゆっくりね」

よしよし、と藍の頭を撫《な》でながら、弥刀は既に用意していたのだろうスポーツドリンクのペットボトルを差し出した。しゃっくりするほどにひどくなっていたえずきは、冷たく甘い清涼《せいりょう》飲料水に少しだけおさまった。

「ねえ、藍くん。なにがあったかはまあ、一目瞭然《いちもくりょうぜん》なんですが、どこまでされたの」

「どこま、でって……」

一目瞭然なのに、なぜ訊《き》くのだろう。そう思って首を傾《かし》げると、弥刀はううむと唸《うな》った。

「えっとー、……ごめん、ストレートに訊くね。お尻にはされてないんだね？」

「……お尻に、なにするんですか？」

さっきも似たようなことを訊かれたが、意味がわからない。きょとんと赤い目を丸くした藍が問いかけると、今度こそ弥刀はがっくりと肩を落とした。

「うっわこれはちょっと……先輩もへたれだけど、藍くんもダメダメじゃん……」

「だめ……なんですよね……」

そのひとことに、またじわあっと涙が浮《う》かぶ。補給したそばから水分が全部涙になりそうで、小さく震えた肩を弥刀は慌《あわ》てて抱き直した。

「あああ、泣かない泣かない。そういう意味じゃないからね」

こくりとうなずいて、藍はどうにか泣くのをこらえた。弥刀を困らせるのは本意ではない。ほっとしたように息をついた彼は「その件はあとで説明するから」と前置きして、べつの問いを口にした。

「ね、……ここにいるの、俺じゃなくて先輩のほうがよかったんだね？」

「……はい」

「じゃ、いやじゃなかったんだ。……そうか、うん」

もう一度うなずくと、彼はほっとしたように表情をゆるめた。その顔に、藍はなんだか不思議になる。

「弥刀さん、なんで……ここまで、してくれるんですか？」

「んん？」

「と、知靖さんのこういう、その……相手の、し……始末、みたいなのとか、いつもしてる、んですか？」

「うえっ⁉」

口にするにはあまりに惨めな内容に、つっかえつっかえ藍が問いかけると、弥刀はぎょっとしたように目を瞠る。

「い、いやちょっと待って、俺たちそこまで人間的に爛《ただ》れてないから！」

「だって……」

「今回はイレギュラー！　信じて、ほんとにそれはひととしてあんまり情けないからっ！」

いや情けないのは知靖先輩か、と口の中で続けたあと、弥刀はまじめな顔になる。その必死の形相に、藍は気圧《けお》されるままうなずいた。

「俺もちっと今回、びっくりしてんだよ。こんなことはじめてだし」

「え……？」

「こじれた話の始末も自分でできないで、放り投げたのなんか、あのひと、したことないよ。まあ……そりゃ大人なんで、褒《ほ》められないような経験もなくはないけど」

でも違《ちが》うからねと、弥刀は藍の頭を撫でた。

「先輩もテンパってんだと思うんだ。許してあげて」

「テンパ……なんですか？」

「あー……余裕《よゆう》がない、ってこと。で、さっきの話に戻《もど》っていいかな」

藍がうなずくと、弥刀はしばし言いにくそうな顔で唸ったあと、あきらめたように口を開いた。

「あのね。藍くんのエッチの知識がどこまでかっつのは、さっきのあれでまあ想像はつくんだけど……男同士の場合、お尻使うことも、あんのね」

「……使う？」

「や、だから女性のあそこの代わりにですね、あれをそこに挿入《そうにゅう》するわけ」

「えっ⁉」

指示語だらけの説明だが、さすがにその意味はわかった。ぎくっと身体《からだ》を強《こわ》ばらせた藍に「はい驚《おどろ》かないー」と弥刀は先生のような口調で言う。

「ま、ゲイに限った話じゃなく、女のひとでも好きなひといるんだけど」

「は……え……そ、そんなこと、できるんですか」

「できるでしょ、それこそソドムの昔からあるわけだから。まあ体質とか、痛さもひとによるとこはあるんだけど、時間かけて慣らせばできるよ」

あまりのことに呆然《ぼうぜん》とする藍の前で、弥刀も非常に遠い目をしていた。

「……そして俺はなんでこんな、セクハラ話をしなきゃならんのかな。ほんとに」

「あ、いえ……す、すみません」

「いいえー。謝るのはこの場合、藍くんじゃなくって先輩のほうだから。変にかっこつけてっから、ぶち切れて暴走すんだよ、まったく」

藍にはよくわからない悪態をついて、弥刀は頭が痛いと顔をしかめた。

「まあいいや。今日はゆっくり寝《ね》なよ。なんにも考えないで」

その前にお風呂《ふろ》に入ろうね、と促《うなが》されて、自分の状態を思い出した。赤くなりながら「はい」とうなずき、藍は弥刀に支えられて立ちあがる。

なんだかまだ、身体がおぼつかなかった。風呂あがりの着替《きが》えまで用意してくれた弥刀は、お茶でも用意するという藍に、逆にカフェオレを作ってくれた。

甘いそれをすすると、いつだったか志澤のオフィスで、これと似たような味のコーヒーを出してもらったことを思い出す。

大泣きしたあとの唇《くちびる》に感じる味覚は、弥刀には申し訳ないけれど――志澤のくれたインスタントのそれよりおいしいと思えなかった。

「……ほんとに帰って大丈夫？」

「はい、お手数かけてすみません。平気だから」

ついていようかと心配する弥刀に、これ以上は申し訳ないと藍は告げた。なによりいまは、ひとりで考えたいことが多すぎた。

「あんまり、思いつめるなよ？」

「大丈夫《だいじょうぶ》です」

エレベーターホールまでの道すがら、何度も振《ふ》り返ってくれる弥刀に手を振って、藍はどうにか笑ってみせた。だが、その背の高い影《かげ》が消えた瞬間《しゅんかん》、ふっと表情がかき消える。

「頭冷やせ、かあ……」

もうすっかり、冷えたと思う。藍は頼《たよ》りなく呟《つぶや》いて、玄関《げんかん》のドアを閉めた。

弥刀に教えられた、具体的なセックスの事実にもかなり驚いたけれど、いま胸の中に残るのはやはり、惨《みじ》めさだけだ。

売り言葉に買い言葉みたいな状態であんなことになって、志澤は怖《こわ》くて意地悪だったけれど、結局のところ藍を相手にはそこまでする気はなかったということなのだろう。

(そうだよね、きっと……みっともなかったんだ)

好みでもない相手に抱《だ》いてくれと、意味もわからないまま縋《すが》られて、きっと鬱陶《うっとう》しかったんだろう。それで手っ取り早く目を覚まさせるために、あんなことまでしたのだ。

(ほんとに、ぐちゃぐちゃだ)

——恋《こい》だの愛だのになるとねえ、逆によくわからんくなるのよ、好きってのが。

——わけわかんないなーって混乱して、でも、がーっと胸が騒《さわ》いじゃう感じ?

これが弥刀の言ったとおりなら、藍はきっと、あのひとに恋をしている。

抱いてほしかったのもそのせいだ。でもきっと、志澤の好みの大人でもない藍は、好きになってはもらえない。

だったら、遊びでかまわない。いつか遊んでいるうちに、志澤がほだされてくれるかもしれないと、それくらいしか藍には希望がなかった。

でもそれさえ、ぶざまに失敗した。泣きながら祖父を呼んだ藍に、あのひとは呆《あき》れているようにも思えた。

「もう……嫌《きら》われたかな」

呟《なが》くとまた、じんわりと目元が滲《にじ》んだ。それでももう泣くまいと瞼《まぶた》を閉じて、藍は広い部屋を眺《なが》める。

この部屋で過ごした時間のあたたかい穏《おだ》やかさが好きだった。それは、そうした折りの志澤のやさしい気配が、心地《ここち》よかったからだ。

「好きだって、言えばよかった、な」

こんなことになってしまうくらいなら、せめて気持ちだけでもちゃんと、伝えればよかった。だが、焦《あせ》ってずるをしようとしたから、だめだったのだろう。

居間に散らばったパンフレットを片づけながら、ちょっとだけやはり泣いてしまった。

それでももう、しんと静かな終わりを知らしめる部屋では、あきらめを覚えるほかになかった。

片づけを終えた藍は、部屋に戻って机の引き出しを開いた。大事なものがしまえるようにと鍵《かぎ》のかかるようになっていたそこには、清嵐が遺《のこ》した藍の名義である通帳と、志澤から預かったまま結局一度も使っていないクレジットカードが入っている。

財布《さいふ》の中に入れておいた、ふだん遣《づか》いの銀行のカードをそれと重ねて、机の上に置く。しばらく考えて、片づけたばかりのパンフレットから裏が白い一枚を取りだすと、藍はそこに手紙を書いた。

書き終えたごく短いそれを検分し、字の震《ふる》えはしかたないかと苦笑《くしょう》して、カードの下に置く。

『困らせてごめんなさい。いろいろお世話になりました。これはお返しします。お仕事、忙《いそが》しいでしょうけれども、心配なので、お身体にはどうか気をつけてください』

あてつけがましいことをすると、どうか思わないでほしいと願う。これ以上嫌われるのは、いくらなんでもつらかった。

そうして迷ったあと、紙の端《はじ》っこに小さく書き添《そ》えた。

『知靖さんが好きです』

字にするととたんに恥《は》ずかしくなって、端を三角に切り取ったあと、紙片《しへん》を丸めてゴミ箱に捨てる。未練がましいことだったし、これ以上志澤を困らせたくなかった。

そのあと、ゆっくりと部屋を見まわした藍は手近の荷物をまとめはじめた。そうして、あっという間に詰《つ》め終えてしまったそれを膝《ひざ》に抱《かか》えて、始発の時間を待ったのだ。

＊　＊　＊

本気で死にたいなどと、志澤は三十四年の人生の中で、一度も考えたことはない。

父に捨てられた母親が、荒《あ》れた生活を送っていても、そこから引き剝《は》がされるように情のない親戚《しんせき》に引き取られ、折檻《せっかん》と虐待《ぎゃくたい》を受けながら暮らしても、「だからなんだ」と常に醒《さ》めた頭でやりすごしていた。

胸の裡《うち》にあったのは冷たい炎《ほのお》のような軽蔑《けいべつ》と野望だけで、たまにそれをなだめるように触《ふ》れてきたひとびととの間にも、薄《うす》い壁《かべ》のような遮蔽物《しゃへいぶつ》はあった。

感謝もする、愛情も知っている。けれど平坦《へいたん》に均《なら》したそれらは、志澤の心を芯《しん》から揺《ゆ》さぶるような真似《まね》はせず、心はいつも冷静だった。

だが、秋空の眩《まぶ》しい朝、志澤は心底、消えてしまいたいような感覚に打ちのめされている。ひと晩、頭を冷やそうと車でかけずりまわったあげく、結局どこにも行き場がなくてオフィスに戻った。上の部屋で藍がきっと泣いていると思うのに、詫《わ》びを入れることさえできず、ただ鬱々《うつうつ》と頭を抱えこんでいた。

「なにをやってるんだ、俺は……」

呟いて、深々と煙《けむり》を吐《は》き出した。目の前に積み上がった灰皿は既《すで》に燻《くすぶ》るような状態になっているが、取り替《か》える気力もない。酒に酔《よ》える体質ならよかったが、昨晩から浴びるほどに飲んでも目は冴《さ》える一方で、少しも酩酊《めいてい》という名の許しをくれない。

――い……や、いやだ、おじいさん、おじいさん、助けてっ!!

藍の叫《さけ》びが耳から離《はな》れない。あんな悲痛な声をあげさせた男を、この手で絞《し》め殺してやりたいと思うのに、それが自分だというのがいっそ嗤《わら》える。

自分の手でなにか純粋《じゅんすい》なものを踏《ふ》みにじってしまったかのような気持ちが消し去れず、自己嫌悪《けんお》と罪悪感で押しつぶされそうだ。

だが、わけもわからず身体《からだ》を差し出そうとした藍に、どうしようもなく腹が立ったのだ。

――身体の始末のためにでも引き取られたって思ったほうが、よっぽど。

そんなふうに言う藍にも、言わせた自分にも、どうしようもなく不愉快《ふゆかい》な気分になった。最初から藍は志澤のもとに来ることにどこかためらいがちで、それでも見返りは既にもらっているから、気にするなと言い続けてきた。

少しは気を許してくれたのかと感じていただけに、ショックも大きかった。なにより、そんな程度の、たかが身体と引き替えにするようなもの以上の情を覚えていただけに、むなしくもあったのだ。

それは、大事にしていたなにかに、大きな疵《きず》をつけられたかのような痛みだった。誰《だれ》のものにもならない幻《まぼろし》の名画が、じつは贋作《がんさく》で、なんの値打ちもないと知ったときにも似た失望、といえばいいのか。

ビジネスならば、それも割り切れるだろう。失敗も次への教訓となるだろうけれど、藍はなにもかも違《ちが》う。

触れていいものではなかったし、だからあんなにも気をつけて——それこそ弥刀が指摘《してき》したように、大事にしていたつもりだった。だが志澤のそんな思惑《おもわく》は、なにひとつあの子には伝わっていなかった、それが腹立たしかったのだ。

(だからって、あんなことをしていいわけがあるか)

身勝手な感情を押しつけ、藍の無垢《むく》な身体を汚《よご》して、あげくには他人任せでほったらかした。あんな目に遭《あ》わせて放《ほう》り出した志澤を、藍はきっと許さないだろう。

いっそしばらくはアカデミーの寮《りょう》にでも住まわせるかして、その後の就職の面倒《めんどう》はみるにしても、自分の手元から放したほうがいいのかもしれない。

「……家に、帰すか?」

もしも生まれ育ったあの場所で静かに暮らしたいというのなら、援助《えんじょ》は惜《お》しまないから好きにしてもいい。藍が心やすらかであれるようなら、それもかまわない。

あとはそれを、どう切り出すか。追い出すように受けとりはしないかと惑《まど》う志澤の耳に、すさまじい勢いでインターホンが連打されたあと、ノックの音がした。

「ちょっと先輩《せんぱい》！　いるんだろがコラ！　携帯《けいたい》まで切ってんじゃねえよ！」

扉《とびら》を叩《たた》くというより蹴《け》りつけている音にうんざりして、志澤は渋々《しぶしぶ》と顔を出す。いくらこのフロアにほかにテナントがないにしても、上下階に響《ひび》かないとも限らない大声だった。

「……なんの用だ」

「なんの用じゃないでしょうが、あんた、藍くん知らない⁉」

血相を変えた弥刀に、なんの話だと目を瞠《みは》る。

「藍……？　藍が、どうした」

「どうしたじゃねえよ、いないんだよ！」

これを見ろと突《つ》きつけられたのは、なぜか端の破れたパンフレットの中の一枚。そこで丁寧《ていねい》な字で綴《つづ》られている内容を読みとって、志澤は顔色をなくした。

「あ、ちょっ……先輩⁉」

ものも言わずに弥刀を押しのけ、志澤は階段を駆《か》けあがる。いるはずはないと言われていながら、焦る手で鍵を開けると、しんと静まりかえった部屋にあの日だまりのような存在はない。

靴《くつ》も脱《ぬ》がずに部屋にあがりこめば、クロゼットの中身は藍が手持ちで持ってきた衣服だけがなくなっている。

「昨日、平気だから帰っていいって言われて……でも気になったから朝から来てみたら、部屋ん中きれいになって、机の上にこれと一緒《いっしょ》に、それが」

あとから追いかけてきた弥刀に差し出されたのは二枚の磁気カード。初日に志澤の与《あた》えたものだと気づくと、藍の覚悟《かくご》のほどがうかがえた。

「すみません。……俺、気をつけてればよかった」

「いや。おまえのせいじゃない」

俺が悪い。ぐっと唇《くちびる》を噛《か》んで、志澤は拳《こぶし》を握《にぎ》りしめる。

予想できないことではなかった。あんなに世間ずれしていない子に過激なことをして、ショックを受けないはずもない。真っ青な顔で苦渋《くじゅう》を浮《う》かべた志澤を見つめ、弥刀はぽつりと呟《つぶや》くように言った。

「ただ……藍くん、いやじゃなかったみたいなんで。顔あわせて話せば、どうにかなるかと思って、油断したんです」

「え……？」

考えもしなかったそれに目を瞠ると、弥刀は長い髪《かみ》をくしゃくしゃにしながら続けた。

「だって、ここにいるの俺じゃなくて先輩のほうがよかったかって訊《き》いたら、はいって……だから、まあ行き違いなんだろうなって思ったんで、いらんことまで教えて」

「いらんことって、なんだ」

いささかいやな予感を覚えながら眉《まゆ》をひそめると、「スンマセン」と片手をあげた弥刀はしおしおと言った。

「いやー、だってあの状況《じょうきょう》で最後まで食ってないと思わないから、お尻《しり》平気？　とか訊いちゃって」

「なに⁉」

いよいよぎょっとした志澤に、たはー、と弥刀は情けなく笑う。

「なんのことかわからんようだったんで、かるーくアナルセックスというものがあるんだよと、教えてしまいました」

「お……おまえな……‼」

ＴＰＯを考えろと怒鳴《どな》りつけたくなり、しかしそれこそそんな場合ではないと志澤は言葉を引っこめた。そうして深々と息をつき、頭痛のひどい額を押さえる。

「いや、もう、いい。そのことはいい」

苦い声で呟きつつ息をついて、さてどうしたものかと志澤は考える。

藍の行くさきは、ぼんやりとだが想像はつく。あの家のほかに帰る場所も、逃《に》げ込むさきもないだろう。だがここで、追いかけてもいいものなのだろうか。

「……いいんですか？」

さきほど、いっそ帰してやったほうがいいのだろうかと逡巡《しゅんじゅん》していたおのれの心に問いかけていると、それに重なるように弥刀の声がした。

「これたぶん、ほっといちゃいかん気がするんですけど」

「えらく、口を出すな」

行きがかり上、藍の世話係になっていた弥刀としては気になるのもわかる。状況的にも口を出したくなるのはあたりまえと思いつつ、なぜそこまでと志澤は思う。

「だいたいおまえ、ことのはじめから妙《みょう》に、協力的だったな」

「そりゃー。あたりまえでしょ」

なぜだと問いかければ、しかたないひとだと肩《かた》を竦《すく》めて弥刀は笑う。

「やっぱ、ダチの初恋《はつこい》は応援《おうえん》したくなるじゃないですか」

「は……!?」

三十男を掴《つか》まえてなにが初恋だと絶句すると、やれやれと弥刀はため息をつく。

「気楽な大人ばっか相手してるから、わからないんでしょ。それこそことのはじめから、先輩があの子にトチ狂《くる》ってるのなんか、端《はた》から見てりゃあ一発ですよ。……まあそれに」

よけいな世話だと言う気力もなくなったのは、その目がやけに老成したものをたたえていたからだろうか。

「こじれた関係のままほっとくと、マジで取り返しつかなくなります。……俺は、そういうのは、やだなと思うから」

経験則から出た言葉と知れるそれに、志澤はなんだか負けた気がした。たしかに自分がスマートぶって繰《く》り返した恋愛《れんあい》より、多くの泥臭《どろくさ》さをこの後輩は知っているのだろう。

相手について詮索《せんさく》する気もない。けれどこの二十年来、もっとも志澤が信用しているのは目の前の、派手ななりをして誠実な男であるには間違いない。

「……弥刀。とりあえず殴《なぐ》ってくれ」

深々とため息をつきながら、恥《は》ずかしいことを言っている自覚のある志澤は伏し目《ふめ》で告げた。

にやりと笑う弥刀は、案の定いやな突っこみをする。

「わー、なんかそれって青春ドラマみたいですね」

「いいから。そうじゃないと……俺は、あれを追いかけきれない」

追いかけて詫《わ》びれば、きっとあの子は怒《おこ》らない。泣いてそれでも感情を引っこめて、もういいですと志澤を許すだろう。

「まあ、そうっすね。俺も藍くんの保護者代理一号として、それは是非《ぜひ》ともそうさせてもらいたいんで」

「なんでおまえが一号なんだ」

ぱきぱきと指を鳴らしてみせる弥刀に、いやな顔をする。やさ男に見えるが、ふだんカメラを持って走り回る弥刀はかなりの力自慢《ちからじまん》なのだ。

「そりゃあんた、恋愛関係に陥《おちい》れば保護者じゃなくってダーリンでしょ。……いきます、よっ」

「がっ……！」

だらだらとどうでもいいことを言っていたかと思えば、身がまえもしない状態で腹に一発叩きこまれた。思わず上体を折って志澤がむせこむと、ぷらぷらと手首を振《ふ》った弥刀は「いてえ」とぼやく。

「やだなあ、隙狙《すきねら》ったのに腹かてーんだもん……」

「よっ……こく、くらい、しろっ」

「んなことしたら、先輩ダメージないじゃないですか。通過儀礼《ぎれい》に痛みは必要でしょうが」

でも顔は避《さ》けたんだから、褒《ほ》めてほしいと弥刀は悪びれなかった。冗談《じょうだん》じゃない、とっさに腹筋に力を入れたからどうにかなったが、場合によったら吐《は》いている。

「なん、で、褒めるんだ」

「そりゃあ、藍くんの大好きな顔に疵《きず》なんかこさえたら、俺恨《うら》まれちゃうから」

「顔？」

「やですねもう……いっつものぼせたみたいな顔して、見てますよ。ちったあ自覚しなさいよ。見られ慣れてるから気づかないいっつのも、たいがい嫌味《いやみ》だけど」

そんなことは知るかと顔をしかめつつ、志澤はふらふらと部屋をあとにする。だが情けなく足下《あしもと》がよろけ、手近にあったなにかを蹴《け》り倒《たお》してしまった。

「あーあーもう……なにしてんすか」

「おまえのせいだろうがっ」

大声を出すと響《ひび》く。どれだけ本気で殴ったんだと思いながら散らばったゴミを拾うと、その中に妙なものがあった。

破れたパンフレットの端《はぎ》切れ。それがさきほど、藍の残した手紙の切れ端《はし》だと気づいて、志澤は丸まった紙片《しへん》を開く。

「どうしました？」

「——……いや」

声も出ないまま、自分の顔がわずかに赤くなるのを知った。そうして、なにごとかと覗《のぞ》きこもうとする弥刀の目からとっさに隠《かく》し、手の中にきつく握りしめる。

『知靖さんが好きです』

控《ひか》えめに、もとの手紙よりもとても小さな字で書いたあの子は、どんな気持ちでいただろう。

もうこれでいい。これならいい。

迎《むか》えに行って、謝り倒して、あれをこの手に取り返そう。

「どこ行くんです？」

「とりあえずシャワーだ」

なにを悠長《ゆうちょう》な、という顔をした弥刀に、ざらりとした無精髭《ぶしょうひげ》の生えた顎《あご》を撫《な》で、志澤は笑った。自分らしい、少し皮肉なそれで。

「こんな顔で迎えに行くわけにもいかないだろうが」

そう来たかと笑って、弥刀は茶化すようなことを言う。

「あー、はいはい。プロポーズにはおめかしですね」

答えずまっすぐに歩く志澤の足取りには、もう迷いはなかった。

＊　＊　＊

久しぶりの実家は、どこかよそよそしいような風情《ふぜい》で藍を迎えた。

始発電車を乗り継《つ》いで二時間、その後バスを使って一時間かけ、バス停からさらに長い距離《きょり》をてくてくと歩いて二十分。

ようやく私有地まで辿《たど》りついた藍が時計を見れば、時刻は既《すで》に昼をすぎていた。途中《とちゅう》の乗り継ぎと、一時間に一本のバスのタイミングが合わず、無駄《むだ》に疲《つか》れてしまっている。

辿りついてまず藍がやったのは、締《し》め切っていた雨戸を開ける作業だ。数ヶ月の間無人だった家の中は埃《ほこり》っぽく湿《しめ》っていて、とてもひんやりしている。

「やっぱ、広いや……」

定期的に知靖が管理させているようで、傷《いた》んだ様子はどこにも見受けられなかったけれど、生活の匂《にお》いがまるでしない大きな平屋は、もう自分の暮らす場所ではないのだと痛感した。

そうして意味もなくあちこちを見てまわりながら、家具やなにかに埃よけでかけられた布を見ては、胸が痛くなった。

濡《ぬ》れ縁《えん》から見下ろした庭が荒《あ》れている。ここまではさすがに手入れしていないのだろう。

「あとで、草むしりしなきゃ……」

家を出る際に藍が片づけたままの、祖父の使っていた胡粉《ごふん》やにかわ、顔料などは既に乾《かわ》きききっていて、誰《だれ》にも求められず使い手のない画材はまるで藍自身のようにも思えた。

「これから、どうしようかな」

飛び出してきたものの、なんの当てがあるわけでもない。鍵《かぎ》は持っていていいと言われたこの家もそもそもいまは志澤グループの持ち物になっているわけで、藍が無断で使っていいことはないだろう。

そういうこともすべて、誰に相談すればいいんだろう。畳《たたみ》に転がり、見あげた天井《てんじょう》は高く、そこに清嵐の顔に似た節を見つけたけれど、答えなどくれるはずもない。

無節《むぶし》の柱、花頭窓《かとうまど》。ごくなにげなく日常で接してきたそれらの価値を教えてくれたのはあのひとだった。

「知靖さん……」

呟《つぶや》くと、じわっとまた胸が熱くなる。厳しいけれどやさしいあのひとに、こんなに依存《いぞん》してしまっているとあらためて気づいて、哀《かな》しくなった。

それだけならまだよかったのに、横たわって目を閉じると、昨晩の淫《みだ》らな意地悪が蘇《よみがえ》って、藍は飛び起きる。

「……っも、やだ」

じんじんと熱い身体《からだ》を縮めて、藍は火照《ほて》った顔を膝《ひざ》に埋《うず》めた。

結局これのせいで昨夜も一睡《いっすい》もできなかったのだ。膝を開けば、逞《たくま》しい肩《かた》を感じたことを思い出し、息をつく胸が膨《ふく》らむと、そこをいやらしくつまんだ指を思い出す。

すごく怒っていて怖《こわ》かったくせに、もしあれをやさしくしてくれたら、すごく嬉《うれ》しいなどと思ってしまう自分が、どうかしている。

泣きじゃくった肩を支えてくれたときのように、強くても意地悪じゃない手のひらにならもっと触《ふ》れてと、きっと求めた。

でもそんなこと、あり得《う》るはずがないのだ。

「山でも、いこっかな」

洟《はな》をすすって立ちあがり、小さなころからの習慣どおりに従おうと思った。

清嵐を亡《な》くしたあの日以来、あの山には立ち入っていない。それでも、頭の中がぐちゃぐちゃしたときに行く場所は、結局あそこしかないのだ。

慣れた足取りで歩く秋の山は、そこここ紅葉がはじまっていた。黄色と赤に色づきはじめた周囲を眺《なが》めながら、カラスウリはまだ青いなと気づく。

藍の心のように半端《はんぱ》な季節だ。いっそもっと立ち枯《が》れるくらいのほうが、心情的にはあっているかもしれないと思いながら、藍はヤマブドウをひとつもいだ。

途中の道すがら、最後にここを通った日の記憶《きおく》にある花とは違《ちが》うものを見つけて、やはり時間はすぎたのだなと思う。

「はー、……ついた」

山歩きもひさびさで、思ったより息が弾《はず》んだ。喉《のど》が渇《かわ》いたと思ってさきほどのヤマブドウを齧《かじ》る。

指先と舌を青く染め、少し渋《しぶ》みの残る甘さに、少し早かったかと思った。そういう勘《かん》も鈍《にぶ》ったのだろうかと思えば、この山にも拒《こば》まれているような気がした。

変わらないのは、この歌碑《かひ》だけだろう。ころりと近くに横たわって、苔《こけ》むしたそれを見あげる。藍が生まれるずっと以前、この場所にこの石を立てた先祖は、なにを思っていたのだろう。

祖父も、父も、こうして昼寝《ひるね》をしたことはあったろうか。そのときにはいまの藍のように、惑《まど》うこともあったかもしれない。

ぼんやりと高い空に、鳶《とび》がくるくるまわっていた。その姿を見あげるうちに、うとうとと眠《ねむ》くなってくる。

いやなことがあればここに逃《に》げ込み、眠ってしまおうとする習慣どおり反応する身体に呆《あき》れながら、藍はとろりとした声で呟いた。

「ぼくは、なんにも知らない……」

志澤や弥刀にさまざまなことを教えられて、ほんの少しは賢《かしこ》くなったかもしれないけれど、結局なにも変わっていない。

（ああ、おじいさんがよく、言ってたな）

それでも、明日のことは明日のこと。

清嵐の口癖《くちぐせ》だったそれを思い出しながら、藍の意識はふうっと遠のいていった。

　藍が目を覚ましたのは、強い腕《うで》にいきなり引きずりあげられ、頰《ほお》を叩《たた》かれたからだった。

「——い、おい、藍！　目を覚ましなさい！」

「え、いっ、いたっ、痛い！」

　なんなの、と目を開けば、周囲は真っ赤に染まっている。あっという間に夕方になってしまったようだ。

「あ、……あれ？　なに？　なに？」

　まだ状況《じようきよう》判断もできないままぼんやりとしていると、いきなり抱《だ》き起こされ、面食《めんく》らう。あまりに強い力に息もできないで硬直《こうちよく》していると、頭上からはしみじみとした呟きが聞こえた。

「よかった……」

「え？」

　そこでようやく覚醒《かくせい》したのは、覚えのある香《かお》りに気づいたからだ。いつも志澤が纏《まと》っている、涼《すず》しくて甘い香り。人工的なそれを、この山で嗅《か》ぐわけがない。

（なんで）

　たしかに、志澤がそこにいた。いつでもきっちり整えている額から髪《かみ》を崩《くず》して、汗《あせ》だくのまま藍をしっかり抱きしめている。

「な、なに……どうして、どうしたんですか」

　目を瞠《みは》ると、悲痛な声で怒鳴《どな》られる。

「どうしてじゃないだろう！　黙《だま》っていなくなったかと思えば、こんな場所で倒《たお》れて！」

「え、倒れ……？　ていうか、なんで知靖さん、ここにいるの」

「……追いかけてきたからに、決まってるだろう」

なにがなんだか、と目を丸くしている間に、息を荒《あら》くした志澤は「勘弁《かんべん》してくれ」と呻《うめ》いた。

「てっきり家にいるのかと思えば、雨戸は開いてるもののもぬけの空だ。どこを捜《さが》しても見あたらないし……なにごとかと思った」

藍を追いかけてきた志澤は、そこで青ざめたのだそうだ。祖父の家にはあがりこんだ形跡《けいせき》だけはあるものの、姿が見えない。鍵も開けっ放しで、まさかなにか物騒《ぶっそう》なことにでもなったかと考えたが、それにしては争ったような形跡もない。

「それで、前にきみが言っていたことを思い出して、山にのぼってみれば……ぐったりしたまま、唇《くちびる》も真っ青で」

心配しないほうがどうかしているだろうとまくしたてられ、藍はきょとんとなってしまう。

「あ、ごめんなさい……うとうとしてるうちに、寝《ね》ちゃったみたいです」

「寝てたって、じゃあその顔色は」

「顔？　あ、口……さっき、ヤマブドウ齧ったから」

口が青いのはそのせいだという藍のとぼけた返事に、がっくりと広い肩から力が抜《ぬ》ける。だが、深々と息をついても、志澤は藍を抱く腕をゆるめはしなかった。

「いや、いい。……ごめんなさいは、俺のほうだ」

「え？　なにが……」

言いかけて、藍は夕映《ゆうば》えに負けないほどにかっと顔を赤くする。昨夜のことを詫《わ》びられたのだと気づいて、居心地《いごこち》悪く腕の中で身じろぐと、逃がさないというように抱き直された。

「すまなかった。本当に、八つ当たりのような真似《まね》をした」

八つ当たりという言葉に、ずきりと胸が痛む。やはり志澤は怒《おこ》っていたのだ。

「いえ、あの、……ぼくがばかなこと、言ったから」

あたりまえのことだと笑おうとして、できなかった。見あげた志澤は、後悔《こうかい》をありありと浮《う》かべた顔をしていて、自分のせいなのだと思えば哀しくなる。

「ごめんなさい。あ、……あんなこと言って、迷惑《めいわく》だったですよね」

こんな頼《たよ》りない表情は、似合わないひとなのに、藍が困らせた。それがやるせなくて声が震《ふる》えると、志澤はかぶりを振《ふ》る。

「迷惑じゃない。ただ、……困った。それから少し、腹も立てた」

やはりと目を伏《ふ》せると、うつむいた藍の腕を引いて、志澤は立ちあがってくれと言う。

「そういう意味じゃないが……とにかく、ここは冷えてきた。戻《もど》ろう」

「どこに……？」

話も半ばで、いったいどこに戻るというのか。無意識のまま潤《うる》んだ目で見あげると、暮れかかる日に顔を赤く染めた男は、眩《まぶ》しそうな顔をする。

「きみが、……藍が、いやじゃなければ、俺のところに」

「どうしてですか？」

その返答に、さすがに苛立《いらだ》った。中途半端《ちゅうとはんぱ》な状態で、志澤のもとに戻って、それでどうするというのだろう。ここまで来てくれた理由が詫びるためだけならば、もう一緒《いっしょ》になどいられない。大人の理性でなかったことにされるのは、あんまりにも藍をばかにしていると思う。

だから藍はまっすぐに志澤の目を見たまま、険のある声で問いつめた。

「なんで、怒ったのに追いかけてきてくれたんですか？　それで、八つ当たりだったからなかったことにして、戻ろうって言うんですか？」

「藍……そうじゃない」

めずらしく慌《あわ》てたように志澤が口ごもり、藍は背の高い男をきっと睨《にら》んだ。

(あんなの、たいしたことないのかな)

藍にはとてもショックだったのに、目の前の大人にはただ、行き違いだと詫びて終わる程度のことなんだろうか。

「ただ、ここでするような話じゃないだろうし、落ち着いてからと」

「話、逸《そ》らさないでくださいっ」

そんな程度で言いくるめられると思われているとしたら、さすがにあんまりだ。

「ぼ、ぼくのこと……そんなに、子どもだと思ってますか……？」

じんわりと濡《ぬ》れた目を伏せて、藍は肩《かた》を震わせる。

「なかったことにされるなら、もういいです。知靖さんだけ、帰ってください」

せっかく迎《むか》えに来てくれた相手に、なんて態度だろうと思う。けれどもう、こんな混乱した気持ちで一緒にいられるわけがないと藍がうつむくと、志澤はためらうような気配を見せた。

「……すまない、言い方が悪かった。なかったことにするとか、そういうつもりもない。子どもだとも思ってない。きちんと、話をするために来た」

ややあって、ゆっくりと近づいて来た手が、なにかに怯《おび》えるようにしながら肩に触《ふ》れる。

「まず、昨夜《ゆうべ》の件については、謝らせてほしい。だが、俺としても、少しは言い訳をさせてもらいたい」

「言い訳?」

そっと包むように、大きな手が触れた。じっと、壊《こわ》れそうな目で見あげたさきに、硬《かた》い表情の志澤がいる。それはいつものように冷静な表情ではなく、どこか緊張《きんちょう》を帯びたものだった。

「そもそもきみが、俺に求めているのはおそらく、大人の男性の庇護《ひご》だろう」

「え……?」

「もともとお父上もいない、おじいさまも亡《な》くなった。そういう、父親代わりみたいなものを俺に期待しているのも知ってる」

「な……」

あんまりな言葉に、どこまでこのひとには自分が子どもに思えているのかと藍は情けなくなった。たしかに出会い頭《がしら》から、そう思われてしかたないことばかりだったけれど。

「知靖さんのこと、お父さんなんて思ってませんっ」

「まるでないとは言いきれないだろう?」

確認《かくにん》されれば、言葉につまる。たしかに藍が志澤に持っている感情の中には、そういう保護者的な役割の安寧《あんねい》を求める心はあるからだ。

「それは、最初からわかってたんだ。だが、俺は、きみを、……」

「……なんですか？」

めずらしくも言いよどんだ男に、藍は食い下がった。目を逸らそうとするのを許さず、上質なスーツの袖《そで》を握《にぎ》りしめ、見つめてくれと瞳《ひとみ》で語る。

「ぼくを、……なんですか？」

そういう対象に見られないとか、いじめて悪かったとか、そんな言葉が返ってきたら、本当に突《つ》き飛ばしてでも逃《に》げよう。そう思いつめた藍の耳に、意外な言葉が届く。

「きみを……とても、うつくしいと思う」

「え……？」

美術品を扱《あつか》う男とも思えない、不器用で木訥《ぼくとつ》な言葉だった。だが、藍の背筋はざわりと総毛立ち、歓喜《かんき》に震える脚《あし》が砕《くだ》けそうになる。

あきらかに、それは目の前の男が、藍を意識してくれての告白と知れた。それもきっと、彼にとっては最大級の賛辞で。

（……どうしよう）

夕映えのせいでなく、志澤の顔が赤かった。それに気づいた瞬間《しゅんかん》、さきほどとはまるで違う意味で、涙《なみだ》が出そうになる藍の視線から顔を逸らし、口早に志澤は言った。

「だから、あんまりきみに、無邪気《むじゃき》にされると困るんだ」

「ど、して……ですか?」

たしなめられつつ、それでも藍は首を傾《かし》げた。

それでは、なついてみせたこと自体、いやだったんだろうか。

たったいまあんなふうに言ってくれたのに——あれは藍の捉《とら》えた意味とは、違《ちが》うものだったんだろうか。

それはあんまり哀《かな》しいと眉《まゆ》をひそめれば、しばらくの逡巡《しゅんじゅん》ののちに志澤は言った。

「それに、わけもわかっていないまま、あんな挑発《ちょうはつ》をするものじゃない」

「……わけわかってなく、ないです」

彼の言いたいことが理解できないまま、藍はふて腐《くさ》れたように口答えをする。だが、やはりわかっていないと志澤は嘆息《たんそく》して、自嘲《じちょう》気味に言葉を続ける。

「気をつけるべきだと思っていた。……ずっと、そう自分に言い聞かせていたのに、あんなふうに煽《あお》られて、かっとなった」

なにより、藍がまるで放《ほう》り投げるように、身体《からだ》を差し出すのがいやだったのだと彼は言う。

「世話になったとか、考えなくていい。なにかの代償《だいしょう》になるものじゃないんだ、きみは」

「……こんなの、いりませんか?」

そうじゃなくてと苦笑《くしょう》して、志澤は頭を撫《な》でるようにして、藍の髪《かみ》についた草を払《はら》いながら志澤は首を振った。

「代わりになるものなんか、ないだろう」

「知靖さん……？」

「それにまあ、……できればこれは、口で聞きたかった」

目の前に差し出された紙切れは、なんだと問うまでもなかった。かっと顔が熱くなり、藍は焦《あせ》ってそれを奪《うば》おうとするが、その前に志澤はあの、小さな紙片《しへん》を引っこめてしまう。

「み、み、見たんですか」

「見たからここに来た」

「ご、ごめんなさいっ、それもう、いいです、いいから！」

哀しみに酔《よ》っぱらって書いた一文など、もう捨ててしまいたい。恥《は》ずかしさに顔を歪《ゆが》めて必死に志澤の手を追う藍の身体は、そのまま長い腕《うで》に閉じこめられた。

「これを見たから、もう保護者じゃなくてもいいのかと、そう思った」

「と、もやす……さん」

「ただ、きみはあんまり、世界を知らない。俺と弥刀をはじめとして、その周囲にいる人間くらいしか、関《かか》わっていない。そういう狭《せま》いところで選択《せんたく》させてしまっていいのかとも、思っている」

だから、きみはどうしたい。

問われたそれに答えないまま、藍はぽつりと呟《つぶや》いた。

「知靖さん……髪の毛、崩《くず》れてる」

「走ったからな」

じっと見あげながらの脈絡《みゃくらく》のない言葉に、淡々《たんたん》と答えたそのひとは、はじめての出会いの日と同じようでいて、まるで違う笑《え》みで藍を見つめた。

こんな場所まで汗《あせ》だくになって追いかけてきて、やはり志澤は藍に選択肢《せんたくし》を委《ゆだ》ねた。

だが、それをずるいとは思えなかった。

「汗、かきましたか」

「山道はさすがにきつかった」

隙《すき》なく整っているすべてが、崩れている。背の高い彼は木にひっかかりでもしたのだろう、崩れた髪に木の葉がくっついていて、さきほど藍がしてもらったように、腕を伸《の》ばしてそれを払った。

「……ありがとう」

やんわりと笑んだ志澤は藍の答えを急《せ》かすことはしない。

おそらく、それが藍を対等に扱うという証拠《しょうこ》なのだ。決めて丸め込むほうがきっと、彼にはたやすいことなのに、ご破算になるかもしれない条件を提示して、フェアに選べと言ってくれる。

でも、ちょっとだけ間違っていると藍は思う。

「……おじいさんとか、お父さんに、キスしてほしいなんて思いません」

志澤は頭がいいくせに、そんなこともどうしてわかってくれないのだろう。

昨日の夜、怯えて目を閉じたくせに、訪《おとず》れることのなかった口づけを思って、落胆《らくたん》していた。

「そんなの、考えるまでもないです。もう子どもじゃないし、だっこしてくれなんて思わない、です」

言葉のうまくない自分をもどかしく思いながら、藍は志澤のシャツをぎゅっと握りしめる。

「でも、知靖さんには、もっと……ぎゅうってして、ほしくなる」

「藍……」

望んだとおりのそれをかなえられて、広い胸に息をついた。名前を呼ばれるだけでこんなにせつないのに、どうして父親代わりなんて思えるだろうか。

「ほっとするだけじゃないです。どきどき、します。それで、もっと」

「もっと……なんだ？」

背中を撫でられて、ぞくぞくする。はじめてこうされたあの日から、それは変わらない。

「わかんないけど……」

藍にはよくわからないけれど——なにか、どうにかしてほしいという、もどかしい熱がこみあげてくる。痛いくらいに強く、抱《だ》きしめられたくなる。

じっと見あげると、ふっと端整《たんせい》な顔の影《かげ》が濃《こ》くなった。どきどきしながら目をぎゅっと瞑《つぶ》ると、唇《くちびる》になにかやさしいものが触《ふ》れる。

すぐに離《はな》れたそれが、軽く自分の唇を吸って、小さな音が立つから恥ずかしかった。

だからくしゃくしゃになった顔を広い胸に埋《うず》めて、藍はぎゅうぎゅうに抱きつきながら、途《と》切《ぎ》れた言葉のさきを続ける。

「わかんないけど、ただ、もっとって……もっともっと、どうにかしてってって、思う」

「どうにか、って」

「知靖さんのことを考えると、身体中……あちこちが、尖《とが》っていくみたいで、ぴりぴりして、痛いです」

繕《つくろ》わない本音が、どれほど淫《みだ》らな意味を孕《はら》むのか知らないまま、藍はそう口にした。

ひりひりする肌《はだ》をさすって、なだめて。そのさきは、わからないから教えて。

「でも、知靖さんがいやなら我慢《がまん》する……」

「我慢って、藍……ほんとに」

いいのかと問うそれに、何度もうなずいた。こっそり見あげた彼は、たしかに大人なのに、まるで少年のような複雑な照れを浮《う》かべている。

その顔を見られたら、もうなにもいらない。歓喜に震《ふる》えた藍は精一杯《せいいっぱい》の、しかしどこかずれた言葉を、絞《しぼ》り出す。

「え、……えっちなことの相手、ちゃんとできたら、ひとりにしないでくれますか」

「藍？」

「昨日、やだって、言っちゃったけど……やじゃ、ないから」

子どもで、なにも知らないけれど、教えてくれればちゃんと覚える。

「一生懸命《いっしょうけんめい》するから、……知靖さんの、好きなようにするから」

「……またなんてことを言うんだ、きみは」

涙ぐんで告げる自分の言葉の意味もわからないままの藍に、降参だとため息をついた男の顔は赤かった。

「さっきも言っただろう、そういうのは条件にするものじゃない」

「だって、弥刀さん、そういうことから本気になるのもありだからって」

だから早く、そうしたい。藍がまじめに言いつのると、頭が痛いと志澤は顔をしかめた。

「なんでそう、よけいなことばっかり教えるんだあいつは……」

「よけいじゃない、ですっ。好みじゃないかもしれないけど、でも、……でも昨日も、そういうことしたら、やさしくしてもらえるんだって、言ってたから」

だから、ほかのひとにそうする前に、藍にもしてほしかった。呟くようにぼそぼそと言うと、やはり志澤は疲《つか》れたような顔をして言った。

「……やっぱりきみはもう少し、いろいろ勉強したほうがいい」

「なんでっ……」

「それから、俺も反省する」

軽く頭を叩《たた》かれて、その気やすい態度に嬉《うれ》しいのと、呆《あき》れた声にむっとするのと同時で、藍は複雑な顔になる。

だが尖った唇に、軽く口づけられたとたん、その顔はふにゃりと崩れてしまった。

「俺はきみに、やさしくなかったか」

「あ……」

「そう思わせたら、悪かった」

さらりと唇を奪える志澤と、いちいち硬直《こうちょく》する藍では、やはりどうにも経験値は違《ちが》う。けれども、ぎゅっと抱きしめあった互《たが》いの胸で弾《はず》む鼓動《こどう》の速さは、同じほどに感じられた。

「やさしい、です。……だから、もっと、いちばん、やさしくしてほしいです」

誰《だれ》よりもかわいがってほしくて、だからあんなことを言ったのだと、いまなら自分でもわかる。そのわがままな言い分を聞いた志澤は、ふむ、と呟いた。

「そうか。……で、確認《かくにん》するが、おじいさまの家に、帰りたくはないか」

「……だからどうして、そこで訊《き》くんですか？」

話がつながってないと上目に睨《にら》むと、またキスをされた。そのたび反論もなにも吹《ふ》っ飛んでいく藍をもう知っているのだろう、志澤は滅多《めった》にしないあの、満足そうな笑みを見せた。

「たぶん、きみが……藍が、そうだと言ったところで、聞けない。縛《しば》ってでも、連れて帰る」

「知靖、さん？」

「それから、帰って昨夜《ゆうべ》のやり直しをする」

宣言されて、火が出るかと思うほどに顔が赤くなった。うろたえ、思わず後ずさる藍をしっかりと抱きしめたまま、逃《に》がさないという言葉のとおりに腕がきつく絡《から》みついてくる。

「やさしくする、とは言えない。なにがどうあっても、つらいところもあるだろうし」

けれど大事に抱く、と志澤は長い腕で藍の身体《からだ》を包みこみ、あやすような口づけをした。

慣れを感じさせるさりげなさに、胸がちくりと痛くなる。だがその痛みさえ、心地《ここち》いい。

「……歯を、食いしばるな」

「はい……」

「少しだけ、開けて。……そう」

そのまま俺を入れてくれ、という声がそのまま、口の中に消える。少し渋《しぶ》いヤマブドウの後味が残った口の中に、あたたかいなにかが入ってきて驚《おどろ》いて、それでも藍は受け入れた。

「ん、ん、……んっ」

ぎこちなく強《こわ》ばる舌を何度も舐《な》められて、なにがなんだかわからなくなる。

舌を吸われると、くうん、と子犬の鳴くような声が出た。触れあったままの唇がかすかに笑むのがわかって、かっと首のうしろが熱くなる。

「ん、んふ、うっ」

かぶりを振《ふ》って、恥《は》ずかしいから離してほしいと訴《うった》えたのに、志澤の長い腕《うで》はさらに藍の腰《こし》を強く抱いた。そのまますると腰の下まで撫《な》でられ、尻《しり》から腿《もも》に触れた手の大きさと熱さに目眩《めまい》がする。

「……うちに、帰ろう」

「は、い……」

息が苦しくなるまで続いた口づけをほどくと、あたりはもう薄紫《うすむらさき》の闇《やみ》が落ちはじめていた。

これでは戻《もど》れなくなるからと言われて、腰を支えられたまま歩き出す。

ばさばさと鳥の飛び立つ音がした。ふと振り返った山はあの日のように赤くはなく、藍は少しほっとして、志澤の胸にもたれた。

「どうした？」

なんでもないと首を振ったけれど、たぶん志澤にはわかっている。藍の後悔《こうかい》の象徴《しょうちょう》であるこの場所で、こんなやさしい気持ちになれたのは彼のおかげだと、感謝した。

清嵐の死んだ夕暮れの記憶《きおく》が、はじめて口づけをしたそれに重なっていく。忘れるわけではないけれど、胸の痛みが少しだけ薄《うす》らいだ。

そして山は、歌碑《かひ》だけを残して静かに暮れていくのだ。何百年何千年と変わらず、ただそこにあるのだろう。

（また、いつか……）

このひととふたり、ここに訪れることがあるといい。強く願いながら、藍は長い腕に抱かれた身体を、熱くした。

＊　　＊　　＊

帰りの車の中は静かで、東京に戻るころにはとっぷりと夜も更《ふ》けていた。途中《とちゅう》で空腹を覚えた藍に気づいた志澤が、ファミリーレストランに寄ったとたん、携帯《けいたい》が鳴った。

電話は弥刀からのもので、無事に見つけたことを報告すると、心底ほっとしたようだった。

『今日は見逃《みのが》すけど、落ち着いたらペナルティな、藍くん』

心配させたことにはさすがに申し訳なかったので、代わってもらった電話で詫《わ》びた藍を、弥刀は笑いながら叱《しか》った。

「ペナルティ、なんですか?」

『そうだなあ。今度きちんと俺のモデルになること。あ、先輩《せんぱい》には内緒《ないしょ》でね。訊かれたら、鯛《たい》焼《や》きおごれって言われたって言っておきな。じゃ、俺帰るって伝えておいてね』

それくらいでいいのならと約束して、それじゃあと電話を切る。

「ペナルティって?」

「あ、鯛焼きおごるように言われました。あと、もう帰ると伝えてくれって」

安上がりだなと笑った志澤だったが、藍がもうひとつの伝言を伝えると、いささか複雑な顔をする。

「……気がまわりすぎて気持ち悪いな、あいつは」

「え?」

なんでもない、と首を振った志澤の言葉の意味に藍が気づいたのは、数分経《た》ってからだ。

(あ、そ、そっか……)

弥刀は戻らない藍の連絡係《れんらく》として、一日志澤の家に待機してくれていた。本来なら戻って直接礼を言うべきだろうけれども、さきほどの志澤の宣言を思い出せば、そうもいかない。

——帰って昨夜のやり直しをする。

いまさら恥ずかしくなってしまい、藍は食べかけの食事を喉《のど》につまらせた。

「もう食べないのか?」

「あ、おなか……いっぱいです。量、多かったし」

本当は胸がいっぱいなのだが、そもそも濃《こ》い味つけの外食はあまりたくさん食べられない。

だったら行くかと席を立った志澤は、会計をすませたあとにぽつりと言った。

「藍の料理のほうがうまかった」

「あ、……ありがと、ございます」

照れながら車に戻ると、唇《くちびる》を触《さわ》られる。どきりとして志澤を見れば、ほっとしたように息をついていた。

「もとの色に戻ったな」

「あ、……ヤマブドウ」

「さっきは肝《きも》が冷えた。……無事で、よかった」

頭を引き寄せられ、額を合わせられてどぎまぎする。ごめんなさいと言いながら広い背中をぎゅっと掴《つか》むと、藍がそうしてほしいと思うより早く唇が重なった。

もう何度キスをしたのかわからない。けれど、これでもまだ足りないと思う。

(帰ったら、もっと)

いまみたいに軽く啄《ついば》むようなのじゃなく、さっきのような深いキスをされるんだろうか。そして、そのさきにあることも――と考えて、ふと藍は目を開いた。

「あの、知靖さん」

「なに？」

この数時間でぐっと親密な口調になった志澤に目を覗きこまれ、のぼせあがったままの藍は、やはり直球で問いかけてしまう。

「帰ったら、する、んですよね」

「……まあな」

大人らしく言葉を濁《にご》した志澤の複雑そうな表情を前に、それでも藍は気になることを問いかけてみた。

「あの、それで、ぼくもその、あれ……したほうが、いいんですか」

「あれって？」

指示語だらけのそれを、当然ながら志澤は理解してくれなかった。恥ずかしいけれど、失敗したくもないので一応訊いておこうと、藍は思いきって口を開く。

「その……く、口で」

だがそのさきをさすがに言えず口ごもると、なぜか志澤は憮然《ぶぜん》とした顔をした。なにか怒《おこ》るようなことを言ったかとうろたえるが、よく見ると形のいい耳が赤い。

「いや、それは……いい」

「いいんですか？　でも、ああいうことするんじゃ、ないんですか？」

「いやまあ……そのあたりはおいおい、教えるけれど」

言葉を切り、身体を離《はな》した志澤はエンジンをかけた。そして、彼らしくもないいささか乱暴な滑《すべ》り出しで、車を発車させる。

「それ以前に、きみはもう少し、ほかのことを覚えたほうがいいな……」

「え、と……？」

警戒心《けいかいしん》とか、男心とか。そのあたりの機微《きび》をもう少し、頼《たの》むから学んでくれと志澤は呟《つぶや》き、けれど藍はただ首を傾《かし》げるしかない。

「まあ、……今日のところはひとつだけ頼む」

泣かないでくれれば、それでいい。

苦い声の懇願《こんがん》に顔を赤くしつつ、藍はうなずくしかなかった。


辿《たど》りついた志澤の自宅は、二十四時間も離れていたわけでもないのになんだか懐《なつ》かしい気がした。無意識にほっとした自分に気づき、もうあの山深い家よりも、ここが自分の居場所なのだと実感する。

明るいところであらためてお互《たが》いの格好を見れば、けっこうひどいものだった。泥《どろ》だらけの身体《からだ》を交互《こうご》にシャワーで流して、緊張《きんちょう》した藍が居間に戻ると、ソファセットで置きっぱなしのパンフレットを眺《なが》めている志澤がいた。

「なにか、飲むか。コーヒーはさっき淹《い》れたけど」

「い……いただきます」

ふつうに話すつもりだったのに、一瞬《いっしゅん》声が裏返った。赤くなったのは、みっともない自分の声に羞《は》じらっただけではなく、めずらしくもスーツではない志澤を見たせいだ。

「知靖さん、普段着《ふだんぎ》持ってたんだ……」

「一応はな」

ラフな綿シャツにゆるめのパンツという姿で、髪《かみ》を下ろしている彼は、ふだんよりかなり若々しい。書類から目を離したと同時に眼鏡《めがね》もはずすから、なんだか知らないひとのようだと思いながら、ぼんやり見惚《みと》れていた藍に、苦笑《くしょう》した志澤の長い腕《うで》が伸《の》ばされた。

「べつにそう緊張しなくていい。少し話そう」

「はい……」

こちらにおいでと手招かれ、隣《となり》に座る。代わりに立ちあがった志澤が、マグカップにミルクをたっぷり入れたカフェオレを運んでくれて、ほどよい熱さのそれで風呂《ふろ》あがりの喉を潤《うるお》した。

「昨日うやむやに終わった話なので、さきにしておこうと思う。大学を受験するにしても、専門学校に入るにしても、慣れるためにはやはり、予備校なりに通う準備期間がいるんじゃないかと俺は思う」

それは学力的な問題だけではなく、集団の中で学ぶことに藍が慣れるため、必要なのではないかと志澤は言った。

「予備校ならばここから一年間を見据《みす》えて、いくつかのコース選択《せんたく》を乗り換《か》える手もある。だが一度入学してしまった学校は、おいそれと変更《へんこう》できないだろう。どこがいいのか見極《みきわ》めるためにも、そのほうがいい気がする」

「そうですね……そうかもしれません」

きちんと考えてみる、と頷《うなず》いた藍に目を細めたあと「それから」と志澤は言い添《そ》えた。

「その際、どちらの方向に進路を決めるにしても、この家にいてくれてかまわない」

「……いいんですか？」

進路以上にはっきりしない部分のあったそれを、さきに切り出してもらってほっとする。飲みかけのマグカップを手にしたまま、藍は確認《かくにん》するように志澤の目を覗きこんだ。

「それで、知靖さんは迷惑《めいわく》じゃないですか？」

「ああ、少し言い方が違《ちが》ったな」

本当にいいのかと藍が眉《まゆ》をひそめると、志澤は膝《ひざ》の上で握《にぎ》った拳《こぶし》を軽く撫《な》でて言った。

「……俺がいてほしいんだが、いいだろうか」

照れたような口調に、胸が高鳴った。包むように触《ふ》れている大きな手を握り返すと、しっかりと捕《つか》まえてくれる。

「はい、……はい！　こちらこそ、よろしくお願いします」

ここにいていい、ではなく、いてほしいと言ってくれた。それがなにより嬉《うれ》しいと満面の笑《え》みを浮《う》かべた藍に、志澤もほっと息をつく。その笑みが互いにほどけた瞬間、目があった。

（あ）

来る、と思ったタイミングで唇を寄せられて、藍は目を閉じる。もう遠慮《えんりょ》はないまま、この数時間で覚えた甘いキスが、疲《つか》れの滲《にじ》んだ身体に染《し》みていく。

息継《いきつ》ぎもまだ、うまくできない。苦しくもあって、でもやめてほしくないと大きな身体に縋《すが》っていると、脇腹《わきばら》のあたりをさらりと撫でられ、びくっと肩《かた》が竦《すく》んだ。

「あんっ……！」

意識してもいない声は、とんでもなく恥《は》ずかしかった。赤面した藍が両手で口をふさぐと、おかしそうに笑った志澤が腕を引いてくれる。

「この程度で驚《おどろ》かないように」

「は……はい」

だったらどの程度のことなら驚いていいのか。昨夜のあれはさすがに驚くところだろうかと考えこむ間に、寝室《しんしつ》に辿りついてしまう。

「ぬ、脱《ぬ》いだほうがいい、んですよね？」

「いや、今日はなにもしなくていいから」

放《ほう》り投げるようだった昨日とは違って、手を引いたまま座らされた。怖《こわ》がらないでいいと教えるように、何度もソフトな口づけをされながら、ゆっくりとシーツに横たわる。

「昨日のあれは、……勝手な言い分だが、忘れてほしい」

「で、も」

「いやな目に遭《あ》わせて、悪かった」

まだ少し湿《しめ》った髪を撫でながら、頬《ほお》やこめかみにも唇を落とされた。苦いものを噛《か》みしめているような囁《ささや》きに、藍は小さく震《ふる》えながら呟く。

「いやじゃ、……なかったです」

「藍？」

「知靖さん、怒ってたみたいで、それは怖くてやだったけど、でも……」

されたこと自体はなにも、いやじゃなかった。そう告げたとたんきつく抱《だ》きしめられ、唇《くちびる》が重なってくる。

「んっ、う……」

体勢が違うと、さらに深くまでを舌が探《さぐ》れることを知った。ベッドに縫《ぬ》いつけられた状態では、逃《に》げ場《ば》がないからかもしれない。きゅうっと舌を吸われて瞼《まぶた》が熱くなり、びくびくと震えた腰《こし》は大きな手のひらが抱いていてくれた。

パジャマの上着からゆっくり脱がされて、その間もずっと目を見たまま、藍の表情を志澤はたしかめていた。大丈夫《だいじょうぶ》だからと視線で訴《うった》えると、身を起こした彼もシャツを脱ぐ。

服を着ていても、しっかりと大柄《おおがら》な逞《たく》しい身体つきなのはわかっていたけれど、実際に目にした志澤の裸《はだか》の胸にくらくらした。きれいな骨格の上に、必要な分だけ良質の筋肉が乗った男の身体は、顔立ちに同じくバランスのいいうつくしさがある。

しかしその腹のあたりに、痣《あざ》のようなものがあって、痛そうなそれに藍は眉をひそめた。

「それ、どうしたんですか？」

「ああ、これか。……なんでもない」

苦笑した志澤が大きな手でそこを押さえた。なんでもなく見えないのだがと藍が心配そうな顔をすると、皺《しわ》の寄った眉間《みけん》を撫でられる。

「気にしなくていい。平気だから」

「でもなんか、痛そうで、……う、んっ」

もういいから、と唇をふさがれながら、下肢《かし》の服を下ろされる。丁寧《ていねい》な手つきで全裸《ぜんら》にされると、恥ずかしいけれど怖くはなかった。

「あ……」

耳に唇を寄せられながら、剝《む》き出《だ》しの脚《あし》を撫でられた。直截《ちょくさい》な刺激《しげき》ではないのにじわじわと身体が汗《あせ》ばんで、肌《はだ》が敏感《びんかん》になっていくのがわかる。

志澤のことを考えるだけできりきりと痛かった心臓は、肌を重ねる状態ではもう破裂《はれつ》しそうに高鳴っていて、それでも離《はな》れたいなどと思わない。

「あっ、あっ、いた……い」

指の腹で、胸元《むなもと》にいじらしく尖《とが》っていた乳首《ちくび》をかすられた。下から押し撫でるように転がされ、大きさや手触《てざわ》りをたしかめているかのような触れかたに、藍は赤面する。

「これくらいで痛いのか。……感じやすいな」

「あ……う、い、いや……っ」

言わないでほしいと赤らんだ頰に、からかうようにキスをされる。やわらかく触れるそれにあっけなくなだめられ、藍は静かに目を閉じた。

「知靖さん……知靖さん……」

小さく喘《あえ》ぎながら名を呼ぶ藍は、ほっそりとした手足を男のそれにからめた。縋るものはいま、自分を嘖《さいな》むように抱く男以外にないと訴えるような必死の仕種《しぐさ》に、志澤は腰を抱いた腕に力をこめる。

「指が痛いなら、ほかのことをしても？」

「ん、ん？……し、してください」

いちいち訊《き》かなくてもいいと思った。痛くてもいっそ、志澤のしたいことをしてほしい。自分にはなにもわからないけれど、だからこそ教えてほしいのだ。

「……っあ、う⁉」

だがそんな健気《けなげ》な気持ちは、ぬるりとしたものが胸に触れたとたんに吹《ふ》っ飛んでしまう。感触《かんしょく》に驚いてびくりとした身体《からだ》を、志澤の腕が引き戻《もど》した。

「逃げるな」

「え、え……だ、だって」

なにをしているんだろうと見下ろした瞬間、藍は赤面して固まった。小さな乳首に、志澤が吸いついている。想像以上の卑猥《ひわい》な光景に、どっと汗が噴《ふ》きだした。

乱れた髪が目元に落ちかかって、とてつもなく色っぽい顔をしたままの彼から流し見られ、見せつけるように歯を立てられた。

「あん！　あ、や……っひ、ひっぱらない、で」

ちりりとした痛みと同時に、甘痒《あまがゆ》いものが胸から走った。ふだん意識もしたことのないそこに、細く敏感な神経が通っていて、そのラインのさきが直接腰の奥につながっているみたいだった。吸われ、噛まれ、舐《な》められるたび、電気が走るように快楽が落ちてくる。

「あ、あ……ん、あん、やあ……っ」

「もう痛くないだろう」

「な、い、けどっ」

交互《こうご》にたっぷり濡《ぬ》らされ、舌に弄《もてあそ》ばれて過敏になった左右のそれを同時にきゅっと摘《つま》まれた。声もなく仰《の》け反った藍は、その瞬間自分の性器がとろりと濡れたことを知る。

「だめ、ん……っ、そこ、……そこが」

「……ああ」

どうしよう、と縋るように見あげると、察した志澤は焦《じ》らすことなく、それを触《さわ》ってくれた。大きな手のひらに、まるで弄ばれるようにしてやわらかく揉《も》まれる性器はもう、ねっとりと濡れそぼっている。先端《せんたん》を何度も親指にこすられて、音が立つのが恥ずかしい。

「ああう……っん、んん、やっやっ！」

手で触れられるのは、はじめてだった。硬《かた》くて長い指は藍の性器をあっさりと包みこんでしまって、揉みしだくようにいじられる。自分の手ではけっして知ることのない感触に、藍はもう息も絶え絶えになるまで喘ぐ羽目になった。

びくびくしてのたうちまわる自分の姿は、みっともなくはないだろうか。志澤は不慣れな藍に、呆《あき》れたり飽《あ》いてはいないだろうか。

「……どうした？」

「知靖さん……」

不安になって首筋に縋《すが》ると、そこが汗で濡れていた。そして、腿《もも》に押しつける形になった志澤のそれも、ちゃんと昂《たか》ぶってくれていると知ると、藍はほっとする。

「こ、……これ。……いれて、くれますか？」

脚をからめた体勢で、おずおずと問いかけると、志澤は一瞬《いっしゅん》迷うような顔をした。その表情に、彼がそこまでする気がないと知らされ、藍はじんわり不機嫌《ふきげん》になる。

「……いや、藍、いきなりそこまですることは」

案の定、少しばかり苦い顔をした志澤はたしなめにかかったけれど、藍は聞き入れなかった。

「どうしてですか？　いきなりじゃなかったら、いつ？」

最初は痛いかもしれないけれど、時間をかければ慣れると弥刀は言っていた。その準備をする方法もわからないけれど、だからといってあきらめたくない。

「知靖さんが、してくれるの……全部、好きになりたい」

「きみは……」

「だから、どうすればいいですか」

呆れたのか笑ったのか微妙《びみょう》な表情で、片方の眉《まゆ》をあげた志澤に「ぜったいする」と藍は強い目で訴えた。

「わかった。……少し、起きて」

「はい」

膝立《ひざだ》ちになり、志澤の身体をまたぐような体勢にされる。どうしてと問えば、寝転《ねころ》がったままだとかなり恥《は》ずかしい格好にしなければならないのだと教えられた。

「慣れないうちはこのほうが楽だ。まあ……あとはほかに、ないわけじゃあないが」

「なに？」

「顔が見えない状態だと、いろいろ判断に困る」

うつぶせになる手もあるが、おそらく藍は限界まで我慢《がまん》するだろうと指摘《してき》され、反論はできなかった。

「できるだけ、力は抜《ぬ》いて。俺に体重はかけていい。静かに深呼吸して」

「は、はい」

藍には見えないところでなにかを探っていた志澤に指示され、緊張《きんちょう》をゆるめるためにもできるだけゆるやかに呼吸を繰《く》り返す藍は、心臓が壊《こわ》れそうだと思った。

「あっ……」

濡れた指に、ゆっくりとうしろを拡《ひろ》げられた。首にぶら下がるように腕《うで》をまわしながら、ぬるぬると行き来する指の感触に耐《た》える。竦《すく》む身体を大きな手のひらが何度も撫《な》でて、気を逸《そ》らすためか、やさしくキスをしながらあちこちを触られた。

なかなかゆるまないそこに焦れながら、反応の悪くなった性器をこすられる。違和感《いわかん》があって、快感にも不快感にも集中できずにいた藍は、ある瞬間緊張《きんちょう》しすぎた身体がふうっと疲《つか》れを覚え、力が抜けるのを知った。

「……っふ、ああ！」

「そのまま、息をつめるな」

ぬるり、となにかが入ってくる。思わず志澤にしがみついて声をあげると、何度かとろりとしたものを塗《ぬ》り足し、抜き差しを繰り返しながら、少しずつ本数を増やして奥へと進められた。

「無理ならすぐに言いなさい」

「む、りじゃな……いっ」

なんともいえない気持ち悪さにがちがちと歯を鳴らし、それでも藍はかぶりを振《ふ》った。強情《ごうじょう》な、と笑った気がしたけれど、これくらいであきらめたり泣きを入れるほどの覚悟《かくご》ではない。

「知靖さんと、せっ……くす、する……っ」

「藍？」

「ぜったい、する……から、だから」

やめないで、と呟《つぶや》いたとたん、涙《なみだ》が出そうになった。泣くなと言われていたので必死にこらえたけれど、鼻にかかった声のせいですぐにばれてしまっただろう。

「誰《だれ》もやめるなんて言ってない」

「知靖さん……っ、あっ？」

「最初に言っただろう、泣くなっていうのは、……つまり」

こういうことだと、ゆるやかだった指遣《ゆびづか》いを激しくされて、藍はびくびくと身体を揺《ゆ》らした。

「あ、なに、なにっ？　い、いたい……」

なにかをたしかめるような手つきで、同じような場所ばかりを志澤が触っている。ひどく過《か》敏《びん》な部分があって、強く押されると痛みを感じるそこに触《ふ》れると、勝手に身体が逃《に》げてしまう。

「……わかった。藍、力を抜いて、ここに集中して」

「ん、ん、……う、ん……」

力むとよけいに痛むからと、唇《くちびる》で頬《ほお》撫でられて、ぐすぐすしながら息を吐《は》く。ここに、と言われたのは手の中に収まっているうなだれた性器のことで、やさしくこすられる感触に、じんじんとした疼《うず》きがこみあげてくる。

「あ、んー……っ」

どきどきと激しく高鳴る胸の上を吸われながら、抱《かか》えこんだきれいな髪《かみ》に首筋がくすぐられた。ときおり、ふっと短く鋭《するど》い息をつく志澤の呼吸さえも藍の体感を乱していく。

（あ、なんか）

腰《こし》の奥で執拗《しつよう》に撫でられるそこが、痛いけれどもちりっと甘い感覚を捉《とら》える。ん、と息をつめて無意識に腰を揺らすと、鎖骨《さこつ》を噛《か》んだ志澤が静かに問いかけてきた。

「……感じた？」

「わ、かんない……でも、あ、あん……！　ふ、ああ——……!!」

たしかめるようにゆっくり押されると、くったりしていたそれが志澤の手の中で強《こわ》ばった。もう一度、念押しをするようにくりくりと撫でられれば、声にならない悲鳴をあげ、藍の身体《からだ》から力が抜ける。

「これ以上はもう、疲れるだろう」

「……やだっ。するって言ったもん！」

ぐったりした身体を横たえられ、心配そうに問われて腹が立つ。思わず子どものように言い返すと、降参のため息をついた志澤が力の入らない脚《あし》を拡げてきた。

「もう一回言う。……泣くなよ。泣いたら、そこでやめる」

「泣かない、から……」

それを押し当てられたとき、うしろからのほうが楽だと言われた理由がよくわかった。身体を折り曲げるような体勢はかなり息苦しく、腰の下に枕《まくら》を入れてもらっても、やはりきついものはある。

「知靖さん、……知靖さん、好きです」

「……藍」

「だから、お願い……っ、う、く」

してください、と言うより早く、ぐっとそれが押しこまれてくる。さすがに指のようにはいかない質量に、がぎっと奥歯が食いしばられる。

(い、痛い)

意地でも声にはしなかったが、藍はしばらく唸《うな》りそうな喉《のど》をこらえるしかできなかった。背中に冷たい汗《あせ》が流れて、押しこまれてくる凶器《きょうき》に耐えるしかできない。

「痛くは……ないか?」

自分こそがつらそうな顔をして、志澤が覗《のぞ》きこんでくる。彼のほうも痛いのかな、と気づいて申し訳なくなった。

それもあたりまえだと思う。藍の身体はがちがちに強ばったまま、体内の異物を押し出そうとし、それがかなわぬならば潰《つぶ》してしまえという勢いでそこが硬《かた》く窄《すぼ》んでいるのだ。

(だめ、もう死ぬ……)

藍もまたつらい。ぼんやり想像していたような、切れたりする痛みよりなにより、腹の中にいっぱいにあるそれが内臓を押し上げているようで、怖《こわ》くてろくに息もできない。

(こんなにすごく痛いなんて聞いてない……っ)

ほんの少しだけ、弥刀を恨《うら》んだ。それから、少しだけ早まったかと思った。時間もいっぱいかけてもらって、たぶんすごく丁寧《ていねい》にしてもらったのに、それこそ「向いてない体質」だったのかなと、自分がいやになりそうになった。

けれどそれは、本当に、少しだけの話だ。

「やめるか……?」

何度も乱れた髪を梳《す》き、頭を撫でながら訊《き》いてくれる志澤のまなざしに、身体の苦痛を乗り越《こ》えるくらいの心地《ここち》よさをもらう。

(知靖さん、汗かいてる)

苦しそうに顔を歪《ゆが》めて、それでも焦《あせ》ることも、苛立《いらだ》つこともしないで、ただじっと藍を待っていてくれる。きっと少しでも「もういやだ」と口にすれば、彼は静かに頭を撫でて、やめにしてしまうのだろう。

(それは、やだ)

「藍?」

「はっ……ま、ま、って、くだ、さ……っ」

もうちょっとだから、大丈夫《だいじょうぶ》だからと瞳《ひとみ》で訴《うった》えて、藍はひくひくと浅い呼吸を繰り返す。

未熟でも、精一杯応《せいいっぱいこた》えたかった。そうじゃなければまた、半端《はんぱ》に終わってしまう。覚悟もしてないくせに煽《あお》るなと怒《おこ》った彼を思い出すと、それだけで泣きそうだ。怒られたことが哀《かな》しいのではなく、志澤に釣《つ》り合わない自分が情けなくて。

「……待つから」

「と、もやす、さん?」

「焦らなくていい、待ってる」

もうやめろとは言わないまま、じくじくとひきつる下腹を大きな手が撫でた。いつもひんやりとした印象のある長い指は、熱を持ってあたたかい。

気持ちいい。

「も、っと」

「ん？」

「もっと、……撫《な》でてください」

快楽というよりも、もっと精神的な心地よさを味わって、藍は小さく唇をほころばせた。志澤も目を細めて、子どもの痛みをなだめるような手つきで、冷えた肌《はだ》をさすってくれる。

(赤ちゃんみたいだ)

状況《じょうきょう》と自分の滑稽《こっけい》さが、なんだかおかしくなって小さく笑うと、息ができた。すうっと肺に空気が入りこんだとき、ふっと藍の中でなにかがわかった。

(あ、こう……かな？)

ゆっくりとさすられる腹部から力が抜《ぬ》けると、楽になるのがわかった。ちょっとずつ息をつく方法もわかってくる。

「だいじょ、ぶ……です。もう、痛くない」

口ではうまく説明できないけれども、身体のある部分の力を意図して抜けば、そこも自然にゆるんでいくのを知った。ふうっと圧迫感《あっぱくかん》が消え、まだ涙目で見あげたさき、ほっとしたように志澤は微笑《ほほえ》んで言った。

「そうか。じゃあ、もう少し入れるぞ」

「え……ふぁっ、あ⁉　あう、んっ」

全部じゃなかったのかと青ざめても遅《おそ》く、ゆるりと揺すられてしまう。

（わ、うそ、長い）

たしかに宣言どおり、あの硬くて大きなものがもっと内側へと進んできて、しかし驚愕《きょうがく》に反応しきれない藍はぽかんとしたまま、まるで力も入れずにそれを受け入れてしまった。

「あ……いやぁあ、あん、あー……んっ、んっ」

ずるんと中をこすられる感触《かんしょく》に、痛みはない。代わりにまた、変な声が出た。おなかの奥から絞《しぼ》り出されるように勝手に飛び出していく声は、甘ったるく濡《ぬ》れた色をしている。

（なにこれ、なに……変、痛くない、けど）

あんなに痛かったのに、いま体内に感じるのはその濡れたなまなましいものが、這《は》いずるようになにかを探す動きだけだ。そして、得体の知れない熱い痺《しび》れ。

「はふ、んぅ……ん、ふぃ、い……っ」

「藍？」

啜《すす》り泣くような声で、懸命《けんめい》に志澤にしがみつく。ひくひくと震《ふる》える腿《もも》が無意識のまま男の長い脚にからんで、ひくひくとすりつけるような動作を繰《く》り返していた。

あきらかに、なにを感じとったのか志澤はもうわかっているだろう。ぴったりと押しつけた腰に、さきほどまで萎《な》えきっていた藍のそれが触れている。

「あん！　う……っ」

軽く、濡れた先端《せんたん》を摘《つま》むようにされて仰《の》け反った。そのとたんぴくんと跳《は》ねるように性器が硬くなり、同時に志澤を飲みこんだ場所が痙攣《けいれん》する。

「ん、ん……ちがっ、あ、……あ、ん！　違《ちが》い、ます……っ」

問う声は確認《かくにん》のためだけのようだった。本当はもう、志澤には藍の中で起きた全部がわかっているはずだ。証拠《しょうこ》にその大きな手は、剝《む》き出しになった粘膜《ねんまく》から溢《あふ》れるものをからめ、包んであやすように動いている。苦痛から気を散らすためではなく、穿《うが》つリズムに合わせるように。

（ぬるぬる、してる……）

志澤の腰《こし》は、ゆっくりゆっくりと動いている。身体の中をぬるくこすられるこの感じが、どうにもたまらないのだ。

これはなんだろう。じんじんして熱いものが、志澤に中をさすられるたびに溢れてくる。

「違うなら、なんだ。言ってみなさい」

「あん、お……おなか、いっぱい、なのに……そんな、そんなの、あっ」

動いたら壊《こわ》れちゃう、と小さな声で訴えながら、ゆるく刺激《しげき》するそれに身悶《みもだ》えた。たいしたことはしていないと苦笑《くしょう》されて、加減をしてくれているだろうことはわかるけれども、はじめての、そして刺激の強すぎる行為《こうい》に、藍はもうどうしていいかわからない。

「……っあ！」

静かに腰を押しこまれた瞬間《しゅんかん》、ぞくぞくして身体が震えた。こらえようと思ったのにやっぱり腰が浮《う》いてしまって、志澤の入った場所がきゅうっと窄んでしまう。

「ああ、ここか」

「――苦しいか？」

「あ、あ、だめ、あっ、そこ、そこばっかりいや、だ」

あげく、なにかを探すような腰遣《こしづか》いをしていた男はあっさりと藍の弱みを探《さぐ》り当て、やめてほしいと訴える身体《からだ》を強く抱《だ》いたまま意地悪にそこへと狙《ねら》いをつけてくる。

「あー……んっ」

浮きあがった腿がぶるぶると震えながら、しなやかで逞《たくま》しい腰を挟《はさ》みつける。緊張《きんちょう》した小さな藍の尻《しり》は志澤の手のひらに包まれて、さらに割開くようにしたまま身体をもっと揺《ゆ》すられた。

「も、だめ、だめ！　もう、そん……そんなに、動かな……いで」

「どうして」

そこをされると、びくびくと性器が震えて、硬い腹筋にこすれてしまう。剝き出しの粘膜が同時に刺激される、あまりに強すぎる感覚に、なにがなんだかわからない。

「へんです、へん……へんに、なっちゃう」

「変って、なにがだ」

「あう！」

悶える藍の胸を吸って、志澤がぐっと腰を深く突《つ》き入れた。乱暴ではないゆるやかな動きにずるずると内壁《ないへき》がこすられ、短い悲鳴が迸《ほとばし》る。

「変、やあ……う、動いちゃっ、あっあっ、やだあっ」

泣くなと言われたことも忘れ、ぼろぼろと涙《なみだ》がこぼれていく。なのに志澤は、ぜんぜんやめてくれようとしない。おまけに気づくと、待っていてくれる志澤に逆に焦《じ》れた身体が、もじもじと腰を揺すっていた。

「……動くなと言いながら、自分で動いてるじゃないか？」

「や、あ、これちが……違います、して、してないっ」

入れたまま乳首《ちくび》をいじられると、腰がかあっと熱くなる。動かそうとも思っていないのに上下に揺れる身体が怖《こわ》い。脚《あし》が勝手にじたばたと暴れて、ときどき志澤を蹴《け》りそうになる。

「してなくないだろう」

「だ、だって勝手に……あ、あ、……な、なっちゃう、から……っや！　あっ、あ！」

あげく揺すられ、志澤の律動と合わさると、蕩《とろ》けそうな心地よさが襲《おそ》ってくるから、はしたないそれがもう、こらえられない。

「や、だ……しな、いです。してないからっ……」

「誰《だれ》も悪いなんて言ってない」

恥《は》ずかしさに逃《に》げまどい、小さく身体を丸めようとすると、苦笑した志澤は藍の目元に滲《にじ》んだ涙をそろりと長い指に拭《ぬぐ》った。

「気持ち悪くないんだろう。こういうことに向いてる身体だったのは、俺にとってはよかった」

「よかっ……た、んですか？」

「これっきりでやめられそうにないからな。きみに、本当の意味で怯《おび》えられないで済む」

怖いことも痛いこともしたくないと抱きしめ、志澤は湿《しめ》ったこめかみに唇《くちびる》を押し当てた。

「だからもっといやらしくなっていい……むしろ、そのほうが嬉《うれ》しい」

「ひっ、あ……あやっ、う……！」

吐息《とい き》混じりの声で囁《ささや》かれた瞬間、びくっと藍の腰が跳ねた。とたん、志澤の先端といちばん過敏《か びん》な部分がずるりとこすれあい、目の前がちかちかと明滅《めいめつ》する。反射的に両脚《りようあし》を彼の身体に巻きつけて、藍は小刻みに震え続けた。

「あ、やっ、そっちだめ……っ」

「だめ、ばっかりだな」

とろとろと濡れている性器をそっと握《にぎ》られて、藍は震えあがる。腰の奥に食《は》まされたそれの強烈《きようれつ》さをまだ快楽と受け止められない身体では、性感としてはむろんそちらのほうがわかりやすく、軽く圧迫《あつぱく》されただけで腰が揺れてしまう。

「で、でちゃう……あっ、あっ、そんなにしちゃ、出ちゃいますっ」

「出していい。我慢《が まん》することはないだろう？」

「や、はずかし……です、ああ、……ああっん！」

もがくように志澤の手首を握り、愛撫《あい ぶ》の手を止めさせようとした藍は、いきなり乳首を噛《か》まれて仰け反った。痛みを与《あた》えないようにゆるく何度も歯で刺激して吸われると、どうにかなりそうに感じる。

（あ、あ、きゅうってする……っ）

性器とそこはまるで関係ない部位に思えるのに、刺激を受けると中でつながってでもいるかのような反応を示してしまうのが怖い。

そしてまた、身体の奥も。

「ああ……やわらかくなってきた」

「いやあ……いや、です、そんな……っ」

小刻みに押しこまれたものを、自分の中がやんわりと包んで蠢《うごめ》くのがわかる。

胸の上でこりこりと尖《とが》った小さな突起《とっき》を舌に転がされながらゆるゆると突かれると、志澤の手の中のものがさらにねっとりと濡れていく。

「も、やだ、こんなの変……！」

痛いのなら我慢できた。苦しいのもこらえようと思った。けれど、知らない快感はなにをどうすればいいのかわからなくて、藍に泣き言を漏《も》らさせる。

だが、あれだけやさしかった志澤は、そんな藍に目を細めては抱きしめる腕《うで》を強くする。

「一生懸命《いっしょうけんめい》するんだろう……？」

「う、う……」

いやいやをするようにかぶりを振《ふ》っていると、言質《げんち》を振りかざされてしまった。拗《す》ねたような目で頭上の男を見つめると、冗談《じょうだん》だよと甘く笑う。

（ずるいよ）

そんな顔で笑われたら、なんでもされたくなる。きゅうっと心臓が痛くなって、藍は広い胸に顔を埋《うず》め、しがみついた。

「するか、ら……」

「ん?」

「いっしょ、けんめ……します、だから、……だから」

「……藍」

もっとぎゅうっとしてほしいと言葉でなく訴《うった》えると、望んだとおりの抱擁《ほうよう》が与えられた。

志澤の胸に抱かれていると、それだけで蕩けておかしくなる。

そのうえ、頬《ほお》や瞼《まぶた》にやさしく口づけられたあと、喘《あえ》いだ口をふさがれてとろとろと舌まで舐《な》められたら、気持ちよくなるなと言うのが無理な話だった。

「ああ……ん……あんっ、や、あん……!」

気づいたら、あられもない声をあげたまま、身体を揺らす志澤のそれに応《こた》えていた。大きなそれが身体の中でもっと膨《ふく》らんでいく気がして怖いのに、いつの間にか藍の濡《ぬ》れた粘膜は、嬉しそうに志澤の性器を吸いこんでいる。

(あ、いっぱい……いっぱいに、なってる。すごく、くっついてる……)

いつだったか読んだ小説の中に、ひとつになるという言い回しがあった。いささか夢見がちな古いその表現を、それでも本当だと藍は実感する。

身体の中にいとおしいひとがいる。むろん、こんなところまで彼に知られた恥ずかしさや怖さもあるけれど、抱きしめられる以上の共有感に胸が高鳴る。

「ん……っ」

じっと潤《うる》んだ目で見つめると、志澤が唇を吸ってくれる。どうしてキスしてほしいのがわかったんだろうと思いながら、からかうようにくすぐってくる舌に懸命《けんめい》に応えた。

口の中もあそこも、志澤でいっぱいになる。少し苦しくて、でもやめてほしくない。身体がうずうずして、だからもっといろいろなことをしてほしいという淫《みだ》らな気持ちを、腰《こし》の動きが勝手に教える。

「ど……して」

志澤の触《ふ》れかたも、藍が乱れれば乱れるほどに執拗《しつよう》になる。揺らされ、口づけられながら捏《こ》ねるように小さな胸の突起をいじられると、勝手に身体がびくびくして——彼を締《し》めつける。

「なにが？」

「なん、なんでそんな……そんなに、わかっちゃうん、ですか……？」

あまりに的確に感じる場所ばかり——それも身体の内側の、見えるはずもないところを探り当ててしまうのか。いっそ怖くなって問いかけると、ふっと志澤は微笑《ほほえ》んだ。

「……きみの身体が素直《すなお》だからだろう」

「あ、あ、ん！　す、素直って……」

ふだんならどうということのない表現が、妙《みょう》に卑猥《ひわい》に聞こえる。おまけに眼鏡《めがね》という遮蔽物《しゃへいぶつ》のない志澤の視線は毒のように甘くて、くらくらしながら藍は疼《うず》く身体を揺《ゆ》らした。

「ほら、こうすると」

「ふあん！」

「……もっと、濡れて、ここが」

きつく絡《から》みついてくる。小さな声で耳元に囁かれて、頭が沸騰《ふっとう》しそうだった。何度も気持ちいいかと問われて、うなずいた。

「き、もち……い、です、あうっ……そこ、い、ですっ」

「もっと……したくなる?」

わからないと首を振っても、焦《じ》らされ、意地悪に唆《そそのか》され、藍は身体中震《からだじゅうふる》わせながら口を開く。

「あ、もおっ、もっとっ、もっと、……あん、して、くださっ……っああ!」

叫《さけ》ぶような声になって、揺さぶられるそれが途切《とぎ》れるのもなんだか卑猥だった。頭上で揺れる影《かげ》、荒《あ》れた息を耳元で聞いて、いま本当に志澤と体感を共有しているのだと知る。

(頭、ぐらぐらする)

ひと息に押し寄せてくる感覚を処理しきれなくて、神経が焼き切れそうだった。それでもやめてほしいわけではなく、振り落とされそうな身体を汗《あせ》に濡れた逞《たくま》しい胸にすり寄せる。耳を押し当てた胸からも、激しい鼓動《こどう》が聞こえた。自分のそれと同じほどに乱れた心臓の音に、指先まで痛いくらいにときめいている。

見あげれば、志澤は片目を眇《すが》めていた。精悍《せいかん》なラインの頬を滴《したた》る汗が目に滲《し》みるのかと思って、藍は整った顔に震える手を伸《の》ばす。

「と……知靖さん、い?　少しは……気持ち、い?」

「……ああ。とても」

濡れた頬を拭《ぬぐ》いながら問うと、その手を取って唇を押し当て、志澤は潤んだ目でうなずいてくれる。嬉しくて胸が痛くて、送りこまれる快感に息を切らせた。

「藍、舌を」

「んふっ、う……？　んむ」

さらに脚《あし》を抱《かか》えられ、激しく揺らされていると志澤が囁いてくる。背中を抱《だ》かれ、言われたとおりに小さく舌を出すと、腰の動きに合わせるリズムでその先端《せんたん》を舐められた。

「はふっ……ん、んー……！」

指先や爪先《つまさき》、胸の上で凝《こ》った小さな突起。そして性器や、いま志澤が軽く噛んでいる舌も、とにかく身体中のさきに位置する部分というのは、すごく感じる場所だと知る。

それと同時に、腿《もも》の内側や唇の裏側の、隠《かく》された部分も過敏になって、セックスという行為《こうい》は表も裏も感覚がめちゃくちゃになるものだとぼんやり思った。

「――……っあ、あっも、もう……っ」

そしてそのめちゃくちゃな部分を全部、志澤が触《さわ》って、撫《な》でてくる。いちばんの奥深くをあの熱いもので何度もさすって、藍の中をたしかめる。

「だめ、だめですっ」

なにがなんだかわからないまま、「だめ、だめ」と繰《く》り返した。志澤はなにか探《さぐ》るような目をして、藍の髪《かみ》を撫でながら問う。

「いきそう、か？」

「や、なに？　わかんない……っ」

いくってなに、と目を瞬《またた》かせると、それも知らないかと志澤は軽く眉《まゆ》を寄せて笑った。やさしいのに奇妙《きみょう》に艶《あで》やかな笑顔《えがお》を見つめ、意味もなく泣きたくなる。

「いま、どんな感じがする?」

「あ、身体、ばらばらに……なり、そっ、ふあ、あんん!」

訊《たず》ねておいて、志澤に意地悪く動かれた。答える声は途中《とちゅう》で途切れ、甘い刺激《しげき》に裏返る。

突《つ》かれるたびに壊《こわ》れそうで怖《こわ》くて、でもやめてほしくない。そうして全身に散っていく疼きが、その一瞬《いっしゅん》後には反転して一ヵ所に集まってくる。

(なんで、どうして……すごいむずむずする、落ち着かない)

頭が熱くなって、視界が狭《せま》くなる。志澤の動きが与えるものしかもう、なにもわからない。

「……それが、もっとすごくなったときのことだ」

おぼつかない言葉で自分の感じていることを訴えると、そうして最後を迎《むか》えるのだと教えられた。ゆっくりと下腹部を大きな手でさすられ、藍は忙《せわ》しなく喘ぎ続ける。

「ここが熱くなって、たまらなくなったら言ってごらん」

「あ……、これ? い、いくって……いくって、これ?」

もうとっくに熱い。やさしい手の感触《かんしょく》にもびくびくと震えながら、煮詰《につ》まっていく感覚に身《み》悶《もだ》える。ゆっくりと腹を押さえられると、その奥にある志澤をもっと感じておかしくなる。

(なかと、そとから、触られてる)

意識するとざあっと首筋が総毛立ち、恐怖《きょうふ》に似たものが襲《おそ》ってきた。けれど鳩尾《みぞおち》は本当に怖いときのようには冷たくならず、ただ熱くて、熱くて。

「わ、わかんなくなっちゃう、なんか……も、あ、なんか、これっ」

「藍……」

「いっちゃ、うの？　これ、いっ、いっちゃ……っ、あ、あ」

混乱したまま志澤の目を見ると、熱っぽいまなざしで喘ぐ唇《くちびる》を撫で、そのまま無言になった彼が小刻みに動き出した。胸も、そして性器にも長い指は細やかに触れ、あちこちに飛び散る火の粉のような快楽を集めてまたかき乱す。

「とも、知靖さん、どう、しよう……ど、しよ、すご、い、すごくっ……」

なにか、とても大きくて熱いものが来る。もっとそばにと抱きついた藍は、身体の奥で起きたそれに容量オーバーな感覚を持てあまし、声をあげた。

「あ、あ、……あああん！」

「……っ」

びくっ、と激しく跳《は》ねあがった腰から、なにかが飛び出していく。あまりに唐突《とうとつ》で強烈《きょうれつ》なそれに、一瞬なにがなんだかわからなかった。だが、ひたひたと肌《はだ》に散った飛沫《ひまつ》にそれが自分の精だと知る。

「や、ん、で……でちゃっ……あっ、あ！」

引き延ばされた感覚のせいか、それは長くて、なかなか終わらない。はしたなくそれをこぼしながら、勝手に浮《う》きあがる腰が押さえきれず、戸惑《とまど》っている藍の中で志澤のそれが膨《ふく》らむ。

「ふあっ⁉」

「もう、少し……こらえて」

悪い、と告げた彼に強く揺さぶられて、長く続く到達感《とうたつかん》と射精にしゃくりあげながら、もうだめと藍は繰り返した。

こんなに感じ続けたら、きっとおかしくなる。ふつうに戻《もど》れなくなる。志澤にえぐりこすれるところの感覚、その淫らさを欲しがるだけの、いやらしい生き物になってしまうかもしれない。

「も、やあ……も、だめ、だめぇ……！」

「藍……藍、泣くな」

こぼれ落ちた涙《なみだ》を舌で拭われ、そのまま声を吸い取られる。んん、と喉奥《のど》で唸《うな》った志澤の声があまりに甘くて、もっと欲しいと舌を囓《かじ》ると、体内でなにかがびくびくと震えた。

「う、んっ……」

「ん……！」

抱きしめたままの広い背中が、一瞬強《こわ》ばって弛緩《しかん》する。口づけがほどけるのと、志澤の激しかった動きが止まるのは同時で、朦朧《もうろう》としたまま藍はベッドに四肢《しし》を投げ出した。

（なんか、ぐらぐらする……）

もう指一本動かせないほどに疲《つか》れ果てていて、横たわっていても目がまわっていた。

はたりと胸の上に、志澤の汗が落ちてくる。長い息をついて広い肩《かた》を震わせた彼は、ゆるやかな動きでそれを抜《ぬ》き出すと、藍の上に重なってきた。

「終わった、の……？」

「ああ」

よくわからなかった、と不安な顔をする藍に、苦笑《くしょう》混じりで志澤はうなずく。

「ちゃ、ちゃんと、できましたか？」

「ああ。上手だった」

よかった、と笑った藍に少しだけ困った顔をして、志澤はゆっくりと身体を離《はな》す。一瞬だけちらりと見えてしまったそれに慌《あわ》てると、「あっちを向いてなさい」とたしなめられた。

焦《あせ》って顔を逸《そ》らしても、目に入ってしまったものの残像がちらつく。

（あ、あれが、はいってたんだ……）

どうりでおなかがいっぱいだったわけだと、目で確認《かくにん》したそれに藍は身体中を赤くした。圧倒《あっとう》的な量感を誇《ほこ》っていた性器がいなくなっても、くわえこんでいたものの感触を忘れていない。まだ余韻《よいん》の残る身体は痛みはないけれど、痺《しび》れたまま熱くて、ひくひくと震《ふる》えている。

「えと、それ、コ、コン、……」

うつぶせて真っ赤な顔を枕《まくら》に埋《うず》めていた藍は、志澤が身につけていた避妊具《ひにんぐ》の名称《めいしょう》を口にしようとして、できなかった。だが、その問いにこそ志澤は驚《おどろ》いていた。

「知ってるのか？」

「う……はい、一応は……」

あまりにも意外そうに言われて、却《かえ》って情けなくなる。藍も大概《たいがい》もの知らずではあるが、そこまで非常識ではないつもりだ。一応基本の性教育で、もっとも初期に習うものでもある。だが女性じゃないのだし、避妊する必要もないのだろうに。

「あの、なんで……つけるんですか？」

素朴《そぼく》な疑問で藍が問いかけると、どうやら始末を終えたらしい志澤は、振《ふ》り返るなりなんともつかない顔をした。

「……待ってくれ。藍、どこまで弥刀に教わってる？」

ややあって、頭でも痛いように額を押さえながら、渋《しぶ》い声で問いかけられる。なにか問題でもあったのかと藍はにわかに不安になった。

「お、教わるって……なにをですか？」

「アナルセックスのレクチャーを受けたんじゃなかったのか？」

「……なんですか？　それ」

きょん、という顔をした藍に、志澤は無言でベッドへ突っ伏《ぷ》した。のしかかってきた身体は重くて、うわ、と藍は声をあげる。さっきのあれはずいぶん気を遣《つか》ってくれていたのだと、そう実感する重みだった。

「ちょっとこれは……早まったか」

「え、なんで……？」

志澤の矛盾《むじゅん》との葛藤《かっとう》も苦悩《くのう》もわからないまま、藍はしぱしぱと瞬《まばた》きをする。その顔をしばし苦い表情で眺《なが》めていた志澤は、やはりため息をついて藍を抱《だ》きしめた。

「いや。いい。……とりあえず、初心者コースからはじめよう。なにごとも」

「う、うん？」

もうこうなったらゆっくり教えるからと、あきらめない男にあきらめを教えたことも知らぬまま、藍は幼くうなずいた。

＊　＊　＊

志澤美術館、一之宮清嵐別室のお披露目《ひろめ》であるレセプションパーティーは、美術館内部のホールで華《はな》やかに行われた。

うつくしく芸術的なケータリングの食べ物や、そこかしこに飾《かざ》られた花に圧倒されたらしく、藍は所在なげに壁際《かべぎわ》に立ち竦《すく》んでいる。

「もう少し、こっちにおいで。好きなものを食べればいい」

「は、はい」

慣れないひとの多さと晴れがましい場に、かちこちになっている肩を軽く叩《たた》く。縋《すが》るように見あげてくる瞳《ひとみ》は少し潤《うる》んでいて、志澤の胸を騒《さわ》がせた。

この日のためにあつらえた淡《あわ》いグリーンのデザインスーツは、細身の藍によく似合う、ラインのうつくしいものだ。胸元《むなもと》の蘭《らん》のコサージュは、さきほど受付で会場のゲストに渡《わた》されたものだが、しっくりと似合っている。

「ひと、いっぱいですね……」

「ああ。だからそんなに硬《かた》くならなくても、誰《だれ》も気にしてない」

でも緊張《きんちょう》します、と顔を強ばらせた彼の細い腕《うで》を取ると、ほんのりと頬《ほお》が赤くなる。志澤に触《ふ》れられた場所を見たあと、縋るようにじっと首を傾《かたむ》けて目を覗《のぞ》きこんでくる。

(……なんて顔だ)

あまりそういう色っぽい顔を、無自覚にしないでほしい。だがそうと指摘《してき》するわけにもいかず、いかにもらしいことを告げてたしなめた。

「……しゃんとしなさい、今日はおじいさまの大事な日だろう」

「そう、ですね。はい」

寝《ね》てしまったあと、やたらに志澤を意識する藍はささいな接触《せっしょく》でもすぐ顔を染めるようになった。初々《ういうい》しい反応に思わず目を細めそうになるが、ひとまえではそうもいかないと志澤はすぐに顔を引き締《し》める。

「挨拶《あいさつ》もしないんだ。そう緊張することはないから」

「はい……でも、そうじゃなくて」

「ん?」

なにか気になることはあるのかと目顔で問えば、やはり不安そうに眉《まゆ》を寄せていた。

「今日、会長さん……知靖さんのおじいさま、いらっしゃるんですよね？」

「ああ。あとで簡単に紹介《しょうかい》するけれど、それが？」

なぜだと首を傾《かし》げた志澤をちらりと横目に見て、うつむいた藍の答えはなんともかわいらしいものだった。

「べつに、報告するわけじゃないの、わかってるんですけど……やっぱり好きなひとの家族には、気にいられたいし」

「……そ、うか」

「ぼく、なにか失敗しそうだから。……それで、ちょっと緊張してます」

いじらしいそれに、さしもの志澤も一瞬《いっしゅん》息を止める。そしてまた、そういう発想を自然に持っている藍の健全さと古風さに、じわりと胸が熱くなった。

「まあ、間違《まちが》いなく会長、……祖父は、きみを気にいると思うよ」

「そうかなあ……」

志澤が『祖父』と言い直したことにも藍は気づいた様子もない。そしてそれが、自主的な名《めい》称《しょう》として選んだのが生まれてはじめてのことであることも、きっと知らなくていいのだろう。

志澤の笑う頻度《ひんど》が、あきらかにあがったと指摘したのは、いまはまだ会場に来ていない弥刀だった。

――ソフトになったんですよねえ。いままでのビジネスモードの愛想笑《あいそわら》いじゃなくて。

いいことだ、とえらそうに言ってのけた後輩《こうはい》にはひと睨《にら》みをくれてやったが、こたえた様子はまるでなかった。

やわらかいしなやかな心の藍に触れて、志澤も少しずつ感化されている。そしてそれは自分でも、悪いものではないと思う。

「ああ。ほら」

来た、と志澤が視線で促《うなが》すと、車いすの老人が会場に入ってくるところだった。

「おいで、藍。紹介するから」

「は、い」

ぴきんと音がするほどに硬直《こうちょく》した藍に笑って、薄《うす》い背中を叩いてやる。歩き出した藍の背に軽く手を当てたまま、あちこちから挨拶をされている老人に近づくと、声をかける前に先方が気づいたようだった。

「おお？　知靖か」

「会長、失礼いたします。こちらが、一之宮清嵐氏のお孫さん、藍くんです」

「ああ、ああ、彼が……！」

靖彬の目が一瞬細められたあと、驚愕《きょうがく》に瞠《みは》られる。凝視《ぎょうし》する表情に、そういえばこの老人もあの幻《まぼろし》の名画を知っていたのだとあらためて思った。

じろじろと眺められ、一瞬だけ困惑《こんわく》気味の顔をしたものの、きれいな所作で礼をした藍の挨拶は完璧《かんぺき》だった。

「はじめまして、ご挨拶が遅《おそ》くなって申し訳ありません。一度お礼を申し上げたかったのですが、ご病気だということで、遠慮《えんりょ》するうちに時間が経《た》ってしまいました」

きれいな声で礼儀正《れいぎただ》しい挨拶を述べた藍に、靖彬の相好はあっという間に崩《くず》れる。

「いいや、いいや……なに、爺《じじい》に気を遣うことはない。さあ、さあ、こっちにおいで」

「え、でも……」

「清嵐さんの話をしてくれんかね？　儂《わし》はあんまり話す機会がなかったが、あのひとの絵も、あのひとも、大好きだったんだよ」

にこにこと満面の笑《え》みを浮《う》かべ、嬉《うれ》しそうに藍の手を握《にぎ》る靖彬に、志澤は少々呆《あき》れた。

（気に入るもなにも……一瞬だな）

藍は案外と老人転がしの才能があるかもしれない。いっそ感心を覚えつつ、あれで靖彬があと二十年若ければ、こうも落ち着いてはいないだろうとしみじみ思った。

それくらい、靖彬の藍へののぼせあがりぶりはすさまじい。

「藍ちゃんと呼んでいいかね。知靖は、ちゃんと面倒《めんどう》をみとるかね。ああ、なんだか細いねえ、ちゃんと食べているかい？　なにか食べるかい？」

「あ、はい。とてもよくしていただいています……あの、食事は、大丈夫《だいじょうぶ》ですから」

はにかんだ笑みの藍の前で、好々爺《こうこうや》と化した靖彬は、隣《となり》に立っていた付き人になにやら命じて、山のようにケータリングの食材を運ばせている。

（また、あのひとは）

そういえば以前志澤の若かったころ、顔を合わせれば「なにか食べるか」と靖彬は問いかけてきたものだった。当時は、哀《あわ》れまれているのかと醒《さ》めていたけれど。

(そうか、あれは……)

思えば、戦後の食糧難《しょくりょうなん》をくぐり抜《ぬ》けてきた彼にとって、食事を勧《すす》めるというのは最大の気遣《きづか》いでもあるのだろう。

そんなことにも、いまさら気づく。一線を引いてドライにつきあってきたつもりなのは自分だけで、そんなかわいげのない態度の孫にも、靖彬の情は変わらなかった。

「あの、会長さん、ほんとにそんなには……」

「なあに、藍は会社の人間でもなし。そうなればただの爺だよ。いいよいいよ、おじいちゃんでいいよ」

「あの、じゃあ……おじいちゃん？　こんなに、食べられないです」

もう呼び捨てかと呆れつつも、祖父を亡《な》くした藍には少し嬉しい申し出だったのだろう。かすかにはにかんだ笑みを浮かべ、逆に「そちらは召《め》し上がらないんですか」と気遣いを向ける。

「ああ、儂は食事は制限されてるからねえ。残念だ。でも、藍はやさしいねえ」

「いえ、そんな……」

なにを言っても過剰《かじょう》に喜ばれ、藍はいささか戸惑《とまど》い気味だ。微笑《ほほえ》ましいのか滑稽《こっけい》なのか微妙《びみょう》な光景を一歩引いて見ていた志澤は、すっと背後にひとの気配を感じて振《ふ》り向く。

「弥刀か」

「遅《おく》れまして。いやはや、じいさまご機嫌《きげん》ですねえ……さすが藍くん、爺転がし」

まったく同じ発想に「やはりか」と思いつつ、今日もカメラをかまえた後輩へと志澤は問いかける。

「さすがっていうのはなんだ？」

「いやだって、先輩知らないでしょうけど？　マンション管理人の宗岡さんも、あと鯛焼《たいや》き屋のおっさんも、それとあの子の知り合いの画商のじいさんも、みーんなでれってれなんですよ。なんつうか、理想の孫なんだそうで」

礼儀正しく老人にやさしく、控《ひか》えめで顔も愛らしい。いつでもにこにことしていて、古いものへのうんちくにも興味も示すし、かわいがっても鬱陶《うっとう》しがらない。

そんな藍は、ある世代以上の人間をおそろしく惹《ひ》きつけるのだそうだ。

「ま、そういう意味では先輩も転がされた口？」

「……俺がか」

「だって魂《たましい》、老人だったじゃないですか。……ってえ、蹴《け》るかなそこで！」

どういう言いざまだと長い臑《すね》を蹴りつければ、金髪《きんぱつ》にスーツ姿のまま弥刀は跳《と》びあがる。

「まあいい、そこでカメラまわしてろ」

へーい、と苦笑いをする弥刀を置いて、志澤は受付へと赴《おもむ》いた。馴染《なじ》みの学芸員に会釈《えしゃく》をしたのち、芳名帳《ほうめいちょう》を見せてもらう。

（とりあえずは来ていないか……）

今回のレセプションは基本招待制だが、希望者があれば当日受付も可能である。ざっと眺《なが》めた中に福田の名はなく、顔も知れた男だから偽名《ぎめい》を使う可能性はないだろうといったん安心した志澤の目にふと、受付ロビーの中でもひときわ大ぶりな花が目についた。

「な――……」

それは、巨大《きょだい》な創作花かごだった。かご、といっても形状がそうであるだけで、三メートル以上はある丈《たけ》、大人の男でもひと抱《かか》えには難しいだろうボリュームは、既《すで》に一個のディスプレイ作品だった。

しだれたレンギョウの枝に蘭《らん》をからませ、芸者のだらりの帯のように垂れ下がらせたそれは、華《はな》やかであるが毒々しい。

あんなものは、今朝までなかった。なにより存在感が強すぎて、ひとに贈《おく》るにはふさわしいとは思えないそれの贈り主をたしかめ、志澤はきつく唇《くちびる》を嚙《か》む。

『一之宮藍様江《え》――福田美術』

堂々とした筆文字の名札が差《さ》されたそれに、志澤は顔を歪《ゆが》める。思わず舌打ちをしたい気分で、近くにいた搬入《はんにゅう》係の学芸員を捕《つか》まえる。

「すみませんが、この花はいつ届きました？」

「ああ、パーティーがはじまってからすぐに届いたんです。遅れて申し訳ないということで……宛名《あてな》書きも間違《まちが》っているようだったんですが、もう時間もすぎているし、そのままでと」

正直飾《かざ》る場所にも困ったため、受付エントランスの端《はし》にぽつりと置いておくしかなかったと、その学芸員も困惑気味の顔で語った。

「そうですか……どうも」

間違えたわけではないのだろう。これはある種の、福田のデモンストレーションだ。

そうでなければ関係者でもない一画商が、ここまで盛大《せいだい》な花を贈ってくる理由がない。

気をゆるめずにいかねばならないと思う。さすがに非合法な手を使うほどばかではないだろうけれど、過去の経緯《けいい》を鑑《かんが》みるに、どんな手を打ってくるかわからない。福田はそういう男だ。

そして藍には、それだけの価値がある。『白鷺溺水』に酷似《こくじ》した、清嵐の孫。そしてあの幻の名画は、本当に幻になってしまったことは、藍と志澤しか知らないのだ。

（なんにせよ、気をつけておかなければ）

それから、弥刀もまだ藍を映像作品としての素材に使うことを、あきらめていないはずだ。

そこから藍の所在が割れることだけは、極力避《さ》けたいことを弥刀にも言い含《ふく》めて、あれをきちんと護《まも》れるように気をつけるようにしなければならない。

場合によっては、靖彬の力も借りてかまわない、そのためなら誰《だれ》にであれ頭も下げよう。

それがおそらく、清嵐からあの存在を預けられた者の責任だろう。

「あ、知靖さんっ」

「……どうした？」

ひょこりと顔を出した藍に、いまのいま考えていたことを悟《さと》られぬよう、志澤は努めて穏《おだ》やかに返す。すると、小走りに近寄ってきた藍は、そろりと志澤の袖《そで》を取った。

「おじいちゃん、……会長さんが呼んでます、来てほしいって」

「あのひとはまったく……使い立てをするか、清嵐の孫を」

図々《ずうずう》しい、と呆れた声を出した志澤に、少し慌《あわ》てたような顔をして、藍は手を振ってみせた。

「あ、いえ、あの。最初ほかの社員さんに言ってたけど、呼んでくるって言ったんです」

「藍が？」

「はい。……ちょっとでも、一緒《いっしょ》にいたいから」

恥《は》ずかしそうに告げた藍のそれも、無理もないかと思う。なにしろこのレセプションにふたんの業務が重なって、結局この一週間、また志澤は家にも帰れていない。

ひさびさに顔を見たかと思えばこの騒《さわ》ぎで、正直物足りないのはお互《たが》い様《さま》だ。

「悪かったな。慌ただしくしていて」

「いえ、それはいいんです。……それに、一緒に出かけたのはじめてだし、嬉《うれ》しいです」

ひとの前ではあまり、親密にもできない。それはちゃんとわきまえているけれどと、はじまったばかりの恋《こい》に潤《うる》んだ目で見つめられて、志澤は息苦しさを覚える。

むろん不快なわけではなく、あまりにまっすぐに慕《した》われることに慣れないそれが、気恥《きは》ずかしいのだ。そしてまた、冷静でいられない自分のことが。

「ちょっと、おいで」

「え、……はい？」

腕《うで》を引いて藍を誘《さそ》ったのは、さきほどの巨大な蘭の花かごの近くだ。あまりの派手さと毒々しさに目を瞠《みは》っている藍をさらに引き寄せ、受付の人間から死角になる位置へと招く。

「あの、なに……っ？」

どうかしたのかと見あげてくる頬《ほお》を捉《とら》えて、口づけた。真っ赤になって、それでも藍は拒《こば》まない。一瞬《いっしゅん》強《こわ》ばった腕が志澤のスーツをおずおずと這《は》い、そっと背中にまわされる。

「……っ、ん」

小さな音を立てて、やわらかに吸ってやった唇を離《はな》すと、軽く開いた唇が舌を誘った。そちらはほんの軽く触《ふ》れるだけにとどめ、とろりとした目をする藍の頬を軽くはたく。

「今日は、一緒に帰れる」

「ほ、んと、ですか？」

だから、続きはあとで。言わずもがなのそれを目で会話して、嬉しげに微笑む彼をもう一度軽く抱《だ》きしめたあと、志澤は藍を促《うなが》して会場に戻《もど》る。

「……知靖さん」

「うん？」

「本当に、ありがとうございました。すごく、立派なものにしていただけて」

会場を見まわし、うっすらと潤んだ瞳《ひとみ》で、あらためて藍は言った。

その笑《え》みは、少年のようにも、老成した大人のようにも見える不思議なうつくしさがある。

「俺は、なにもしていない。立派だったのは、……きみのおじいさまの功績だろう」

志澤こそが、その最高傑作《けっさく》を手にした僥倖《ぎょうこう》を感謝すべきだろう。だから、藍の感涙《かんるい》を涼《すず》しげな顔でいなし、志澤は藍の姿を見つけて喜ぶ老人のもとへ行くように促す。

歩き出す藍の背中を見つめるおのれの頰に、うっすらとした笑みがのっていることに気づいても、無理に引き締《し》めようとはもう思わない。

それしきを気にするようでは到底《とうてい》、強大な偉人《いじん》の影《かげ》に打ち勝つことはできないだろう。

（……敵はてごわい）

死後になおひとを操《あやつ》る真似《まね》をしてくれた清嵐、そして靖彬。

ふたりの巨人《ばけもの》に愛された藍の笑みのやわらかさに対し、ほんの少しだけの荷の重さと、そして同等の誇《ほこ》らしさを感じて、志澤も脚《あし》を踏《ふ》み出したのだ。

END

あとがき

こんにちは、崎谷《さきや》です。皆様《みなさま》ここまでおつきあい頂き、ありがとうございました。

今回は新シリーズ開始ということで、ちょっと緊張《きんちょう》気味ですが、いかがでしたでしょうか。

いままではそれぞれ読み切りという形でのシリーズで、これもむろん読み切りでOKではあるのですが、ちょっと今回はあえて『引き』をつくって終わる形にしてみました。とはいえ、とくにミステリ仕立てにもなっていないんですけど、シリーズ全体を通してひとつの物語、というのを、いままで以上に意識しております。

それから設定、これもいままでにない派手で大がかりなものになっています。とはいえ当社比であり、世間様のようにきらきらっと華《はな》やかか？　と言われてみると微妙《びみょう》ですが……。

なんというか自分は割と等身大な話しか書けないタイプで、そもそも地に足がついたキャラが好きなんですが、今回は話の必然性から、志澤《しざわ》の設定がどかんと派手になりました。藍《あい》を助けるにはどうしても美術館持ってないとだめだったので……おまけに趣味《しゅみ》に走りまくったため、設定の割には、どうも和テイストでしんみりしっとり、に仕上がった気がいたします。

古民家、古民具、骨董《こっとう》、日本画、うさんくさい美術ディーラーに幻《まぼろし》の名画。鼻息荒《あら》く好きなことを山ほど書いたわけですが、ちょうどこの原稿《げんこう》を書く少し前に、平屋の古屋（古民家というようなもんではないですが）に引《ひ》っ越《こ》したりしたため、よけいにあれこれとイメージは膨《ふく》らみ、おかげでプロットに書いたエピソードをふたつみっつがっぽり削《けず》る羽目になりました（笑）。次回に回したそれらでも、趣味的なネタ満載《まんさい》になりますが、雰囲気《ふんいき》を楽しんでもらえればと思います。

物語の要所で現れた骨董というか焼き物関係については、ちょっと思い入れというか思い出があります。もうお亡《な》くなりになってしまった陶芸家《とうげい》のIさんという方がおりまして、阿蘇《あそ》に窯《かま》を開いてらしたんですが、そのひとのところに小さいころはよく遊びに連れて行かれました。むろん当時は陶芸品になど興味もない私は、もう始末するだけの粘土《ねんど》やろくろをいじらせてもらったりして遊んでいただけです。でも、その当時のことが影響《えいきょう》しているのか、小さいころから馴染《なじ》んだせいなのか、自分で選ぶ器《うつわ》やなにかは、皆《みな》どこかIさんの作品に近い、素朴《そぼく》な風合いのものが多いです。

そして長じてからそのIさんという方について話を聞いたとき、なんだそれはと思ったことがあります。Iさんは非常に変わった経歴の持ち主で、大学時代は七十年代の若者らしく学生運動にのめりこみ、しかし途中《とちゅう》で転向したかと思いきや今度はその学生を取り締《し》まる側の組織に属し、あげくにはそのすべてと関係のない陶芸の世界に行ってしまわれたそうで。

「昔自分で書いたノートとかね。小難しいこと書いてあったんだよ。でもいまじゃ、ぜんぜん自分の書いてることとの、意味もわかんねえ」

と、苦笑いしながら話していた彼の中で、どんな変化があり、なぜ山にこもったのかは、もう知る術《すべ》はないですけれども、とても印象深い記憶《きおく》として私の中にあります。清嵐《せいらん》の偏屈《へんくつ》なキャラクターは、そういう知人の小父《おじ》さんたちからヒントを得て、できあがったものかもしれません。どうも周囲には絵描《えか》きだとか芸術系関連のひとが多く、幼いころ遊びに行った親戚《しんせき》の家にはアトリエがあって、常にテレピン油の匂《にお》いがまとわりつき、廊下《ろうか》には不気味なほど痩《や》せた女性の裸体《らたい》デッサンや、気色悪い人面牛のエッチングが飾《かざ》ってありました。いま思うとあんまり、情操教育上いい環境《かんきょう》じゃないわなあ、などと笑えてしまいます。

そんなおのれの環境とはうらはら、うつくしいものだけに囲まれて育った藍は、果たして志澤（と弥刀《みと》）の教育でどう変わっていくのか。今回は物語の最初ということでキャラクターも少なくまとめましたが、次回からは新キャラも出ます……というかこの三人以外ジジイしかいませんね。担当さんには「シルバーBLはちょっと」と言われましたが、清嵐と靖彬《やすあき》はなんにもないです……一応念のため、それだけは言っておきます。でも、老人好きの私は……じいさま書くのが、た、楽しかっ……た……(悦)。不気味に名前だけ登場の福田《ふくだ》に関しても、徐々《じょじょ》にその姿があらわになっていくと思います……って気づくと老人語りばかりだ。

えと主役の藍と志澤。キャラクターがプロットから二転三転したひとたちでした。じつは当初志澤は、色気垂れ流しの悪いひと風味じつはいいひと、藍はもっと気の強い山猫《やまねこ》のようなキャラの予定でした。しかし、どう考えてもおじいちゃんに言われておうちにこもっているような子が、そうそうきゃんすかした反抗《はんこう》的なキャラのわけもなく、藍はあのようになり。志澤に至っては、友人が眼鏡萌《めがねも》えを熱く語っているのを見て、「そうか眼鏡か……眼鏡……」とふと思いついて造形を決めたら、ずいぶんまっとうな堅物《かたぶつ》さんになってしまいました。ふだん滅多《めった》に書かないので、クールキャラをちょっと目指してみたんですが……結果、あのようになりました。というか生真面目《きまじめ》なキャラが恋愛《れんあい》でトチ狂《くる》ってるのが好きなもので、私の書く攻《せめ》は基本的に、かっこつけきれないみたいです。とほり。そして弥刀もじつは誠実できれいでやさしくていいひと、を目指したんですが、表面がソフトになると中身が黒くなるのも毎度のことで、結果、作中もっとも読めないキャラになりました。弥刀のお相手については……まあおいおい、わかると思いますが（笑）。そんな感じで予想外な話となり、でもそれもおもしろかったです。

おお、長いと思ったあとがきもなんとか埋《う》まって参りました。

今回、はじめてお仕事組ませて頂いた高永《たかなが》ひなこ先生、長らくマンガのファンであり、OK頂けたときはとても嬉《うれ》しかったです。だというのに、大変ご迷惑《めいわく》をおかけいたしました。次回にはこのようなことがないよう、頑張《がんば》ります。それからご担当熊谷さま、いつもお世話になっております。潔《いさぎよ》くエピソードを次に回そうとの提案ありがとうございました。……回したのにこんなんなりました。あとその他関係者様、友人連、ほんとにほんとにありがとうです。

最後に、この本は三ヶ月連続刊行の〆《しめ》にもあたりますので、長かった修羅場《しゅらば》ロードの終着点でもあります。同じ出版社さんでこんなふうに連続、という企画《きかく》をやらせて頂いたのははじめてでしたが、時間的なことを除けば、どれもめちゃくちゃ楽しんで書きました。読んで下さった皆さんにも、楽しい暇《ひま》つぶしのお供になればと思っておりますので、感想などお聞かせ願えれば幸いです。では、またいずれお会いできますように。

KADOKAWA RUBY BUNKO

キスは大事《だいじ》にさりげなく

崎谷《さきや》はるひ

角川ルビー文庫　R83-11　13855

平成17年7月1日　初版発行

発行者――井上伸一郎
発行所――株式会社角川書店
東京都千代田区富士見2-13-3
電話/編集(03)3238-8697
営業(03)3238-8521
〒102-8177　振替00130-9-195208
印刷所――暁印刷　製本所――コオトブックライン
装幀者――鈴木洋介

ISBN4-04-446811-7　C0193　定価はカバーに明記してあります。

角川ルビー文庫

いつも「ルビー文庫」を
ご愛読いただきありがとうございます。
今回の作品はいかがでしたか?
ぜひ、ご感想をお寄せください。

〈ファンレターのあて先〉

〒102-8177 東京都千代田区富士見2-13-3
角川書店 アニメ・コミック編集部気付
「崎谷はるひ先生」係

……そうやって、最初から。
素直に……泣いて、言えよ。

ルビー文庫
形状記憶衝動
狂おしいまでに飢《かつ》えた、この衝動を。
——きみだけが、知らない。
気鬱な日々を過ごす元・天才ディーラー・高城は、
プロサーフーァーを目指す高校生、和士と出会った
ことにより、無くしたはずの鮮やかな衝動を呼び起こされ—。
崎谷はるひ
イラスト/緒田涼歌